Un regalo del cielo

Planeta Internacional

Un regalo del cielo

Cecelia Ahern

Traducción de M.ª José Díez

 Planeta

Obra editada en colaboración con Editorial Planeta - España

Título original: *The Gift*

© 2008, Cecelia Ahern, 2008
© 2010, M.ª José Díez, por la traducción
© 2010, Editorial Planeta, S. A. – Barcelona, España

Derechos reservados

© 2010, Editorial Planeta Mexicana, S.A. de C.V.
Bajo el sello editorial PLANETA M.R.
Avenida Presidente Masarik núm. 111, 2o. piso
Colonia Chapultepec Morales
C.P. 11570 México, D.F.
www.editorialplaneta.com.mx

Primera edición impresa en España: octubre de 2010
ISBN 978-84-08-09613-9
ISBN 978-0-00-728497-9, editor Harper Collins Publishers, Londres, edición original

Primera edición impresa en México: enero de 2011
ISBN: 978-607-07-0581-6

Página web de la autora: www.cecelia-ahern.com

Impreso en los talleres de Litográfica Ingramex, S.A. de C.V.
Centeno núm. 162, colonia Granjas Esmeralda, México, D.F.
Impreso en México – *Printed in Mexico*

Rocco y Jay;
los mayores regalos,
los dos a la vez

1
Un montón de secretos

Si dieras un paseo a lo largo de las construcciones tipo bastón de caramelo de una urbanización de las afueras una mañana de Navidad temprano, no podrías evitar observar que las casas, con todo su esplendor de espumillón, se parecen a los paquetes envueltos que descansan bajo los árboles de Navidad del interior. Y es que todos ellos encierran secretos. La tentación de tocar y mover el paquete equivale a entreabrir las cortinas para observar a una familia en acción la mañana de Navidad: un momento atisbado que se mantiene a salvo de ojos curiosos. Para el mundo exterior, en un silencio sereno y sin embargo inquietante que tan sólo se da en esta mañana del año, los hogares forman fila hombro con hombro como soldaditos de juguete pintados: orgullosos, sacan pecho y meten barriga en actitud protectora de lo que custodian.

La mañana de Navidad las casas son cofres que guardan verdades ocultas. Una guirnalda en una puerta como un dedo posado en un labio; las persianas bajadas como párpados cerrados. Luego, en un momento dado, al otro lado de las persianas echadas y las cortinas corridas, se verá un cálido resplandor, un levísimo indicio de que dentro está pasando algo. Como estrellas en el nocturno firmamento que a simple vista aparecen una a una, como minúsculas pepitas de oro que quedan al descubierto al ser tamizadas en un arroyo, las luces se encienden tras las persianas y las cortinas en la penumbra del alba. A medida que se llena de estrellas el cielo y se forjan millonarios, habitación por habitación, casa por casa, la calle empieza a despertar.

En la mañana de Navidad la calma reina fuera. Las desiertas calles no infunden miedo, a decir verdad ejercen justo el efecto contrario. Destilan seguridad y, a pesar del frío propio de la estación en ellas se respira calor. Por diversos motivos, este día del año se pasa mejor dentro de casa. Mientras que el de fuera es sombrío, dentro se abre un mundo de vivo y frenético colorido, una locura de papel de regalo rasgado y lazos de colores volando por los aires. Música navideña y aromas festivos de canela y especias y toda clase de cosas agradables inundan el aire. Exclamaciones de júbilo, de abrazos y gracias se lanzan como serpentinas. Esos días de Navidad son para pasarlos dentro; fuera no hay ni un alma, pues hasta éstas tienen un techo.

Sólo aquellos que se desplazan de una casa a otra salpican las calles. Los coches paran y se descargan regalos. Las felicitaciones salen al frío aire por las puertas abiertas, reclamos de lo que está sucediendo dentro. Luego, mientras estás allí con ellos, empapándote de todo y compartiendo la invitación –listo para cruzar el umbral como un desconocido cualquiera, pero sintiéndote un invitado bienvenido–, la puerta se cierra y deja fuera el resto del día, como para recordarte que no es el momento de acaparar.

En este vecindario en concreto de casas de juguete, un alma deambula por las calles. Este alma no acaba de ver la belleza del hermético mundo de las casas. Este alma está decidida a librar una guerra, quiere deshacer el lazo y romper el papel para descubrir qué hay dentro de la casa número veinticuatro.

A nosotros no nos importa lo que hacen los ocupantes de la casa número veinticuatro, aunque, si no hay más remedio, un bebé de diez meses, confuso debido a ese objeto grande y verde que pincha y se enciende y se apaga en un rincón de la estancia, está intentando echar mano del brillante adorno rojo que tan cómicamente refleja una mano regordeta familiar y unas encías. Todo ello mientras una niña de dos años se revuelca en papel de regalo, bañándose en purpurina como un hipopótamo en el barro. A su lado Él coloca un nuevo collar de diamantes en el cuello de Ella mientras ella, boquiabierta, se lleva rápidamente la mano al pecho y sacude la cabeza con incredulidad, tal y como ha visto hacer a las mujeres de las películas en blanco y negro.

Nada de esto es importante para nuestra historia, aunque significa mucho para el individuo que se encuentra en el jardín delantero de la casa número veinticuatro mirando las cortinas echadas del salón. Con catorce años y un puñal atravesándole el corazón, no ve lo que está pasando, pero su imaginación se ha alimentado debidamente con el llanto diurno de su madre, de manera que puede hacerse una idea.

Y por eso alza los brazos por encima de la cabeza, coge impulso y, con todas sus fuerzas, se echa hacia adelante y lanza el objeto que sostiene en las manos. Luego se aparta para contemplar, con amarga alegría, cómo un pavo congelado de casi siete kilos se estrella contra la ventana del salón de la casa número veinticuatro. Las cortinas echadas actúan de nuevo como una barrera entre él y ellos, frenando el vuelo del ave por los aires. Ahora, sin vida para detenerse, el animal —y sus menudillos— caen de prisa al suelo de madera, desde donde, girando y derrapando, van a parar a su destino, debajo del árbol de Navidad. Es su regalo para ellos.

Las personas, al igual que las casas, guardan secretos. A veces los secretos viven en ellas, a veces ellas viven en sus secretos. Aprietan con fuerza los brazos para estrecharlos contra sí, enroscan la lengua alrededor de la verdad. Pero con el tiempo la verdad prevalece, se alza sobre todo lo demás. Se retuerce y culebrea dentro, crece hasta que la hinchada lengua ya no puede seguir envolviendo la mentira, hasta que llega el momento en que necesita escupir las palabras y mandar la verdad volando por los aires y chocando contra el mundo. La verdad y el tiempo siempre van de la mano.

Éste es un relato de personas, secretos y tiempo. De personas que, a semejanza de los paquetes, ocultan secretos, se envuelven en capas hasta darse a los seres adecuados, que pueden abrirlas y ver lo que hay en su interior. A veces es preciso entregarse a alguien para ver quién es uno. A veces hay que desenvolver cosas para llegar al corazón.

Éste es un relato de una persona que averigua quiénes son esos seres. De una persona que es desenvuelta y cuyo corazón queda a la vista de quienes importan. Y quienes importan quedan a la vista de ellos. Justo a tiempo.

2
Una mañana de medias sonrisas

El oficial de policía Raphael O'Reilly avanzaba despacio y metódicamente por la abarrotada cocina de personal de la comisaría de Howth, repasando mentalmente una y otra vez las revelaciones de la mañana. Conocido como Raphie, pronunciado Rei-fii, a sus cincuenta y nueve años sólo le quedaba uno para jubilarse. Jamás pensó que tendría tantas ganas de que llegase ese día hasta que los acontecimientos de esa mañana lo agarraron por los hombros, lo pusieron boca abajo como si fuera una bola de cristal con nieve y lo obligaron a ver cómo caían sus ideas preconcebidas. Con cada paso que daba oía el crujido de sus firmes creencias, antes sólidas, bajo sus botas. De todas las mañanas y los momentos vividos a lo largo de sus cuarenta años de carrera, menuda mañana había sido ésa.

Se echó dos cucharadas colmadas de café instantáneo en la taza. La taza, con forma de coche patrulla de la policía de Nueva York, se la había traído de allí uno de los chicos de comisaría, su regalo de Navidad. Él fingió ofenderse al verla, pero en secreto le resultó reconfortante. Al sostenerla en las manos esa mañana cuando abrió el regalo que le dejó Santa Claus, se había remontado cincuenta años en el tiempo, hasta las navidades en que sus padres le regalaron un coche de policía de juguete, un regalo que trató como oro en paño hasta que una noche lo dejó fuera y la lluvia lo oxidó de tal forma que obligó a sus hombres a jubilarse antes de tiempo. Ahora sostenía la taza en las manos con la sensación de que debería hacerla rodar por la encimera imitando el ruido de una sirena antes de estrellarla contra el paquete de azúcar, el cual —si no había nadie que lo viese—, por consiguiente, volcaría y se derramaría sobre el coche.

En lugar de hacer eso echó un vistazo a la cocina para asegurarse de que estaba solo y añadió media cucharadita de azúcar a la taza. Un tanto más seguro de sí mismo, tosió para disimular el sonido que hizo el azúcar cuando la cuchara entró de nuevo en el paquete y echó una cucharadita colmada a la taza. Tras salirse con la suya dos veces, se envalentonó e introdujo el utensilio una vez más.

—Baje el arma, señor —ordenó con autoridad una voz de mujer desde la puerta.

Sorprendido por la repentina presencia, Raphie dio un respingo, y el azúcar de la cuchara se derramó en la encimera. Era una colisión de una taza con un paquete de azúcar. Había que pedir refuerzos.

—Te he pillado con las manos en la masa, Raphie.

Su compañera, Jessica, se unió a él en la encimera y le quitó la cuchara de la mano.

Acto seguido cogió una taza del armario —una de Jessica Rabbit, obsequio de Santa Claus— y la lanzó hacia él por la encimera. Los voluptuosos pechos de porcelana de Jessica chocaron contra su coche, y el muchacho que había en Raphie pensó en lo contentos que estarían sus hombres dentro.

—Yo también quiero uno. —Su compañera irrumpió en los

pensamientos sobre sus hombres jugando a palmas palmitas con Jessica Rabbit.

—Por favor —la corrigió Raphie.

—Por favor —lo imitó ella, revolviendo los ojos.

Jessica era nueva. Había llegado a la comisaría hacía tan sólo seis meses y Raphie ya le tenía más que cariño. Sentía debilidad por esa rubia atlética de veintiséis años y uno sesenta y cinco de estatura que siempre se mostraba servicial y capaz, fuera cual fuese el cometido. También sentía que la chica aportaba una energía femenina muy necesaria al equipo, enteramente masculino, de la comisaría. Muchos de los otros hombres estaban de acuerdo, pero no necesariamente por los mismos motivos que Raphie. Él la veía como a la hija que no había tenido. O que había tenido, pero había perdido. Se sacudió ese pensamiento y vio que Jessica limpiaba el azúcar de la encimera.

A pesar de su energía, sus ojos —almendrados y de un marrón tan oscuro que casi eran negros— ocultaban algo. Como si recientemente se hubiese añadido una capa de tierra encima y dentro de poco fueran a asomar las malas hierbas o lo que fuera que estuviese pudriéndose debajo. Sus ojos encerraban un misterio que a él no le apetecía del todo explorar, pero sabía que, fuera lo que fuese, la impulsaba hacia adelante durante esos momentos decisivos en que la mayoría de las personas sensatas echaría a andar justo en dirección contraria.

—No creo que media cucharadita vaya a matarme —añadió malhumorado después de probar el café, a sabiendas de que una cucharada más le habría ido de perlas.

—Si parar a ese Porsche estuvo a punto de matarte la semana pasada, media cucharadita de azúcar sin duda lo hará. ¿Es que intentas provocarte otro ataque al corazón?

Raphie enrojeció.

—Fue un soplo, Jessica, nada más, y no subas la voz —dijo entre dientes.

—Deberías estar descansando —añadió ella, bajando el volumen.

—El médico dijo que estaba perfectamente.

—Pues que ese médico se haga mirar la cabeza, porque tú nunca has estado perfectamente.

—Sólo me conoces desde hace seis meses —rezongó él, al tiempo que le daba la taza.

—Los seis meses más largos de mi vida —se burló ella—. Vale, pues tómala morena —concedió, sintiéndose culpable e introduciendo la cuchara en el paquete de azúcar moreno y vertiendo una cucharadita colmada en su café.

—Pan moreno, trigo moreno, moreno esto, moreno lo otro. Recuerdo una época en que mi vida era en tecnicolor.

—Apuesto a que también recuerdas una época en que podías verte los pies si bajabas la cabeza —respondió ella sin pensarlo dos veces.

En un esfuerzo por deshacer por completo el azúcar en la taza, Jessica removió el café con tal fuerza que en el centro se formó un remolino. Raphie lo observó y se preguntó: si se zambullera en la taza, ¿adónde iría a parar?

—Si te mueres por beber esto, no me eches la culpa —comentó ella mientras se la pasaba.

—Si me muero, te perseguiré hasta el día en que te mueras.

Jessica sonrió, pero la sonrisa no llegó a sus ojos, se desvaneció en algún punto entre los labios y el caballete de la nariz.

Él vio que el remolino de la taza empezaba a decaer, su oportunidad de sumergirse en otro mundo esfumándose de prisa con el vapor que desprendía el líquido. Sí, había sido una mañana de aúpa. Una mañana de pocas sonrisas. O quizá no. Una mañana de medias sonrisas, tal vez. No terminaba de decidirse.

Raphie le entregó a Jessica una taza de café humeante —solo y sin azúcar, tal y como le gustaba—, y ambos se apoyaron en la encimera, cara a cara, los labios soplando el café, los pies tocando el suelo, la cabeza en las nubes.

Escrutó a Jessica, las manos alrededor de la taza, la vista clavada en el café como si fuese una bola de cristal. Cómo le gustaría a él que lo fuese, cómo le gustaría tener ese regalo, el don de poder ver el futuro para detener tantas de las cosas que presenciaban. Jessica tenía las mejillas pálidas y un reborde rojizo alrededor de los ojos, lo único que traslucía la mañana que habían tenido.

—Menuda mañanita, ¿eh?

Sus almendrados ojos brillaron, pero se contuvo y adoptó una pose de dureza. Asintió y tragó el café por toda respuesta. A juzgar por su tentativa de ocultar la mueca de dolor, él dedujo que estaba ardiendo, pero Jessica bebió otro sorbo como por rebeldía. Plantándole cara hasta al café.

—En mi primera Navidad de servicio me pasé el turno entero jugando al ajedrez con el oficial.

Al cabo ella repuso:

—Pues qué suerte.

—Ya —asintió él, abandonándose a los recuerdos—. Aunque entonces no lo vi así. Me esperaba acción a raudales.

Cuarenta años después había conseguido lo que esperaba y ahora deseaba devolverlo. Devolver el regalo. Que le reembolsaran el tiempo.

—¿Ganaste?

Él salió del trance.

—Si gané ¿qué?

—La partida de ajedrez.

—No. —Soltó una risita—. Dejé ganar al oficial.

Jessica arrugó la nariz.

—Yo no te dejaría ganar a ti ni de coña.

—De eso no me cabe la menor duda.

Suponiendo que el café tenía ya la temperatura adecuada, Raphie finalmente dio un sorbo. Acto seguido se llevó una mano a la garganta, y tosió y escupió, fingiendo que se moría, para caer en la cuenta de inmediato de que, a pesar de que hacía cuanto podía por levantar el ánimo, el gesto era de mal gusto.

Jessica se limitó a enarcar una ceja y siguió bebiendo.

Él rompió a reír y después continuaron en silencio.

—Se te pasará —le aseguró.

Ella asintió de nuevo y contestó con sequedad, como si ya lo supiera.

—Ya. ¿Has llamado a Mary?

Él afirmó con la cabeza.

—Fue lo primero que hice. Está con su hermana. —Una mentira estacional, una mentira piadosa para una época del año piadosa—. Y tú, ¿has llamado a alguien?

Ella asintió, si bien desvió la mirada, sin ofrecer más, sin ofrecer nada, como siempre.

—Y, bueno… y ¿se lo has contado?

—No, no.

—¿Vas a hacerlo?

Él volvió a mirar a lo lejos.

—No lo sé. Y tú, ¿vas a contárselo a alguien?

Ella se encogió de hombros, la mirada tan impenetrable como de costumbre. Señaló con la cabeza la sala de detenidos, al fondo del pasillo.

–El chico del pavo sigue esperando ahí.

Raphie suspiró.

–Qué desperdicio. –No especificó si se refería a una vida o a su propio tiempo–. A ése le vendría bien saberlo.

Jessica hizo una pausa justo antes de beber un sorbo y clavó los almendrados ojos casi negros en él por encima del reborde de la taza. Su voz era firme como la fe en un convento de monjas, tan inquebrantable y desprovista de toda duda que él no tuvo que cuestionar su seguridad.

–Cuéntaselo –espetó–. Aunque no se lo contemos a nadie más en la vida, al menos que lo sepa él.

3
El chico del pavo

Raphie entró en la sala de interrogatorios como si entrase en el salón de su casa y estuviera a punto de acomodarse en el sofá con los pies en alto durante el resto del día. En su comportamiento no había nada amenazador. A pesar de medir casi uno noventa, no dio la impresión de ocupar el espacio que correspondía a su cuerpo. Tenía la cabeza, como siempre, inclinada en ademán contemplativo, las cejas dibujando un ángulo para velar unos ojos del tamaño de sendos guisantes, y la parte superior de la espalda ligeramente encorvada, como si llevase un pequeño caparazón protector. En la barriga el caparazón era incluso mayor. Sostenía en una mano un vaso de poliestireno y en la otra su taza de café neoyorquina a medio beber.

El chico del pavo miró la taza.

—Guay, ¿eh?

—Como tirar un pavo a una ventana.

El muchacho sonrió satisfecho al oír la frase y se puso a mordisquear la punta del cordón de su sudadera.

—¿Por qué lo hiciste?

—Mi padre es un capullo.

—Ya me figuré que no era un regalo de Navidad por ser el padre del año. ¿Qué te hizo pensar en el pavo?

El chaval se encogió de hombros.

—Mi madre me dijo que lo sacara del congelador —repuso a modo de explicación.

—Y ¿cómo llegó del congelador hasta el suelo de la casa de tu padre?

—Lo llevé yo la mayor parte del camino, el resto lo hizo volando. —Sonrió nuevamente.

—¿Cuándo pensabas comer?

—A las tres.

—Me refiero a qué día. Se tardan veinticuatro horas como mínimo en descongelar cada dos kilos de pavo. Tu pavo pesaba unos seis kilos, así que si pensabas comerlo hoy tendrías que haberlo sacado del congelador hace tres días.

—Si tú lo dices, *Ratatouille*. —Miró a Raphie como si estuviera loco—. Si lo hubiera rellenado de plátanos, ¿tendría menos problemas?

—El motivo por el que lo menciono es porque si lo hubieses sacado en su momento, no habría estado lo bastante duro para romper una ventana. Eso podría sonarle a premeditación a un jurado, y no, los plátanos y el pavo no hacen buenas migas.

—¡No fue premeditado! —chilló el muchacho, poniendo de manifiesto la edad que tenía.

Raphie se bebió el café sin dejar de observar al adolescente.

El chaval miró el vaso que tenía delante y arrugó la nariz.

—No tomo café.

—Muy bien. —El policía cogió el vaso de la mesa y vació su contenido en su taza—. Aún está caliente. Gracias. Y ahora háblame de lo de esta mañana. ¿En qué estabas pensando, hijo?

–A menos que también seas el gordo cabrón al que le tiré el pavo, yo no soy tu hijo. ¿Y esto qué es? ¿Una sesión de terapia o un interrogatorio? ¿Me acusas de algo o qué?

–Estamos esperando a ver si tu padre presenta cargos.

–No lo hará. –Revolvió los ojos–. No puede. Tengo menos de dieciséis años. Así que si me dejas marchar ahora, no perderás más tiempo.

–Ya me has hecho perder bastante.

–Es Navidad, dudo que tengas mucho más que hacer aquí. –Miró el estómago de Raphie–. Aparte de comer donut.

–Te sorprendería.

–Prueba a ver.

–Un idiota lanzó un pavo contra una ventana esta mañana.

El muchacho revolvió los ojos y miró el reloj de la pared, que señalaba el paso del tiempo.

–¿Dónde están mis padres?

–Quitando grasa del suelo.

–Ésos no son mis padres –escupió–. Al menos ella no es mi madre. Si viene a recogerme con él, no me iré.

–Ah, dudo muy mucho que vayan a venir para llevarte a casa con ellos. –Raphie se metió la mano en el bolsillo y sacó un caramelo de chocolate. Le quitó el envoltorio despacio, el papel crujiendo en la silenciosa habitación–. ¿Te has fijado en que en el bote siempre quedan los de fresa? –Sonrió antes de metérselo en la boca.

–Apuesto a que en el bote no queda nada cuando tú andas cerca.

–Tu padre y su pareja…

–Que, para que conste –interrumpió el chico del pavo a Raphie, inclinándose hacia la grabadora–, es una puta.

–Es posible que nos hagan una visita para presentar cargos.

—Mi padre no haría eso. —Tragó saliva, los ojos hinchados de frustración.

—Se lo está pensando.

—No, no es cierto —dijo quejumbroso el muchacho—. Y si lo es probablemente tenga la culpa ella. Zorra.

—Es más probable que lo haga porque ahora está nevando en su salón.

—¿Está nevando? —Volvía a parecer un niño, los ojos muy abiertos y esperanzados.

Raphie chupaba el caramelo.

—Hay quien prefiere morder directamente el chocolate; yo prefiero chuparlo.

—Pues chúpame ésta. —El chico del pavo se llevó la mano a la entrepierna.

—Que te lo haga tu novio.

—No soy gay —respondió ofendido, y acto seguido se echó hacia adelante y el niño reapareció—. Bah, venga ya, ¿está nevando? Déjame salir a verlo, ¿eh? Sólo miraré por la ventana.

Raphie se tragó el caramelo y apoyó los codos en la mesa. Después habló con firmeza:

—Algunos cristales de la ventana le dieron al bebé de diez meses.

—¿Y? —gruñó el muchacho, balanceándose en la silla, si bien su cara reflejaba preocupación. Empezó a tirarse de un pellejo en una uña.

—Estaba junto al árbol de Navidad, donde fue a parar el pavo. Por suerte no se hizo ningún corte. El niño, me refiero, no el pavo. El pavo sufrió unas cuantas heridas. No creemos que vaya a salir de ésta.

El muchacho pareció aliviado y perplejo al mismo tiempo.

—¿Cuándo va a venir a buscarme mi madre?

—Está en camino.

—La chica de las —se llevó ambas manos al pecho— tetas gordas me dijo eso mismo hace dos horas. Por cierto, ¿dónde se mete? ¿Habéis tenido una pelea de enamorados?

A Raphie le enfureció la forma en que el muchacho habló de Jessica, pero mantuvo la calma. No lo merecía. ¿Y merecía que compartiese la historia con él?

—Puede que tu madre tarde. Las carreteras están muy resbaladizas y debe de conducir despacio.

El chico del pavo se paró a pensar en lo que había dicho el policía y pareció inquietarse un tanto. Siguió tirándose de la piel de la uña.

—El pavo era demasiado grande —añadió tras una larga pausa. Cerraba y abría los puños en la mesa—. Lo compró del mismo tamaño que solía comprarlo cuando él estaba en casa. Pensaba que volvería.

—Tu madre pensaba eso de tu padre —confirmó, más que preguntó, Raphie.

Él asintió.

—Cuando lo saqué del congelador me cabreó. Era demasiado grande.

Silencio de nuevo.

—No creí que el pavo fuera a romper el cristal —afirmó, ahora más calmado y apartando la mirada—. ¿Quién iba a saber que un pavo podía romper una ventana?

Miró a Raphie con tal desesperación que, a pesar de la gravedad del caso, a Raphie le costó no sonreír al oír la mala suerte del muchacho.

—Yo sólo quería darles un susto. Sabía que estarían todos en casa, jugando a las familias felices.

—Bien, pues seguro que ya no juegan a eso.

El muchacho no dijo nada, pero parecía menos satisfecho que cuando entró Raphie.

—Me da que un pavo de seis kilos es muy grande para sólo tres personas.

—Ya, bueno, mi padre es un gordo cabrón, ¿qué quieres que te diga?

Raphie decidió que estaba perdiendo el tiempo. Harto, se levantó para marcharse.

—La familia de mi padre solía venir a cenar todos los años —cedió el muchacho, que llamó a Raphie en un esfuerzo por impedir que se fuera—. Pero ha decidido no venir este año tampoco. El puto pavo era demasiado grande para nosotros dos —insistió, sacudiendo la cabeza. Al dejar de hacer el bravucón, su tono cambió—. ¿Cuándo va a llegar mi madre?

Raphie se encogió de hombros.

—No lo sé. Probablemente cuando hayas aprendido la lección.

—Pero es Navidad.

—Un día tan bueno como cualquier otro para aprender una lección.

—Las lecciones son para los niños.

Raphie sonrió al oír eso.

—¿Qué? —espetó el muchacho, a la defensiva.

—Yo he aprendido una hoy.

—Ah, se me olvidó añadir a los tarados.

Raphie echó a andar hacia la puerta.

—Y ¿cuál es la lección que has aprendido? —se apresuró a preguntar el muchacho, y Raphie notó en su voz que no quería quedarse solo.

El oficial paró y se volvió, sintiendo tristeza, con cara de tristeza.

—Debe de haber sido una lección chunga.

—Algún día descubrirás que la mayoría lo son.

El chico del pavo estaba con medio cuerpo apoyado en la mesa; la sudadera, sin abrochar, le resbalaba por un hombro, las pequeñas orejas rosadas sobresaliendo del grasiento cabello, que descansaba en sus hombros, las mejillas repletas de granos rosas, los ojos de un azul cristalino. No era más que un niño.

Raphie profirió un suspiro. Seguro que lo obligarían a acogerse a la jubilación anticipada por contar esa historia. Retiró la silla y se sentó.

—Para que conste —observó—, has sido tú quien me ha pedido que te lo contara.

EL PRINCIPIO DE LA HISTORIA

4
El observador de zapatos

Lou Suffern siempre tenía que estar en dos sitios al mismo tiempo. Cuando dormía, soñaba. Entre sueño y sueño repasaba lo sucedido en el día mientras hacía planes para el siguiente, de manera que cuando la alarma lo despertaba todos los días a las seis de la mañana se daba cuenta de que no había descansado bien. Cuando estaba en la ducha ensayaba presentaciones y a veces respondía correos electrónicos en la BlackBerry sacando una mano por la cortina. Mientras desayunaba leía el periódico y cuando su hija, de cinco años, le contaba historias farragosas escuchaba las noticias matutinas. Cuando su hijo, de trece meses, demostraba nuevas habilidades a diario, el rostro de Lou reflejaba interés mientras el mecanismo interno de su cerebro analizaba por qué sentía exactamente lo contrario. Cuando se despedía de su mujer con un beso, pensaba en otra.

Cada acción, movimiento, compromiso, acto o pensamiento de cualquier clase se veía solapado por otro. De camino al trabajo en el coche celebraba una conferencia con el manos libres. Los desayunos se convertían en almuerzos, los almuerzos en copas previas a la cena, las copas en cenas, las cenas en copas posteriores a la cena, las copas posteriores a la cena en...

bueno, eso dependía de la suerte que tuviera. En esas noches, ya estuviera en casa, el apartamento, la habitación de hotel o un despacho cualquiera, en que era consciente de su suerte y apreciaba la compañía que tuviera, por supuesto convencía a quienes no compartían su apreciación —concretamente su esposa— de que se encontraba en otro sitio. Para ellos aún estaba en una reunión, retenido en un aeropuerto, rematando papeleo importante o en un exasperante atasco navideño. Como por arte de magia, en dos sitios a la vez.

Todo se solapaba, él siempre se estaba moviendo, siempre tenía que estar en algún otro sitio, siempre deseaba estar en otra parte o, gracias a alguna intervención divina, poder estar en dos lugares a la vez. Pasaba el menor tiempo posible con cada persona y los dejaba con la sensación de que era bastante. No era un hombre lento, sino meticuloso, siempre cumplidor. En los negocios era un maestro de la puntualidad; en la vida, un reloj de bolsillo estropeado. Aspiraba a la perfección y poseía una energía inagotable en su búsqueda del éxito. Sin embargo eran estos límites —tan ansioso por cumplir su rápidamente creciente lista de deseos y tan poseído por la ambición de alcanzar nuevas cotas vertiginosas— los que hacían que pasara por alto a los más importantes. No había hora fijada en su agenda para quienes, visto lo visto, podían hacer que llegase más alto en más sentidos que cualquier acuerdo que pudiera lograr.

Una mañana de martes especialmente fría por la zona portuaria, en continuo desarrollo, de la ciudad de Dublín, los zapatos de piel negra de Lou, lustrados a la perfección, entraron con seguridad en el campo visual de un hombre en concreto. Este hombre observaba los zapatos en movimiento esa mañana, igual que hiciera el día anterior y suponía haría al siguiente. No había un pie mejor que otro, pues ambos poseían las mismas aptitudes: cada zancada medía la misma longitud, la combinación tacón puntera era precisa; los zapatos apuntaban hacia adelante, los talones golpeaban primero para, a continuación, despegar desde el dedo gordo flexionando el tobillo. Perfectos en todo momento. El sonido rítmico a medida que tocaban el pavimento. Nada de pisadas pesadas que hicieran vibrar el suelo bajo él, como sucedía en el caso de los decapitados que caminaban a toda velocidad a esa hora del día, la cabeza aún en la almohada a pesar de que el cuerpo se hallara al aire libre. No, sus zapatos daban unos golpecitos tan molestos y desagradables como las gotas de lluvia en el tejado de un invernadero, el dobladillo de los pantalones ondeando levemente como una bandera mecida por la suave brisa en un hoyo dieciocho.

El observador casi esperaba que las losas del pavimento se iluminasen a medida que él las iba pisando y que el propietario de los zapatos se arrancara a bailar claqué por lo bien que se estaba dando el día. Para el observador sin duda el día se iba a dar bien.

Por regla general los relucientes zapatos negros bajo los impecables trajes negros pasaban con estilo ante el observador, salvaban las puertas giratorias y desaparecían en la magnífica entrada de mármol del último edificio de cristal moderno que se hacía un hueco entre las hendiduras de los muelles y se lanzaba a la conquista del cielo dublinés. Sin embargo esa mañana los zapatos se detuvieron justo delante del observador y a continuación dieron media vuelta, haciendo un ruido áspero al girar en el frío hormigón. El observador no tuvo más remedio que alzar la vista de los zapatos.

–Tome –dijo Lou al tiempo que le daba un café–. Es americano, espero que no le importe, la máquina les estaba dando problemas, así que no han podido preparar un expreso.

—Pues entonces devuélvalo —respondió el observador, haciéndole ascos al vaso de humeante café que le ofrecían.

El gesto fue recibido con un silencio atónito.

—Era una broma. —El hombre rió al ver la cara de asombro del otro y, con gran rapidez, por si éste no entendía la broma y se lo pensaba mejor y retiraba el ofrecimiento, echó mano del vaso y lo rodeó con los entumecidos dedos—. ¿Tengo yo pinta de querer leche? —sonrió antes de que su expresión pasara a ser de absoluto éxtasis—. Mmm. —Pegó la nariz al borde del vaso para oler los granos de café. Luego cerró los ojos y lo saboreó, renunciando al sentido de la vista para que no le arrebatara ese aroma sublime. El vaso, como de cartón, estaba tan caliente, o sus manos tan frías, que el calor las atravesó, lanzando a su cuerpo torpedos al rojo y escalofríos. No era consciente del frío que tenía hasta que notó el calor—. Muchas gracias.

—De nada. He oído en la radio que hoy va a ser el día más frío del año.

Los relucientes zapatos golpearon las losas de hormigón y los guantes de piel se frotaron para probar la verdad de sus palabras.

—No hace falta que lo jures. Hace un frío de pelotas, pero esto es un buen remedio. —El observador sopló un tanto el café, preparándose para dar el primer sorbo.

—No tiene azúcar —se disculpó Lou.

—Ah, esto sí que no. —El observador revolvió los ojos y apartó de prisa el vaso de los labios, como si contuviera una enfermedad mortal—. Lo de la leche, pase, pero olvidar el azúcar no tiene nombre. —Se lo devolvió a Lou.

Éste, que lo entendió y esta vez pilló la broma, rompió a reír.

—Vale, vale, ya lo pillo.

—A buena hambre no hay pan duro, ¿no es eso lo que se suele decir? —El observador arqueó una ceja, sonrió y finalmente dio su primer sorbo. Así, absorto en la sensación de calor y cafeína que le recorría el helado cuerpo, no se percató de que de pronto el observador había pasado a ser el observado—. A propósito, soy Gabe. —Extendió la mano—. Gabriel, pero todos los que me conocen me llaman Gabe.

Lou alargó el brazo y le estrechó la mano. Cuero caliente con piel fría.

—Yo soy Lou, pero todos los que me conocen me llaman capullo.

Gabe se echó a reír.

—Bueno, a eso se le llama ser sincero. ¿Qué te parece si te llamo Lou hasta que te conozca mejor?

Se sonrieron y después se quedaron en silencio en medio del repentino paréntesis de incomodidad: dos niños pequeños tratando de hacerse amigos en el patio del colegio. Los relucientes zapatos empezaron a inquietarse ligeramente, tap-tap, ta-tap, los pasos a un lado y otro de Lou una mezcla de intentar no quedarse frío e intentar decidir si irse o quedarse. Dieron la vuelta despacio hasta quedar frente al edificio de al lado. Él no tardaría en seguir la dirección de sus pies.

—Una mañana ajetreada, ¿eh? —comentó Gabe con soltura, haciendo que los zapatos volvieran a situarse frente a él.

—Sólo faltan unas semanas para las navidades, siempre es un período agitado —convino Lou.

—Cuanta más gente en la calle, tanto mejor para mí —aseguró Gabe cuando una moneda de veinte céntimos fue a parar a su vaso—. Gracias —le dijo a la dama que apenas se detuvo a depositar la moneda. A juzgar por su lenguaje corporal uno casi podría pensar que se le había caído por un agujero del bolsillo y no que era un regalo. Miró a Lou con unos ojos grandes y una sonrisa aún mayor—. ¿Lo ves? Mañana el café corre de mi cuenta. —Soltó una risita.

Lou intentó inclinarse lo más discretamente posible para echar una ojeada al contenido del vaso: la moneda de veinte céntimos estaba sola en el fondo.

—Ah, no te preocupes. Lo vacío de vez en cuando. No quiero que la gente piense que me va demasiado bien —rió—. Ya sabes cómo es esto.

Lou asintió, aunque al mismo tiempo no lo sabía.

—No puedo dejar que la gente sepa que soy el dueño del ático de ahí enfrente —añadió Gabe mientras señalaba con la cabeza la otra margen del río.

Lou se volvió y vio, al otro lado del Liffey, el último rascacielos del muelle dublinés, al que se refería Gabe. Con su cristal reflectante, casi era como si el edificio fuese el espejo del centro de Dublín. Desde el barco vikingo recreado que se hallaba amarrado en los muelles hasta las numerosas grúas y nuevos edificios de empresas y oficinas que enmarcaban el Liffey, hasta el cielo tormentoso y nublado que envolvía las plantas más altas, el edificio lo atrapaba todo y lo proyectaba a la ciudad como si de una pantalla de plasma gigante se tratase. Con forma de vela, de noche lo revestía una luz azul y era la comidilla de la ciudad, o al menos lo había sido durante los meses que siguieron a su botadura, hasta que lo sustituyó otra cosa mejor.

—Lo de ser el dueño del ático era una broma, ¿sabes?

—aclaró Gabe, al parecer un tanto preocupado por si había saboteado su posible recompensa.

—¿Te gusta ese edificio? —quiso saber Lou, la vista aún clavada en él como en trance.

—Es mi preferido, sobre todo de noche. Ésa es una de las principales razones por las que me pongo aquí. Por eso y porque esto está animado, claro. Las vistas por sí solas no me dan de comer.

—Lo construimos nosotros —confesó Lou, volviéndose al cabo para mirarlo.

—¿De verdad? —Gabe lo estudió un poco más: de treinta y tantos a cuarenta años, traje pulcro, el rostro bien afeitado, liso como el culo de un niño, el acicalado cabello moteado uniformemente de gris, como si alguien le hubiese echado un bote de sal y, además del gris, hubiera espolvoreado atractivo en una proporción de 1:10. Lou le recordaba a una estrella de cine de los viejos tiempos, destilaba elegancia y sofisticación, y todo ello envuelto en un abrigo largo de cachemir negro.

—Apuesto a que te solucionó la comida —rió Gabe, sintiendo una punzada de celos en ese instante, lo cual se le antojó preocupante, ya que no sabía lo que eran los celos hasta que examinó a Lou.

Desde que lo conocía había aprendido dos cosas que no servían de nada, ya que allí estaba él, de repente con frío y envidia cuando antes tenía calor y era feliz. Con eso en mente, pese a que siempre estaba contento con su propia compañía, previó que en cuanto ese caballero y él se separaran, experimentaría una soledad de la que nunca antes había sido consciente. Tendría envidia y frío y se sentiría solo. Los ingredientes perfectos para un buen pastel de amargura casero.

El edificio le había solucionado a Lou más que la comida:

le había reportado a la empresa un puñado de premios y a él personalmente una casa en Howth y el cambio del Porsche actual al nuevo modelo, esto último después de Navidad, para ser exactos, pero Lou supo que no debía decírselo a ese hombre que estaba sentado en el helado pavimento, envuelto en una manta infestada de pulgas. Lou optó por sonreír educadamente y dejar a la vista sus fundas de porcelana, como de costumbre haciendo dos cosas a la vez: pensar una cosa y decir otra. Pero Gabe supo leer perfectamente entre líneas, lo cual introdujo un nuevo grado de incomodidad en el que ambos se sentían violentos.

—Bueno, será mejor que me vaya a trabajar. Trabajo...

—Aquí al lado, lo sé. Reconozco los zapatos. Están más a mi altura. —Gabe esbozó una sonrisa—. Aunque no eran ésos los que llevabas ayer. Piel curtida, si no me equivoco.

Las bien perfiladas cejas de Lou se alzaron un tanto. Al igual que la piedra que cae en un estanque, originaron una serie de ondas en una frente que aún no conocía el bótox.

—No te preocupes, no soy un acosador. —Gabe permitió que una mano soltara el caliente vaso para poder alzarla en ademán defensivo—. Es que llevo algún tiempo aquí. En todo caso sois vosotros los que no dejáis de venir a mi casa.

Lou rió y después se miró tímidamente los zapatos, el objeto de la conversación. Increíble.

—No te he visto aquí antes —pensó Lou en voz alta, y según lo dijo revivió mentalmente cada mañana que había hecho ese recorrido para ir al trabajo.

—Todo el día, todos los días —respondió Gabe, fingiendo alegría en la voz.

—Lo siento, no me había fijado... —Lou sacudió la cabeza—. Siempre ando corriendo, hablando por teléfono con alguien o yendo con retraso para ver a otra persona. Mi mujer dice que siempre tengo que estar en dos sitios al mismo tiempo. A veces me gustaría poder clonarme, del jaleo que tengo –rompió a reír.

Al oír eso Gabe le dirigió una extraña sonrisa.

–Hablando de ir corriendo, ésta es la primera vez que no veo a esos muchachos pasando a toda mecha. –Gabe señaló con la cabeza los pies de Lou–. Casi no los reconozco parados. ¿Hoy no arde nada dentro?

Lou se echó a reír.

–Ahí dentro siempre arde algo, créeme. –Describió un rápido movimiento con el brazo y, como si se descubriese una obra maestra, la manga del abrigo se le subió lo bastante para dejar a la vista su Rolex de oro–. Siempre soy el primero en llegar al despacho, así que tengo que darme prisa. –Miró la hora con gran concentración, dirigiendo mentalmente una reunión vespertina.

–Esta mañana no eres el primero –apuntó Gabe.

–¿Qué? –La reunión de Lou se vio interrumpida, y él volvía a estar en la fría calle, a la puerta de la oficina, el frío viento del Atlántico azotando sus rostros, las hordas de gente bien abrigadas y marchando con sus ejércitos rumbo al trabajo.

Gabe amusgó los ojos.

–Mocasines marrones. Te he visto entrar con él algunas veces. Ya ha subido.

–¿Mocasines marrones? –Lou se rió, primero confuso, luego impresionado y en seguida preocupado por la persona que había llegado al despacho antes que él.

–Lo conoces: de caminar pretencioso. Las pequeñas borlas de ante se mueven con cada paso, como un cancán en miniatura, es como si él las levantara adrede. Las suelas son suaves, pero resultan pesadas contra el suelo. Los pies pequeños y anchos, y camina con la parte de fuera. Las suelas siempre están desgastadas por la parte de fuera.

Lou frunció el ceño, concentrado.

—Los sábados lleva unos zapatos que dan la impresión de que acabara de bajarse de un yate.

—¡Alfred! —Lou rompió a reír al identificar la descripción—. Eso es porque probablemente se acabe de bajar del ya... —no siguió hablando—. ¿Ya ha subido?

—Hace una media hora. Entró pesadamente, como si tuviera prisa, a juzgar por la pinta, acompañado de otro par de zapatos sin cordones negros.

—¿Zapatos sin cordones negros?

—Zapatos negros. De caballero. Con cierto brillo, pero no de marca. Sencillos y funcionales, hicieron lo que hacen los zapatos. No puedo decir mucho más de ellos aparte de que se mueven más despacio que los otros zapatos.

—Eres muy observador. —Lou lo escudriñó, preguntándose quién habría sido ese hombre en su vida anterior, antes de aterrizar sobre el frío suelo de un portal, y al mismo tiempo su cerebro iba a toda velocidad en un intento por descifrar quiénes eran esas personas. Que Alfred hubiese ido a trabajar tan temprano lo había desconcertado. Un compañero suyo, Cliff, había sufrido una crisis nerviosa, lo cual los había alterado, sí, alterado, ante la perspectiva de una vacante. Siempre y cuando Cliff no mejorase, como Lou esperaba en el fondo, en la empresa se producirían importantes cambios, y un comportamiento extraño por parte de Alfred resultaba cuestionable. A decir verdad el comportamiento en sí de Alfred en cualquier momento resultaba cuestionable.

Gabe guiñó un ojo.

—¿Por casualidad no hará falta alguien observador ahí dentro, no?

Lou separó las enguantadas manos.

—Lo siento.

—No importa, ya sabes dónde estoy, si me necesitas. Soy el tipo de las Doc Martens. —Se rió al tiempo que levantaba la manta para enseñarle las altas botas negras.

—Me pregunto por qué habrán llegado tan pronto. —Lou miró a Gabe como si éste tuviese poderes especiales.

—Me temo que en eso no puedo ayudarte, pero la semana pasada almorzaron juntos. O al menos salieron del edificio a la hora a la que suelen almorzar las personas de a pie y volvieron juntos cuando acabó la hora. No hay que ser muy listo para adivinar lo que hicieron entre medias. —Soltó una risita—. De tonto no tengo un pelo, no señor.

—¿Qué día almorzaron?

Gabe cerró los ojos de nuevo.

—Yo diría que el viernes. Es tu rival, ¿no? Mocasines marrones.

—No, es mi amigo. Más o menos. Bueno, más bien un conocido. —Al oír la noticia Lou, por vez primera, dejó traslucir su nerviosismo—. Es compañero mío, pero con la crisis de Cliff se presenta una gran oportunidad para que cualquiera de nosotros dos, en fin, ya sabes...

—Le robe el empleo a su amigo enfermo. —Gabe terminó la frase por él con una sonrisa—. Muy considerado. ¿Los zapatos lentos? ¿Los negros? —Gabe continuó—. Salieron del despacho la otra noche con un par de Louboutin.

—Lou... Loub... ¿qué es eso?

—Reconocibles por su suela roja. Ésos en concreto tenían unos tacones de ciento veinte milímetros.

—¿Milímetros? —inquirió Lou, y acto seguido repitió—: Suela roja, bien —asintió, asimilándolo todo.

—Podrías preguntarle a tu amigo-barra-conocido-barra-compañero con quién había quedado —sugirió Gabe, los ojos brillantes.

Lou no respondió en el acto.

—Bueno, será mejor que me dé prisa. Tengo cosas que ver, gente que hacer y todo al mismo tiempo, habrase visto. —Guiñó un ojo—. Gracias por tu ayuda, Gabe. —Introdujo un billete de diez euros en el vaso.

—Gracias, amigo —dijo Gabe, radiante, y cogió el billete del vaso en el acto y se lo metió en el bolsillo. —Dio unos golpecitos con un dedo—. Es mejor que no lo sepan, ¿te acuerdas?

—Claro —coincidió Lou.

Pero exactamente al mismo tiempo no coincidía.

5
La planta decimotercera

—¿Suben?

Se oyó un gruñido generalizado y se vio un asentir de cabezas en la cabina del abarrotado ascensor cuando el caballero que hacía la pregunta en la segunda planta miraba esperanzado unos rostros somnolientos. Respondieron todos salvo Lou, pues estaba demasiado enfrascado en el estudio de los zapatos del caballero, que salvaron la estrecha separación que conducía a la fría y negra caída de debajo y entraron en el reducido espacio. Los bastos zapatos marrones describieron un giro de ciento ochenta grados para situarse de cara al frente. Lou buscaba suelas rojas y zapatos negros. Alfred había llegado temprano y había almorzado con zapatos negros. Zapatos negros abandonó el despacho con suelas rojas. Si podía averiguar quién era la propietaria de las suelas rojas, sabría con quién trabajaba y también sabría a quién estaba viendo a escondidas Alfred. Este proceso le parecía a Lou más lógico que preguntar sin más a Alfred, lo cual decía mucho acerca de la sinceridad de este último. Todo esto él lo meditó más o menos al mismo tiempo que compartía el incómodo silencio que sólo puede imponer un ascensor repleto de desconocidos.

—¿A qué piso va? —preguntó una voz apagada desde un rincón del ascensor, donde se escondía (posiblemente aplastado) un hombre, que, al ser la única persona con acceso a los botones, se veía obligado a cargar con la responsabilidad de hacerse cargo de las paradas del ascensor.

—Al trece, por favor —repuso el recién llegado.

Se oyeron algunos suspiros, y alguien chasqueó la lengua en señal de desaprobación.

—No hay piso trece —contestó el hombre sin cuerpo.

Las puertas se cerraron y el ascensor inició su ascenso de prisa.

—Eh... —El hombre hurgó en el maletín en busca de su agenda.

—Tiene que ser el doce o el catorce —explicó la voz apagada—. Trece no hay.

—Seguro que ha de bajarse en el catorce —aventuró alguien—. Técnicamente el piso catorce es el trece.

—¿Quiere que pulse el catorce? —inquirió la voz, un tanto más irritada.

—Eh... —El hombre seguía hurgando en sus papeles.

Lou no podía concentrarse en la extraña conversación que se desarrollaba en el por lo común silencioso ascensor, ya que estaba enfrascado en el estudio de los zapatos que tenía alrededor. Un montón de zapatos negros. Unos con detalles, otros con rozaduras, unos relucientes, otros sin cordones, algunos sin atar. Ninguna suela roja, sin duda. Reparó en que los pies que tenía alrededor empezaban a moverse y cambiar el peso de uno a otro. Un par se alejó ligeramente de él. Alzó la cabeza en el acto cuando escuchó el pitido del ascensor.

—¿Suben? —preguntó la joven.

Esta vez se oyó un coro más servicial de síes masculinos.

Se situó delante de Lou, que le miró los zapatos cuando los demás hombres le miraban otras partes del cuerpo en medio de ese silencio oneroso que sólo sienten las mujeres en un ascensor lleno de hombres. El ascensor inició la subida de nuevo. Seis... siete... ocho...

Finalmente el hombre de los zapatos bastos marrones sacó las manos vacías del maletín y, con aire de derrota, anunció:

—Patterson Developments.

Lou sopesó la confusión enojado: había sido él quien había sugerido que no hubiese número trece en el ascensor, pero claro que había una planta decimotercera. No había un vacío antes de llegar al piso catorce; el piso catorce no flotaba sobre ladrillos invisibles. El catorce era el trece, y sus oficinas se hallaban en el trece. Sólo que se conocía como catorce. Por qué le resultaba confuso a todo el mundo era algo que él no sabía: para él estaba más claro que el agua. Se bajó en la decimocuarta planta y, al salir, sus pies se hundieron en la mullida moqueta de lana.

—Buenos días, señor Suffern —lo saludó su secretaria sin alzar la vista de los papeles.

Él se detuvo en su mesa y la miró con perplejidad.

—Alison, llámame Lou, como siempre, por favor.

—Claro, señor Suffern —replicó ella alegremente, rehusando mirarlo a los ojos.

Mientras Alison trajinaba, Lou intentó mirarle las suelas de los zapatos. Aún estaba de pie junto a la mesa cuando ella volvió y de nuevo rehusó mirarlo a los ojos cuando se sentó y comenzó a teclear. Lo más discretamente posible, Lou se agachó para atarse los cordones de los zapatos y echar un vistazo por la abertura de la mesa de ella.

Ésta frunció el ceño y cruzó las largas piernas.

—¿Va todo bien, señor Suffern?

—Llámame Lou —repitió él, aún perplejo.

—No —contestó ella con cierto malhumor al tiempo que desviaba la mirada. Cogió la agenda de la mesa—. ¿Quiere que repasemos las citas de hoy? —Se puso de pie y dio la vuelta a la mesa.

Blusa de seda ceñida, falda ceñida, los ojos de él escrutaron su cuerpo antes de llegar a los zapatos.

—¿Cuánto miden?

—¿Por qué?

—¿Miden ciento veinte milímetros?

—No tengo ni idea. ¿Quién mide los tacones en milímetros?

—No sé. Algunas personas. Gabe —sonrió y echó a andar tras ella camino del despacho de Lou, procurando verle las suelas.

—Y ¿quién rayos es Gabe? —musitó la chica.

—Gabe es un sin techo —dijo él entre risas.

Cuando la secretaria se volvió para cuestionarlo, lo pilló con la cabeza inclinada, estudiándola.

—Me mira igual que mira el arte de esas paredes —observó con agudeza.

Impresionismo moderno. A él nunca le había hecho mucha gracia. Día a día, con regularidad, se sorprendía parándose a mirar los borrones de nada que recubrían las paredes de los pasillos de las oficinas. Manchones y líneas arañadas en el lienzo que alguien consideraba algo y que podían colgarse sin problema boca abajo o al revés sin que nadie se diera cuenta. También pensaba en el dinero que se había invertido en ellos... y después los comparaba con los dibujos que cubrían la puerta del frigorífico de su casa, arte doméstico firmado por su hija, Lucy. Y cuando movía la cabeza de un lado al otro, como hacía ahora con Alison, sabía que en alguna parte había una maestra de preescolar con millones de euros en los bolsillos mientras niños de cuatro años con pintura en las manos, la lengua fuera con aire de concentración, recibían ositos de goma en lugar de un porcentaje de la recaudación.

—¿Tienes las suelas rojas? —le preguntó a Alison mientras se dirigía hacia su enorme silla de piel, donde podría vivir una familia de cuatro miembros.

—¿Por qué? ¿He pisado algo? —Levantó un pie y se puso a dar saltitos cortos para no perder el equilibrio mientras se miraba las suelas, como si fuera un perro que intentara morderse el rabo, pensó Lou.

—Da igual. —Se sentó ante el escritorio desalentado.

Ella le lanzó una mirada recelosa antes de volver a centrar su atención en la agenda.

—A las ocho y media lo llamará Aonghus O'Sullibháin, necesita hablar gaélico con fluidez para comprar esa parcela en Connemara. Sin embargo, pensando en usted, me las he arreglado para que la conversación se mantenga *as Béarla*... —Sonrió y echó hacia atrás la cabeza, como haría un caballo, apartándose del rostro la melena con mechas—. A las nueve menos cuarto tiene una reunión con Barry Brennan por lo de las babosas que encontraron en el terreno de Cork...

—Reza para que no sean raras —rezongó él.

—Bueno, nunca se sabe, señor, podrían ser parientes suyos. Usted tiene familia en Cork, ¿no? —Seguía sin mirarlo—. A las nueve y media...

—Espera un minuto. —Pese a saber que estaba a solas con

ella en la estancia, Lou echó un vistazo con la esperanza de encontrar apoyo–. ¿Por qué me llamas «señor»? ¿Qué te han dado hoy?

Ella apartó la mirada, farfullando lo que Lou creyó que sonaba como: no lo que me habría gustado, eso seguro.

–¿Qué has dicho? –Sin embargo, no esperó a oír la respuesta–. Tengo un día de perros, así que ahórrate los sarcasmos, anda. Y ¿desde cuándo se anuncia la agenda del día por la mañana?

–Pensé que si escuchaba cómo tiene el día, en voz alta, tal vez decidiera darme permiso para concertar menos citas en el futuro.

–¿Quieres menos trabajo, Alison, todo esto es por eso?

–No –contestó ella, ruborizándose–. En absoluto. Sólo creí que quizá pudiera cambiar un poco la rutina. En lugar de esos días frenéticos yendo de un lado a otro podría pasar más tiempo con menos clientes. Clientes más satisfechos.

–Sí, y Jerry Maguire y yo viviremos felices y comeremos perdices. Alison, eres nueva en la empresa, de manera que lo voy a pasar por alto, pero así es como me gusta hacer negocios, ¿de acuerdo? Me gusta estar ocupado, no me hacen falta dos horas para almorzar ni hacer los deberes en la mesa de la cocina con los niños. –Achinó los ojos–. Has mencionado a clientes más satisfechos, ¿has recibido alguna queja?

–Su madre, su mujer –replicó la chica, apretando los dientes–. Su hermano, su hermana, su hija.

–Mi hija tiene cinco años.

–Pues llamó cuando se le olvidó ir a buscarla a la clase de bailes irlandeses el otro jueves.

–Eso no cuenta –revolvió los ojos–, porque mi hija de cinco años no va a hacerle perder a la empresa cientos de millones de euros, ¿a que no? —Nuevamente no esperó a que su secretaria le respondiera—. ¿Has recibido alguna queja de alguien que no tenga mi mismo apellido?

Alison se paró a pensar.

—¿Se cambió el apellido su hermana después de separarse?

Lou la fulminó con la mirada.

—Entonces no, señor.

—¿A qué viene tanto «señor»?

—Sólo pensaba que si va a tratarme como si fuese una extraña, yo haré lo mismo —aclaró ella, el rostro encendido.

—¿Qué es eso de que te trato como si fueses una extraña?

La secretaria desvió la mirada.

Él bajó la voz y dijo:

—Alison, estamos en la oficina, ¿qué quieres que haga? ¿Decirte lo bien que me lo pasé echándote un polvo mientras hablamos de las citas que tenemos?

—No me echaste un polvo, sólo nos besamos.

—Lo que tú digas. —Le quitó importancia con un ademán—. ¿De qué va todo esto?

A eso Alison no supo responder, pero tenía las mejillas al rojo.

—Tal vez Alfred me haya comentado algo.

En ese instante el corazón de Lou hizo algo que él no había experimentado antes, una especie de aleteo.

—¿Qué te ha comentado?

Ella miró hacia otro lado y empezó a juguetear con la esquina de la hoja.

—Bueno, mencionó algo como que había faltado usted a la reunión de la semana pasada...

—«Algo» no, sé más específica, por favor.

Ella se resintió.

–Vale, bueno, después de la reunión de la semana pasada con el señor O'Sullivan, él (me refiero a Alfred) –tragó saliva– sugirió que procurase estar encima de usted un poco más. Sabía que yo era nueva en el puesto y me aconsejaba que no permitiera que volviese a faltar usted a una reunión importante.

A Lou le hervía la sangre y el cerebro le iba a toda velocidad. Nunca se había sentido tan confuso. Lou se pasaba la vida yendo de cosa en cosa, perdiendo la mitad de la primera sólo para conseguir llegar al final de la segunda. Lo hacía todo el día todos los días, siempre con la sensación de dar alcance para coger la delantera. Una tarea larga y dura y cansada. Había hecho grandes sacrificios para llegar hasta donde estaba. Le encantaba su trabajo, era absolutamente profesional y estaba entregado a él por completo. Ser reprendido por faltar a una reunión que no había sido fijada cuando se tomó la mañana libre lo enfadó. Como también lo enfadó que la culpa la hubiese tenido la familia. De haberla sacrificado por otra reunión, se sentiría mejor, pero lo acometió una repentina ira hacia su madre: había ido a buscarla al hospital tras sufrir una operación de cadera, la mañana de la reunión. Se enfadó con su mujer por haberlo convencido de que lo hiciera cuando su sugerencia de enviar un coche a recoger a su madre la enfureció. Se enfadó con su hermana, Marcia, y con su hermano mayor, Quentin, porque no fueron ellos. Él era un hombre ocupado, y para una vez que anteponía la familia al trabajo tenía que pagar por ello. Se levantó y comenzó a ir de un lado a otro junto a la ventana, mordiéndose con fuerza el labio y experimentando una oleada de ira tal que le entraron ganas de coger el teléfono y llamar a toda su familia para decirle: ¿lo veis? Por esto es por lo que no siempre puedo estar al pie del cañón, ¿lo veis? Mirad la que habéis liado.

—¿No le dijiste que tenía que ir a buscar a mi madre al hospital? —Lo dijo en voz queda, porque odiaba decirlo. Odiaba oír las palabras por las que despreciaba a otros compañeros. Odiaba las excusas, que la vida privada entrase en la oficina. En su opinión era una falta de profesionalidad. El trabajo se hacía o no se hacía.

—Bueno, no, porque era mi primera semana y el señor Patterson estaba con él y yo no sabía lo que a usted le gustaría que yo dijese...

—¿El señor Patterson estaba con él? —inquirió Lou, los ojos a punto de salírsele de las órbitas.

Ella asintió con vehemencia, los ojos muy abiertos, como uno de esos juguetes con el cuello flojo.

—Vale. —Su corazón se apaciguó, ya sabía lo que estaba pasando: su querido amigo Alfred volvía a hacer de las suyas, algo de lo que Lou se libraba, o eso había creído hasta ahora. Alfred no podía pasarse un solo día haciendo las cosas según las normas. Lo miraba todo desde un punto de vista retorcido y también abordaba las conversaciones desde una perspectiva poco común, siempre tratando de dar con la mejor forma de salir bien librado de cualquier situación.

Los ojos de Lou escrutaron la mesa.

—¿Dónde está el correo?

—En el piso doce. El chico en prácticas se confundió con la planta que falta.

—¡La planta decimotercera no falta! ¡Estamos en ella! ¿Qué le pasa a todo el mundo hoy?

—Estamos en la planta decimocuarta, y que no exista la decimotercera fue un grave error de diseño.

—No es un error de diseño —espetó él a la defensiva—. Algunas de las mejores construcciones del mundo no tienen planta decimotercera.

—Ni tejado.

—¿Qué?

—El Coliseo no tiene tejado.

—¿Qué? —repitió él, desconcertado—. Dile al chico en prácticas que a partir de hoy vaya por la escalera y cuente según vaya subiendo. De esa manera no se confundirá porque falte un número. En cualquier caso ¿por qué se ocupa del correo alguien en prácticas?

—Harry dice que andan faltos de personal.

—¿Faltos de personal? Sólo hace falta una persona que se monte en el ascensor y me suba el puñetero correo. ¿Cómo pueden andar faltos de personal? —Su voz subió unas octavas—. Hasta un mono podría hacer su trabajo. En las calles hay gente que mataría por trabajar en un sitio como...

—En un sitio como ¿qué? —preguntó Alison, pero se lo preguntaba al cogote de Lou, ya que éste se había dado media vuelta y miraba la acera desde el ventanal de suelo a techo, en su rostro una expresión peculiar que ella veía reflejada en el cristal.

La secretaria comenzó a alejarse despacio, por primera vez en las últimas semanas sintiéndose un tanto aliviada porque la aventura que había tenido con su jefe, aunque no hubiese sido más que unos toqueteos, no pasara de eso, ya que tal vez lo hubiera juzgado mal, tal vez se hubiera equivocado con él. Ella era nueva en la empresa y aún no lo tenía calado. Lo único que sabía de él era que le recordaba al Conejo Blanco de *Alicia en el País de las Maravillas*, que siempre parecía llegar tarde, tarde, tarde a una cita muy importante, pero se las componía para llegar a todas ellas justo a tiempo. Era un hombre amable con todo el que se cruzaba y tenía éxito en su trabajo. Además era atractivo y encantador y conducía un Porsche, y ella valoraba esas cosas más que ninguna otra. Claro que sintió una ligera punzada de culpa por lo que había sucedido la semana anterior con Lou cuando habló con su mujer por teléfono, pero no tardó en borrarla gracias a, en opinión de Alison, la absoluta ingenuidad de la esposa en lo tocante a las infidelidades del marido. Además, todo el mundo tenía un punto débil, y cualquier hombre podía ser perdonado si su talón de Aquiles resultaba ser ella.

—¿Qué zapatos lleva Alfred? —preguntó Lou justo antes de que ella cerrara la puerta.

Alice entró de nuevo.

—¿Qué Alfred?

—Berkeley.

—No lo sé. —Se sonrojó—. ¿Por qué quiere saberlo?

—Para el regalo de Navidad.

—¿Zapatos? ¿Quiere comprarle a Alfred un par de zapatos? Pero si ya he pedido las cestas a Brown Thomas para todo el mundo, como me dijo.

—Tú averígualo. Pero que no se note, pregunta con naturalidad, quiero darle una sorpresa.

Ella entrecerró los ojos, recelosa.

—Claro.

—Ah, y esa chica nueva de contabilidad. Cómo se llama... ¿Sandra, Sarah?

—Deirdre.

—Comprueba también qué zapatos lleva e infórmame si las suelas son rojas.

—No lo son. Son de Top Shop. Botines negros, de ante

con marcas de agua. Yo me compré un par el año pasado, cuando estaban de moda.

Dicho eso, se fue.

Lou exhaló un suspiro, se dejó caer en su enorme silla y se llevó los dedos al caballete de la nariz con la esperanza de poner freno a la migraña que se olía. Tal vez estuviera cayendo enfermo. Ya había malgastado quince minutos de su mañana hablando con un sin techo, algo nada propio de él, pero se había sentido obligado a pararse. Algo en ese hombre joven lo había impelido a detenerse y ofrecerle su café.

Incapaz de concentrarse en la agenda, Lou se volvió de nuevo para contemplar la ciudad que se extendía más abajo: adornos navideños gigantes decoraban los muelles y los puentes, inmensos muérdagos y campanas que se desplazaban de un lado a otro gracias a la magia festiva del neón. El río Liffey estaba al límite de su capacidad y se derramaba bajo su ventana para desembocar en la bahía de Dublín. Las aceras rebosaban de gente que se dirigía a su trabajo, en sincronía con las corrientes, siguiendo la misma dirección que la marea. Golpeaban el pavimento mientras pasaban veloces ante las descarnadas figuras de cobre vestidas con harapos que habían sido creadas en homenaje a quienes se vieron obligados a recorrer esos mismos muelles durante la hambruna para emigrar. En lugar de pequeños hatos con sus pertenencias, los irlandeses de ese barrio ahora llevaban café de Starbucks en una mano y un maletín en la otra. Las mujeres iban a la oficina combinando la falda con zapatillas de deporte, los zapatos de tacón alto en el bolso. Les aguardaba un destino completamente distinto y un sinfín de posibilidades.

Lo único estático era Gabe, resguardado en un portal, cerca de la entrada, aovillado en el suelo mientras observaba los zapatos que desfilaban por delante de él, sus oportunidades bastante distintas de las de aquellos que pasaban. Aunque no era mucho mayor que un punto en la acera trece pisos más abajo, Lou veía que Gabe subía y bajaba el brazo mientras bebía su café a sorbos, alargando cada trago, aunque a esas alturas sin duda ya se habría enfriado. Gabe lo intrigaba, entre otras cosas por su talento para recordar cada par de zapatos del edificio como si fuesen una tabla de multiplicar, pero, lo que era más alarmante, porque la persona que había tras esos ojos azules cristalinos le resultaba tremendamente familiar. A decir verdad Gabe le recordaba a él mismo. Ambos hombres tenían una edad similar y, debidamente arreglado, Gabe podría haber pasado sin problemas por Lou; parecía un hombre afable, cordial, capaz. Y el de la acera podría ser perfectamente Lou, viendo pasar el mundo, y sin embargo cuán distintas eran sus vidas.

En ese mismo instante, como si se sintiera observado por Lou, Gabe alzó la vista. Trece pisos más arriba, y a Lou le dio la sensación de que Gabe lo miraba directamente al alma, los ojos atravesándolo.

Esto confundió a Lou. Su participación en el desarrollo del edificio lo hacía sabedor de que, más allá de cualquier duda razonable, el cristal era reflectante por fuera. Se le antojaba imposible que Gabe lo hubiese visto al mirar, el mentón alzado, con una mano en la frente para protegerse de la luz, casi un saludo militar. Sólo podía haber visto un reflejo, razonó Lou, quizás un pájaro se hubiera lanzado en picado y le hubiese llamado la atención. Eso es, sólo podía tratarse de un reflejo. Sin embargo, la mirada de Gabe era tan penetrante —había salvado nada menos que trece pisos para llegar hasta la ventana del despacho de Lou y luego hasta los ojos de

Lou– que hizo tambalear la inquebrantable confianza de Lou, que levantó la mano, esbozó una tensa sonrisa y saludó brevemente. Antes de esperar a que Gabe reaccionara, se apartó de la ventana haciendo rodar la silla y se volvió, el pulso acelerándosele como si lo hubiesen pillado haciendo algo indebido.

El teléfono sonó. Era Alison, y no parecía muy contenta.

–Antes de que le diga lo que estoy a punto de decirle, quiero que sepa que soy licenciada en Empresariales por la universidad de Dublín.

–Enhorabuena –dijo Lou.

Ella carraspeó.

–A ver: Alfred gasta mocasines marrones del número cuarenta y dos. Por lo visto tiene diez pares de esos zapatos y los lleva a diario, así que no creo que la idea de regalarle otro par por Navidad sea demasiado buena. No sé de qué marca son, pero lo peor es que puedo averiguarlo. –Tomó aliento–. En cuanto a los zapatos de suela roja, Louise se compró un par nuevo y los llevó la semana pasada, pero le hicieron daño en el tobillo, así que los quiso devolver. Sin embargo, la tienda se negó a aceptarlos porque era evidente que los había usado, ya que la suela roja estaba algo desgastada.

–¿Quién es Louise?

–La secretaria del señor Patterson.

–Necesito que le preguntes con quién salió del trabajo cada día de la semana pasada.

–Ni hablar, eso no forma parte de mi trabajo.

–Si te enteras, podrás salir antes.

–Vale.

–Gracias por desmoronarte con tanta presión.

–De nada. Así podré empezar a comprar los regalos de Navidad.

—No olvides mi lista.

Así pues, a pesar de que era muy poco lo que había averiguado Lou, experimentó la misma sensación extraña en el corazón, algo que otros reconocerían como pánico. Sin embargo, Gabe tenía razón en lo de los zapatos, de manera que no era ningún loco, tal y como Lou sospechaba en el fondo. Antes Gabe le había preguntado si necesitaba a alguien observador en el edificio, así que, mientras cogía el teléfono, Lou se replanteó la decisión que había tomado antes.

—Ponme con Harry, el responsable del correo, y luego coge del armario una de mis camisas, una corbata y unos pantalones y llévaselas al tipo que está sentado a la puerta. Acompáñalo hasta el cuarto de baño de hombres, asegúrate de que está bien arreglado y después bájalo al departamento de correo. Se llama Gabe, y Harry lo estará esperando. Le voy a solucionar ese problemilla de falta de personal.

—¿Qué?

—Gabe, de Gabriel. Pero llámalo Gabe.

—No, me refería a...

—Tú hazlo. Ah, y Alison...

—¿Qué?

—Me gustó mucho besarte la otra semana y espero echarte un polvo en el futuro.

Oyó una risita antes de que colgara.

Había vuelto a hacerlo: mientras decía la verdad poseía la cualidad, casi admirable, de contar una mentira absoluta. Y al ayudar a otra persona —Gabe—, Lou de paso se ayudaba a sí mismo; una buena obra ciertamente constituía un triunfo para el espíritu. Pese a eso Lou sabía que en algún lugar bajo sus maquinaciones y su altruismo se agazapaba otra trama, que era el principio de un altruismo de una naturaleza muy diferente. Consigo mismo. Y ahondando más incluso en las complejidades de este hombre cebolla, él sabía que ese gesto venía motivado por el miedo. No sólo por el miedo de que —de haberle fallado toda la sensatez y toda la suerte— Lou pudiera encontrarse fácilmente en el lugar de Gabe en ese mismísimo instante, sino que, en una capa tan alejada de la superficie que casi no se dejaba sentir y sin duda no se veía, ahí acechaba el miedo de un fallo que había sido advertido, una mancha en la forja de la carrera de Lou. Por más que quisiera pasarlo por alto, le preocupaba. El miedo estaba ahí, estaba ahí todo el tiempo, pero lo hacía pasar por otra cosa ante los demás.

Igual que la planta decimotercera.

6
Un trato cerrado

Cuando la reunión de Lou con el señor Brennan sobre las babosas —que, por suerte, no eran raras, pero sí problemáticas— encontradas en el terreno de la urbanización del condado de Cork estaba a punto de concluir, Alison apareció en la puerta del despacho con cara de preocupación y la ropa para Gabe aún en los brazos.

—Lo siento, Barry, te tengo que dejar —se apresuró a decir Lou—. Se me hace tarde, tengo que estar en dos sitios ya mismo, los dos al otro lado de la ciudad, y ya sabes cómo está el tráfico.

Y así sin más, con una sonrisa de porcelana y un apretón de manos firme y afectuoso, el señor Brennan se vio de nuevo en el ascensor camino de la planta baja, el abrigo de invierno colgando de un brazo y los papeles en el maletín y debajo del otro. Sin embargo, la reunión había sido agradable.

—¿Ha dicho que no? —preguntó Lou a Alison.

—¿Quién?

—Gabe. ¿Es que no quería el empleo?

—Ahí abajo no había nadie. —La chica parecía confusa—. Estuve en recepción llamándolo una y otra vez (menuda vergüenza), y no vino nadie. ¿Era una broma, Lou? No me puedo creer que haya vuelto a picar después de que me hicieras llevar al vendedor de rosas rumano al despacho de Alfred.

—No es una broma. —La cogió por el brazo y la arrastró hasta la ventana.

—Pero si ahí no había nadie —dijo ella con exasperación.

Lou miró por la ventana y vio a Gabe en el mismo sitio. Empezaba a caer una lluvia menuda, primero un chisporroteo contra la ventana y después, rápidamente, un golpeteo cuando se convirtió en granizo. Gabe se acurrucó en el portal, acercando las rodillas al pecho para huir del mojado suelo. Se subió la capucha de la sudadera y tiró de los cordones con fuerza, lo cual, visto desde la planta decimotercera, tocó la fibra sensible de Lou.

—¿Acaso eso no es un hombre? —inquirió al tiempo que señalaba por la ventana.

Alison entrecerró los ojos y acercó la nariz al cristal.

—Sí, pero...

Él le quitó la ropa que llevaba en los brazos.

—Ya lo hago yo —dijo.

Nada más cruzar las puertas giratorias del vestíbulo, el glacial aire le abofeteó el rostro. Una ráfaga se llevó momentáneamente su aliento, y sólo la lluvia le azotaba la piel como si fuese cubitos de hielo. Gabe tenía la mirada fija en los zapatos que pasaban por delante, la mente centrada en otra cosa, sin duda intentando pasar por alto la furia de los elementos. Mentalmente se hallaba en otra parte, en cualquier sitio salvo allí. En una playa donde hacía calor, donde la arena era aterciopelada y el Liffey el infinito mar. Mientras se encontraba en este otro mundo sentía una especie de dicha que alguien como él no debería sentir.

Su rostro, sin embargo, no reflejaba eso. De él había desaparecido la mirada de cálida satisfacción de esa mañana. Los azules ojos eran más fríos que los caldeados estanques de antes cuando siguieron los zapatos de Lou desde las puertas giratorias hasta el borde de su manta.

Mientras observaba los zapatos, Gabe imaginaba que eran los pies de un lugareño que trabajaba en la playa en la que ganduleaba él. El hombre se le acercaba con un cóctel que guardaba un precario equilibrio en el centro de una bandeja, la bandeja apartada del cuerpo y en alto, como los brazos de un candelabro. Gabe había pedido la bebida hacía un buen rato, pero pasaría por alto el pequeño retraso del hombre. Era un día más caluroso de lo habitual, la arena estaba llena de cuerpos relucientes con olor a coco, de manera que le perdonaría al lugareño los errores. El bochorno hacía que todo el mundo aflojara el ritmo. Las chanclas que se le acercaban se hundían en la arena, lanzando granos al aire con cada paso. A medida que se aproximaban, los granos de arena se convirtieron en salpicaduras de agua, y las chanclas en un conocido par de zapatos brillantes. Gabe alzó la vista con la esperanza de ver un cóctel multicolor repleto de fruta y sombrillas en una bandeja, pero lo que vio fue a Lou con un montón de ropa en un brazo, y tardó un instante en acostumbrarse de nuevo al frío, al ruido del tráfico y al ajetreo que habían sustituido a su paraíso tropical.

El aspecto de Lou también había cambiado con respecto a antes. Su cabello había perdido el lustre y el cuidadoso copete a lo Cary Grant, y los hombros del traje parecían estar cubiertos de caspa, ya que las blancas bolitas de hielo que caían descansaban en el caro traje y tardaban un tiempo en derretirse. Al hacerlo dejaban manchas oscuras en la tela. Estaba despeinado, cosa rara en él, y los hombros, por lo común relajados, iban encogidos en un esfuerzo por proteger las orejas del frío. Su cuerpo tiritaba, le faltaba el abrigo de cachemir, como una oveja a la que acabaran de esquilar y estuviese con las rodillas huesudas y en cueros.

—¿Quieres un empleo? —preguntó Lou con confianza, si bien la voz sonó baja y sumisa, ya que el viento se llevó la mitad del volumen y la pregunta fue formulada a un desconocido que se hallaba más abajo en la calle.

Gabe se limitó a sonreír.

—¿Estás seguro?

Confundido por esa reacción, Lou asintió. No se esperaba un abrazo y un beso, pero era como si el otro contase con la oferta, cosa que no le gustó. Estaba más acostumbrado a aspavientos, a un ohh y ahh, gracias, y a una declaración de deuda con él. Sin embargo no fue eso lo que recibió de Gabe. Lo que recibió fue una leve sonrisa y, después de quitarse la manta del cuerpo y ponerse en pie cuan largo era, un firme, agradecido y, a pesar de la temperatura, sorprendentemente cálido apretón de manos. Sin que Gabe escuchase una palabra más, fue como si ya estuviesen cerrando un trato que Lou no recordaba haber negociado.

Exactamente a la misma altura, los azules ojos mirándose directamente, los de Gabe bajo una capucha bien calada, como un monje, atravesando los de Lou con tal intensidad que éste parpadeó y desvió la mirada. Justo cuando parpadeaba lo asaltó la duda, ahora que el mero hecho de pensar en hacer una buena obra se tornaba realidad. La duda entró como entra un cliente tozudo que no tiene reserva en el vestíbulo de un hotel, y Lou se quedó allí plantado, sin saber qué decisión tomar. Dónde ubicar la duda. Conservarla o ahuyentarla. Tenía muchas preguntas que formular a Gabe, muchas preguntas que probablemente debiera haber formulado, pero en ese instante sólo se le ocurrió una.

—¿Puedo fiarme de ti? —inquirió.

Quería que el otro lo convenciera para tranquilizarse, pero no contaba con obtener la respuesta que obtuvo.

Gabe apenas pestañeó.

—Como si te fuera la vida en ello.

La suite presidencial para el caballero por su palabra.

7
Pensándolo bien

Gabe y Lou dejaron el glacial aire y entraron en el caldeado vestíbulo de mármol. Con las paredes, el suelo y las columnas de granito recubiertas de espirales color crema, caramelo y chocolate Cadbury, a Gabe le faltó poco para ponerse a lamer las superficies. Había sido consciente de que tenía frío, pero hasta que sintió ese calor no supo hasta qué punto. Lou notó que todas las miradas se clavaban en él mientras llevaba a aquel hombre con aquella pinta por la recepción camino del servicio de caballeros de la planta baja. Sin estar muy seguro de la razón, Lou decidió comprobar cada uno de los cubículos antes de hablar.

—Toma, te he traído esto. —Le entregó la ropa, que a esas alturas estaba ligeramente húmeda—. Puedes quedártela.

Se volvió hacia el espejo para peinarse el cabello hacia atrás debidamente, retiró las bolitas de hielo y las gotas de agua de los hombros e hizo cuanto pudo por volver a la normalidad, física y mentalmente, mientras Gabe examinaba con sumo cuidado sus pertenencias: unos pantalones grises de Gucci, una camisa blanca y una corbata de listas grises y blancas, y lo trataba todo con delicadeza, como si un único toque pudiera reducirlo a harapos.

Mientras Gabe dejaba la manta en el lavabo y a continuación entraba en uno de los cubículos para vestirse, Lou caminaba arriba y abajo por el urinario respondiendo a llamadas telefónicas y correos electrónicos. Estaba tan ocupado con su trabajo que cuando levantó la cabeza del aparato no reconoció al hombre que tenía delante y volvió a centrar su atención en la BlackBerry. Sin embargo, después alzó la cabeza despacio, al caer en la cuenta, sobresaltado, de que era Gabe.

Lo único que revelaba que se trataba del mismo hombre era el sucio par de Doc Martens bajo los pantalones de Gucci. Todo le quedaba perfecto, y Gabe se plantó delante del espejo mirándose de arriba abajo como si estuviese en trance. El gorro de lana que antes cubría su cabeza ahora dejaba al descubierto una densa mata de cabello negro, similar al de Lou, pero mucho más alborotado. El calor había sustituido al frío en su cuerpo, y ahora sus labios eran carnosos y rojos, las mejillas de un agradable color rosado en lugar de la palidez helada de antes.

Lou no sabía qué decir, pero, al notar que el momento era demasiado profundo como para sentirse cómodo, optó por chapotear en la superficie.

—Eso que me dijiste antes de los zapatos...

Gabe asintió.

—Estuvo bien. No me importaría que mantuvieras los ojos abiertos para esa clase de cosas. Hazme saber de vez en cuando lo que ves.

Gabe asintió.

—¿Tienes dónde quedarte?

—Sí.

Gabe volvió a mirarse en el espejo. La voz era queda.

—Entonces ¿tienes una dirección para darle a Harry? Es tu jefe.

—¿No lo vas a ser tú?

—No. —Lou se sacó la BlackBerry del bolsillo y comenzó a desplazarse por ella sin buscar nada en concreto—. No, tú estarás en otro... departamento.

—Ah, claro. —Gabe se irguió, parecía un tanto avergonzado por haber pensado otra cosa—. Vale, estupendo. Muchas gracias, Lou, de verdad.

Lou cabeceó, sintiéndose violento.

—Toma. —Le dio su peine mientras miraba hacia el otro lado.

—Gracias. —Gabe lo cogió, lo metió bajo el grifo y se puso a domar el enmarañado cabello.

Lou le metió prisa y lo sacó del servicio para cruzar el vestíbulo de mármol hacia los ascensores.

Gabe le dio el peine a Lou, pero éste sacudió la cabeza e hizo un gesto negativo con la mano al tiempo que echaba un vistazo para asegurarse de que ninguna de las personas que esperaba el ascensor con ellos había visto el gesto.

—Quédatelo. ¿Tienes número de IAE, Seguridad Social, esa clase de cosas? —le soltó a Gabe.

Éste sacudió la cabeza con cara de preocupación. Sus dedos acariciaban la corbata de seda arriba y abajo, como si fuese una mascota y él tuviera miedo de que fuera a escaparse.

—No te apures, ya lo solucionaremos. Bueno —Lou empezó a apartarse cuando el teléfono sonó—, será mejor que me vaya, tengo que estar en un montón de sitios ya mismo.

—Claro. Gracias otra vez. ¿Dónde...?

Pero Gabe se quedó solo cuando Lou se puso a deambular por el vestíbulo con movimientos nerviosos mientras hablaba por el móvil y ese medio caminar, medio bailar que hacen quienes hablan por un teléfono móvil. La mano izquierda hacía tintinear las monedas que llevaba en el bolsillo, la derecha la tenía pegada a la oreja.

—Bueno, tengo que irme, Michael. —Lou cerró el teléfono y chasqueó la lengua en señal de desaprobación cuando vio que un gentío mayor aún seguía esperando los ascensores—. Esto hay que arreglarlo como sea —comentó en voz alta.

Gabe le dirigió una mirada que Lou no fue capaz de interpretar.

—¿Qué?

—¿Dónde tengo que ir? —insistió Gabe.

—Ay, lo siento. Tienes que bajar un piso. El departamento de correo.

—Ah. —Gabe pareció desconcertado en un principio, pero después la afabilidad volvió a su rostro—. Vale, bien, gracias —asintió.

—¿Has trabajado alguna vez ahí? Apuesto a que son, esto... lugares emocionantes.

Lou sabía que ofrecerle un empleo a Gabe era un gran gesto y que no había nada malo en el trabajo que le ofrecía, pero, de alguna manera, sentía que no era bastante, que el joven que tenía delante no sólo era capaz de mucho más, sino que esperaba más. No podía dar una explicación razonable de por qué demonios sentía eso, ya que Gabe se mostraba tan amable, simpático y agradecido como el instante en que lo conoció, pero había algo en su forma de... sencillamente había algo.

—¿Quieres que almorcemos juntos o alguna otra cosa? —preguntó esperanzado Gabe.

—Imposible —replicó Lou; el teléfono volvía a sonar en su

bolsillo–. Tengo un día tremendamente liado y he de... –Se calló cuando las puertas del ascensor se abrieron y la gente comenzó a desfilar.

Gabe avanzó para entrar con Lou.

–Éste sube –advirtió Lou en voz baja, sus palabras actuando de barrera.

–Ah, vale. –Gabe retrocedió unos pasos y, antes de que las puertas se cerrasen y algunos rezagados corrieran para entrar, inquirió–: ¿Por qué haces esto por mí?

Lou tragó saliva y se metió las manos en los bolsillos.

–Considéralo un regalo.

Y las puertas se cerraron.

Cuando Lou llegó al piso catorce se llevó una buena sorpresa al entrar en la oficina y ver a Gabe empujando por allí el carrito del correo, dejando paquetes y sobres en las mesas del personal.

Sin saber qué decir, pero repasando el tiempo que había tardado el otro en subir a su planta, se limitó a mirar a Gabe boquiabierto.

–Eh... –Gabe miró a derecha e izquierda con incertidumbre–, ésta es la planta decimotercera, ¿no?

–La decimocuarta –repuso Lou sin aliento, pronunciando las palabras por la costumbre y sin apenas darse cuenta de lo que decía–. Aquí es donde tienes que estar, desde luego, es sólo que... –Se llevó la mano a la frente, que notó caliente. Esperaba que el tiempo que había pasado bajo la lluvia sin abrigo no lo hubiera hecho enfermar–. Has llegado tan de prisa que... no importa. –Cabeceó–. Esos puñeteros ascensores –farfulló para sí mientras se dirigía a su despacho.

Alison se levantó de un salto de la silla y le impidió que entrara en el despacho.

—Marcia está al teléfono —anunció en voz alta—. Otra vez.

Gabe empujó el carrito hasta el extremo del lujoso pasillo y entró en otro despacho, una de las ruedas chirriando ruidosamente. Lou lo observó un momento maravillado y después reaccionó.

—No tengo tiempo, Alison, de veras, he de estar en otra parte ya mismo y tengo una reunión antes de marcharme. ¿Dónde están mis llaves? —Buscó en los bolsillos del abrigo, que colgaba del perchero, en un rincón.

—Ha llamado tres veces esta mañana —dijo entre dientes la secretaria mientras tapaba el auricular y lo apartaba del cuerpo como si fuese veneno—. Creo que piensa que no te estoy dando sus mensajes.

—¿Mensajes? —se burló Lou—. No recuerdo ningún mensaje.

Alison chilló presa del pánico mientras levantaba el aparato en el aire, lejos del alcance de Lou.

—No te atrevas a hacerme eso, no me eches la culpa a mí. Hay tres mensajes en tu mesa sólo de esta mañana. Y, además, tu familia ya me odia de todas formas.

—Y tiene derecho a hacerlo, ¿no?

Se pegó a ella, haciéndola retroceder hasta su mesa. Tras lanzarle una mirada que hizo que le flaqueara el cuerpo entero, Lou dejó que dos de sus dedos subieran despacio por el brazo de ella hasta alcanzar la mano, donde le arrebató el teléfono. Al oír una tos a sus espaldas, se apartó de prisa y se llevó el teléfono a la oreja. Fingiendo que no le importaba, se dio la vuelta con naturalidad para ver quién los había interrumpido.

Gabe. Con el chirriante carrito que, asombrosamente, no había puesto a Lou sobreaviso esta vez.

–Sí, Marcia –le dijo a su hermana por teléfono–. Sí, claro que he recibido tus diez mil mensajes. Alison ha tenido la amabilidad de pasármelos todos. –Sonrió con dulzura a su secretaria, que le sacó la lengua antes de conducir a Gabe al despacho de Lou. Éste se irguió un poco más y observó a Gabe.

Mientras seguía a Alison al despacho de Lou, Gabe miró la enorme habitación como un niño en el zoo. Lou se percató de que no se le pasaban por alto el enorme cuarto contiguo a la derecha, los ventanales de suelo a techo desde los que se veía la ciudad, el gigantesco escritorio de roble que ocupaba más espacio del necesario, la zona de estar en el rincón izquierdo, la mesa para diez personas de la sala de juntas, la pantalla de plasma de cincuenta pulgadas en la pared. Era tan grande o más que un piso de Dublín.

Gabe movía la cabeza por el despacho, los ojos asimilándolo todo. Curiosamente, su expresión era impenetrable. Luego sus miradas se cruzaron, y Gabe sonrió. Una sonrisa igualmente curiosa. No era la cara de admiración que Lou esperaba, y sin duda tampoco de celos. Más bien era risueña. Fuera lo que fuese, aniquiló en un instante el orgullo y la satisfacción que aguardaban en la cola de emociones que Lou pensaba experimentar a continuación. Se trataba de una sonrisa que parecía únicamente destinada a Lou, pero el problema era que éste no estaba seguro de si Gabe se reía de él o con él. Sintiendo una falta de seguridad a la que no estaba acostumbrado, asintió en señal de agradecimiento.

Mientras tanto, por teléfono, Marcia continuaba con su absurda cháchara, y a Lou le dio la impresión de que cada vez tenía la cabeza más caliente.

–¿Lou? Lou, ¿me estás escuchando? –preguntó con suavidad.

—Pues claro, Marcia, pero la verdad es que no puedo seguir contigo ahora, porque he de estar en dos sitios y ninguno de los dos se encuentra aquí —anunció. Y luego, tras una pausa, añadió una risa para amortiguar el golpe.

—Sí, ya sé que estás muy ocupado —contestó ella y, sin intención de mofarse, agregó—: no te molestaría en el trabajo si te viéramos algún domingo.

—Vaya, ya estamos. —Revolvió los ojos a la espera del consabido sermón.

—No, no estamos, por favor, escúchame. Lou, necesito que me ayudes con esto, de veras. Por regla general no te daría la lata, pero Rick y yo andamos con los papeles del divorcio y... —profirió un suspiro—. Vamos, que quiero hacer esto bien y no puedo hacerlo sola.

—Ya sé que no. —No estaba seguro de lo que su hermana podía hacer o no, ya que no tenía idea de lo que le estaba hablando y a él le preocupaba enormemente su creciente paranoia con los movimientos de Gabe por su despacho.

Estiró el cordón del teléfono hasta el rincón para poder coger el abrigo. Tras hacerse un lío al intentar descolgar el abrigo mientras mantenía el teléfono sujeto entre la oreja y el hombro, el aparato se le cayó. Echó mano del abrigo antes de agacharse a recuperar el teléfono. Marcia seguía hablando.

—Así que ¿puedes al menos darme una respuesta a lo del sitio?

—El sitio —repitió él.

El móvil le sonó en el bolsillo, y él lo puso en silencio, aunque era lo último que quería.

Su hermana guardó silencio un instante.

—Sí, el sitio —insistió, la voz tan queda ahora que él hubo de aguzar el oído.

—Ah, sí, el sitio para... —Miró a Alison con su mejor cara de alarma y ella dejó de escrutar a Gabe para salir corriendo del despacho hacia él con un post-it de un amarillo vivo.

—¡Ajá! —exclamó Lou, arrebatándoselo de la mano. Y pronunció las palabras como si las estuviera leyendo—. Para la fiesta de cumpleaños de tu padre... de mi padre, vamos. Quieres que te diga un sitio para la fiesta de cumpleaños de papá.

Lou sintió de nuevo una presencia a sus espaldas.

—Sí —dijo Marcia, aliviada—. Pero no me hace falta un sitio, ya tenemos dos, ¿recuerdas que te lo comenté? Sólo necesito que me ayudes a escoger uno. Quentin prefiere uno y yo el otro, y mamá lo único que quiere es permanecer al margen y...

—¿Puedes llamarme al móvil, Marcia? Es que tengo que salir corriendo. Voy a llegar tarde a un almuerzo de negocios.

—No, Lou. Tú sólo dime dónde...

—Mira, se me ocurre un sitio genial —la interrumpió de nuevo mientras consultaba el reloj—. A papá le va a encantar y todo el mundo se lo pasará en grande —espetó para librarse de ella.

—A estas alturas no quiero otra opción. Ya sabes cómo es papá. Se trata de una reunión familiar pequeña e íntima en un sitio donde él se sienta cómodo...

—Íntimo y cómodo. Lo tengo. —Lou le quitó el bolígrafo a Alison e hizo una anotación sobre la fiesta cuya organización iba a confiarle—. Estupendo. ¿Qué día es?

—El de su cumpleaños. —La voz de Marcia iba bajando con cada respuesta.

—Claro, su cumpleaños. —Lou dirigió una mirada inquisitiva a Alison, que se abalanzó sobre su agenda y se puso a hojearla a la mayor velocidad–. Pensaba que queríamos hacerla en un fin de semana para que todo el mundo pudiera desmelenarse. Ya sabes, que el tío Leo se lance a la pista de baile. –Sonrió satisfecho.

–Acaban de diagnosticarle un cáncer de próstata.

–No iban por ahí los tiros. ¿En qué día cae el fin de semana más cercano? –improvisó.

–El cumpleaños de papá cae en viernes –replicó ella, ahora cansada–. Es el veintiuno de diciembre, Lou. El mismo día que el año pasado y el anterior.

–El veintiuno de diciembre, claro. –Miró con aire acusador a Alison, que se encogió al no haber sido más rápida–. Eso es el próximo fin de semana, Marcia, ¿por qué lo has dejado hasta tan tarde?

–No lo he dejado hasta tan tarde, ya te he dicho que todo está organizado. Ambos sitios se encuentran disponibles.

Lou dejó de escuchar su respuesta otra vez, cogió la agenda de Alison y comenzó a hojearla–. Huy, imposible, no te lo vas a creer. Ése es el día que celebramos la fiesta en la oficina, y tengo que estar. Se pasarán algunos clientes importantes. La fiesta de papá podría ser el sábado, tendré que reorganizar un par de cosas –pensó en voz alta–, pero el sábado podría ser.

–Tu padre cumple setenta años, no puedes cambiar la fecha por una fiesta de tu oficina –contestó su hermana sin dar crédito–. Además la música, la comida, todo está listo para esa fecha. Lo único que hace falta es decidir cuál de los dos sitios...

–Pues cancélalo –propuso él mientras se levantaba del rincón de la mesa y se disponía a colgar–. El sitio que tengo en mente tiene su propio catering y música, así que no tendrás que mover un dedo, ¿vale? Así pues todo arreglado. Estupendo. Te paso a Alison para que apunte todos los detalles. —Dejó el teléfono en la mesa y cogió el maletín.

A pesar de que sentía la presencia de Gabe detrás de él, no se volvió.

—¿Va todo bien, Gabe? —preguntó mientras cogía unas carpetas del escritorio de Alison y las metía en el maletín.

—Sí, muy bien. Sólo pensaba que podía bajar contigo en el ascensor, dado que vamos al mismo sitio.

—Ah. —Lou cerró el maletín, dio media vuelta y no aminoró la marcha camino del ascensor, de repente temeroso de haber cometido un grave error y de que ahora tendría que demostrarle a Gabe que lo que pretendía al darle empleo no era hacer un amigo. Le dio al botón del ascensor y, mientras esperaba a que los números ascendieran, se entretuvo con el teléfono.

—Así que tienes una hermana —comentó Gabe con voz queda.

—Sí —contestó él sin dejar de escribir, sintiendo que había vuelto al colegio e intentaba librarse del paleto con el que había sido amable una vez.

Y justo entonces el teléfono decidía no sonar.

—Es estupendo.

—Mmm.

—¿Cómo dices?

La respuesta de Gabe había sido tan seca que Lou alzó la cabeza.

—No te he oído —dijo Gabe como si fuese un maestro de escuela.

Luego, por algún motivo desconocido, Lou se sintió culpable y se guardó el móvil en el bolsillo.

—Lo siento, Gabe. —Se enjugó la frente—. Está siendo un día raro. Hoy no soy yo mismo.

—Y entonces ¿quién eres?

Lou lo miró confuso, pero Gabe se limitó a sonreír.

—Me hablabas de tu hermana.

—¿Ah, sí? Bueno, sólo es la Marcia de siempre. —Lou suspiró—. Me está volviendo loco con la organización del septuagésimo cumpleaños de mi padre. Por desgracia es el mismo día que la fiesta de la oficina, y eso causa algunos problemas, ¿sabes? Ésa siempre es una buena noche aquí. —Miró a Gabe y le guiñó un ojo—. Ya verás a qué me refiero. Pero he decidido encargarme yo de todo, para darle un respiro —afirmó.

—¿No crees que tu hermana está disfrutando al hacerlo? —inquirió Gabe.

Lou desvió la mirada. A Marcia le encantaba organizar la fiesta, llevaba planeándola desde el año anterior. Al encargarse él, lo cierto es que se lo ponía más fácil a sí mismo. No podía soportar la veintena de llamadas diarias para comentarle cómo sabía la tarta o preguntarle si le importaría que tres de sus decrépitas tías pasaran la noche en su casa o si prestaría algunos de sus cucharones para el bufé. Su hermana se había centrado en la fiesta desde que su matrimonio fracasó. Si le hubiese prestado a ese matrimonio tanta atención como a la maldita fiesta, no estaría llorando a sus amigas en el gimnasio cada día, pensó. Encargarse él era hacerle un favor a ella y a él mismo. Matar dos pájaros de un tiro, precisamente lo que le gustaba.

—Pero irás a la fiesta de tu padre, ¿no? —quiso saber Gabe—. Tu padre va a cumplir setenta años —silbó—. No querrás perdértelo, ¿no?

A Lou volvieron a asaltarlo la irritación y el desasosiego.

Sin saber si Gabe lo estaba sermoneando o tan sólo intentaba ser amable, lo miró de reojo de prisa para decidirlo, pero Gabe estudiaba los sobres del carrito para saber a qué planta tenía que ir a continuación.

—Pues claro que voy a ir. —Lou esbozó una sonrisa falsa—. Me dejaré caer un rato en algún momento. Ése era el plan. —Su voz sonó forzada. ¿Por qué demonios estaba dando explicaciones?

Gabe no respondió, y tras unos segundos de silencio incómodo Lou pulsó el botón del ascensor varias veces seguidas.

—Estas puñeteras cosas son muy lentas —rezongó.

Finalmente las puertas se abrieron y el abarrotado ascensor puso de manifiesto que sólo había sitio para una persona.

Gabe y Lou se miraron.

—A ver, que entre uno de ustedes —espetó un cascarrabias.

—Ve tú —dijo Gabe—. Yo tengo que bajar esto —señaló el carrito—. Cogeré el siguiente.

—¿Estás seguro?

—Besaos de una vez —dijo un hombre, y el resto rompió a reír.

Lou se apresuró a entrar y no pudo apartar los ojos de la fría mirada de Gabe cuando las puertas se cerraron y el ascensor inició el lento descenso.

Tras sólo dos paradas llegaron a la planta baja y, al verse encajado en el fondo, Lou espero a que saliera todo el mundo. Vio que los trabajadores corrían hacia las puertas del vestíbulo para ir a almorzar, bien abrigados para hacer frente a los elementos.

La multitud se dispersó, y a Lou el corazón le dio un vuelco cuando vio a Gabe junto al mostrador de seguridad con el carrito al lado, escrutando a la gente en busca de Lou.

Éste salió despacio y se dirigió hacia él.

—Se me olvidó dejar esto en tu mesa. —Gabe le dio un sobre fino—. Estaba escondido debajo del montón de otro.

Lou cogió el sobre y ni siquiera lo miró antes de metérselo en el bolsillo del abrigo.

—¿Pasa algo? —inquirió Gabe, pero su voz no reflejaba preocupación.

—No, nada. —Lou no apartó los ojos del rostro de Gabe ni un solo instante—. ¿Cómo has llegado aquí tan de prisa?

—¿Aquí? —repitió Gabe al tiempo que señalaba el suelo.

—Aquí, sí —contestó Lou con sarcasmo—. A la planta baja. Ibas a esperar el siguiente ascensor. Desde el piso catorce. Hace menos de treinta segundos.

—Ah, sí —convino el otro, y sonrió—. Aunque yo no diría que fue hace treinta segundos.

—¿Y?

—Y... —evadió responder—. Supongo que llegué más de prisa que tú. —Se encogió de hombros y soltó el freno de la rueda del carrito con un pie con idea de moverse. Al mismo tiempo el teléfono de Lou empezó a sonar y su BlackBerry le indicó que tenía un mensaje nuevo—. Será mejor que te des prisa —observó Gabe, que empezó a alejarse—. Cosas que ver, gente que hacer —repitió las palabras de Lou y a continuación esbozó una sonrisa de porcelana que tuvo el efecto contrario a la confusa sensación de cordialidad que le diera a Lou esa misma mañana. En su lugar lanzó torpedos de miedo e inquietud directamente al corazón y a las tripas. A esos dos sitios. A la vez.

8
Pudin y pastel

Ya eran las diez y media de la noche cuando la ciudad escupió a Lou y lo despidió en la carretera de la costa que conducía hasta su casa, en Howth, en el condado de Dublín. Junto al mar una hilera de casas bordeaba la costa, como un ornamentado marco para la perfecta acuarela. Azotadas por el viento y erosionadas debido a una eternidad de aire salado, hacían suyo el gran espíritu americano de acomodar a Santa Claus y sus renos gigantescos en tejados centelleantes. Cada ventana en la que no estaban echadas las cortinas centelleaba con las luces de los árboles de Navidad, y Lou recordó que de pequeño intentaba contar la mayor cantidad de árboles posible para pasar el tiempo cuando iba en coche. A la derecha, al otro lado de la bahía, se veían Dalkey y Killiney. Las luces de Dublín titilaban más allá del negro oleaginoso del mar como anguilas eléctricas que brillaran bajo la negrura de un pozo.

Howth era el lugar de sus sueños desde que Lou tenía uso de razón. Literalmente su primer recuerdo empezaba ahí, su primera sensación de deseo, de querer formar parte de ese sitio, y después de pertenecer a él. El puerto pesquero y deportivo, en el norte del condado de Dublín, era una popular zona residencial de las afueras situada en el norte de Howth Head, a quince kilómetros de la capital. Se trataba de un pueblo con historia: senderos que festoneaban los acantilados y dejaban atrás la aldea de Howth y su abadía en ruinas, un castillo del siglo xv tierra adentro con jardines repletos de rododendros y numerosos faros que salpicaban la costa. Un pueblo concurrido y popular lleno de pubs, hoteles y elegantes restaurantes especializados en pescado. Desde él se disfrutaba de impresionantes vistas de la bahía de Dublín y, más allá, de las montañas Wicklow o el valle del Boyne. Howth era una isla peninsular, con tan sólo una franja de tierra que la unía al resto del país. Tan sólo una franja de tierra para unir la vida cotidiana de Lou con la de su familia. Un mero jirón, de tal forma que cuando llegaban los días tormentosos, Lou contemplaba el enfurecido Liffey desde la ventana de su despacho e imaginaba las grises y violentas olas rompiendo contra esa franja, lamiendo la tierra cual llamas, amenazando con apartar a su familia del resto del país. A veces, en esos momentos en los que soñaba despierto, se hallaba lejos de su familia, separado de ella para siempre. En momentos más agradables se hallaba con ella, arropándola para protegerla de los elementos.

Al otro lado de su cuidado y vasto jardín se extendía una tierra agreste y accidentada de brezo púrpura y hierbas silvestres que llegaban por la cintura y heno que daba a la bahía de Dublín. Por la parte delantera podían ver el islote de Ireland's Eye, y en un día claro las vistas eran tan impresionantes que daba la sensación de que alguien hubiese colgado una pantalla verde desde las nubes que descendiera hasta el océano. Del puerto arrancaba un paseo marítimo por el que a Lou le encantaba deambular, aunque deambulaba solo. No siempre había sido así. Su amor al paseo había comenzado de niño, cuando sus padres los llevaban a él, a Marcia y a su hermano mayor, Quentin, a Howth los domingos, hiciera el tiempo que hiciese, para deambular por él. Esos días o hacía un sol que quemaba de tal forma que él aún podía saborear el helado que tomaba en cuanto ponía el pie en el paseo o eran tan tormentosos que el viento azotaba con tal fuerza que tenían que agarrarse para evitar que se los llevara y acabaran en el mar.

Esos días familiares Lou solía desaparecer en su propio mundo. Y es que esos días era un pirata en alta mar. Un salvavidas. Un soldado. Una ballena. Cualquier cosa que quisiera. Todo lo que no era. Al principio de cada caminata por el paseo él siempre empezaba andando hacia atrás, mirando el coche en el aparcamiento hasta que dejaba de ver el vivo rojo y la gente se había convertido en pingüinos, motas oscuras que recorrían el lugar sin movimientos definidos.

A Lou aún le gustaba pasear por allí, su pasarela hacia la tranquilidad. Le encantaba ver cómo se iban desvaneciendo los coches y las casas encaramadas al borde del acantilado a medida que él se alejaba más y más de tierra. Se plantaba junto al faro, ambos mirando al mar. Allí, tras una larga semana de trabajo, podía arrojar al agua todas sus inquietudes y preocupaciones y verlas caer con un plaf en las olas y llegar al fondo.

Pero la noche que Lou se dirigía a casa tras conocer a Gabe era demasiado tarde para ir al paseo. El botón de encendido de sus vistas estaba apagado, sólo veía negrura y, de vez en cuando, el destello de la luz de un faro. A pesar de la hora y del hecho de estar a mediados de semana, el pueblo no era su habitual rincón de calma. Con las navidades tan cerca, los restaurantes estaban rebosantes de comensales, fiestas navideñas y reuniones y celebraciones anuales. Los barcos se hallarían en el puerto para pasar la noche, las focas habrían desaparecido del muelle, la barriga llena con la caballa que los visitantes compraban para echarles. Ahora el serpenteante camino que subía hasta la cima era negro y estaba tranquilo, y al notar que se acercaba a su casa y por allí no había nadie, pisó el acelerador de su Porsche 911. Bajó la ventanilla y sintió el glacial aire en el cabello mientras escuchaba el sonido del motor retumbando por las colinas y los árboles a medida que se dirigía a la cima de Howth. Bajo él la ciudad centelleaba con un millón de luces, lo veía subir por la arbolada montaña como una araña entre la hierba.

Como guinda del pastel que acababa de terminar, oyó un alarido y a continuación, tras mirar por el retrovisor, maldijo en voz alta al coche de policía que tenía detrás, las luces encendidas. Levantó el pie del acelerador con la esperanza de ser adelantado, pero fue en vano: la emergencia era él. Puso el intermitente y se detuvo, sentado con las manos en el volante mientras observaba cómo salía del coche la familiar figura. El hombre se acercó despacio al lado del vehículo que ocupaba Lou, contemplando la noche como si estuviese dando un relajado paseo, lo cual dio a Lou bastante tiempo para devanarse los sesos y recordar el nombre del oficial. Apagó la música, que llevaba puesta a todo volumen, y examinó con más atención al hombre por el retrovisor, confiando en que de ese modo le viniera su nombre a la memoria.

El hombre se situó junto a la portezuela y se agachó para mirar por la ventanilla.

—Señor Suffern —dijo sin una pizca de sarcasmo, para alivio de Lou.

—Oficial O'Reilly. —Recordó el nombre en el momento justo y le dedicó al policía una sonrisa, dejando a la vista tantos dientes que parecía un chimpancé tenso.

—Nos encontramos en una situación familiar —observó el oficial con una sonrisilla—. Por desgracia para usted ambos nos dirigimos a casa a la misma hora.

—Muy cierto, señor. Le pido disculpas, las carreteras estaban tranquilas y pensé que no pasaría nada. Por aquí no hay ni un alma.

—Tan sólo un puñado de espíritus inocentes, ése es siempre el problema.

—Y yo soy uno de ellos, señoría. —Lou rompió a reír, levantando las manos en señal de defensa—. Es el último tramo de carretera antes de llegar a casa, créame, sólo pisé el acelerador unos segundos antes de que me diera el alto. Me muero de ganas de llegar a casa con mi familia, en serio.

—El motor se oía desde Sutton Cross, carretera abajo.

—Es una noche tranquila.

—Y un motor ruidoso, lo sé, pero nunca se sabe, señor Suffern. Nunca se sabe.

—Imagino que no va a dejar que me marche con una amonestación. —Lou sonrió tratando de reflejar sinceridad y disculpas en la más encantadora de sus sonrisas. Ambas cosas a la vez.

—Supongo que sabe cuál es el límite de velocidad.

—Sesenta kilómetros.

—No ciento y...

El oficial dejó de hablar de pronto y se irguió, haciendo que Lou dejara de verle los ojos y se encontrara frente a frente con la hebilla de su cinturón. Sin saber qué tramaba el policía, permaneció sentado y miró por la ventana el tramo de carretera que se extendía ante él con la esperanza de no ir a sumar más puntos en su permiso. Con doce le retirarían el permiso, un máximo al que él se acercaba peligrosamente, pues ya tenía ocho. Miró al oficial a hurtadillas y lo vio tocarse el bolsillo izquierdo.

—¿Busca un boli? —preguntó Lou al tiempo que se llevaba la mano al bolsillo interior.

El policía hizo una mueca de dolor y le dio la espalda a Lou.

—Oiga, ¿se encuentra bien? —preguntó Lou preocupado. Y fue a abrir la puerta, pero luego cambió de opinión.

El oficial farfulló algo inaudible, una advertencia, a juzgar por el tono. Lou vio por el retrovisor que volvía despacio a su coche. Caminaba de forma extraña, parecía arrastrar la pierna izquierda ligeramente. ¿Estaría borracho? Después el policía abrió la portezuela de su coche, se subió a él, arrancó, dio la vuelta y desapareció. Lou frunció el ceño, el día —incluso en su ocaso— se tornaba más y más extraño por momentos.

Lou paró a la entrada con la misma sensación de orgullo y satisfacción que experimentaba cada noche al llegar a casa. Para la mayoría de la gente corriente el tamaño no importaba, pero Lou no quería ser corriente y veía las cosas que poseía como un indicativo del hombre que era. Quería lo mejor de todo y para él el tamaño y la cantidad eran un indicativo de eso. A pesar de hallarse en un seguro callejón sin salida con tan sólo un puñado de casas en la cima de Howth, había dispuesto que los muros divisorios fuesen más altos y que instalaran descomunales verjas electrónicas con cámaras a la entrada.

Las luces de los cuartos de los niños, en la fachada de la casa, estaban apagadas, y Lou sintió en el acto un alivio inexplicable.

—Ye he llegado —dijo al entrar en la tranquila casa.

Se oía levemente a una mujer sin aliento y bastante histérica indicando movimientos a voz en grito desde el televisor de la sala de estar, al fondo del pasillo. El DVD de ejercicios de Ruth.

Se aflojó la corbata y se desabrochó el botón superior de la camisa, se quitó los zapatos y, tras sentir el alivio que proporcionaba a sus pies la calidez de la calefacción radiante del suelo a través del mármol, comenzó a revisar el correo en la mesa del recibidor. Su cerebro empezó a relajarse poco a poco, las conversaciones de diversas reuniones y llamadas telefónicas comenzaban a ralentizarse. Aunque seguían allí, las voces ahora parecían un tanto más bajas. Con cada prenda de ropa que se quitaba —el abrigo en la silla, la chaqueta en la mesa, los zapatos por el suelo, la corbata en la mesa, pero resbalando al suelo, el maletín aquí, las monedas y las llaves allí—, tenía la sensación de que se desprendía de los acontecimientos del día.

—Hola —saludó de nuevo, esta segunda vez más alto, cayendo en la cuenta de que nadie, es decir, su mujer, había salido a recibirlo. Tal vez estuviera ocupada respirando mientras contaba hasta cuatro, como hacía la histérica del televisor.

—¡Chisss! —oyó.

Venía de la segunda planta y a ello siguió el crujido de la madera del suelo. Era su mujer, que avanzaba por el descansillo.

Eso le molestó. No el crujido, ya que la casa era vieja y no se podía hacer mucho al respecto, sino que lo mandaran callar. Tras un día sin parar de hablar, de sutiles palabras de jerga, persuasión y conversación inteligente, de hacer tratos, desarrollar tratos y cerrar tratos, ninguna de las personas con las que había estado le había soltado un chis en ningún momento. Ése era el lenguaje de profesores y bibliotecarios, no de adultos en su propia casa. Le dio la sensación de haber abandonado el mundo real para entrar en una guardería. Al cabo de sólo un minuto de cruzar la puerta ya se notaba irritado. Algo que últimamente sucedía con frecuencia.

—Acabo de volver a acostar a Pud. Está pasando una mala noche —explicó Ruth desde lo alto de la escalera en un ruidoso susurro.

Esa forma de hablar no le gustaba a Lou, aunque lo entendía. Al igual que el chis, esos susurros adultos eran para niños en clase o adolescentes que entraban o salían subrepticiamente de su casa. No le gustaban las limitaciones, en particular en su propia casa. De manera que eso también lo irritó.

El Pud al que su mujer se refería era su hijo, Ross. Con poco más de un año, seguía conservando las infantiles mollas, la carne semejante a la masa sin hornear de un cruasán o a la de un pudin. De ahí el mote de Pud, el cual, por desgracia para el bautizado como Ross, parecía perdurar.

—¿Qué hay de nuevo? —farfulló, refiriéndose a las pocas ganas de dormir de Pud mientras revisaba el correo en busca de algo que no pareciera una factura. Abrió unas cuantas y las dejó en la mesa del recibidor. Algunos papeles rasgados fueron a parar de la superficie al suelo.

Ruth bajó la escalera vestida con un chándal o pijama de velvetón, Lou era incapaz de diferenciar lo que su mujer se ponía últimamente. Llevaba el largo cabello color chocolate recogido en una coleta alta y avanzaba hacia él en zapatillas, el ruido haciéndole daño en los oídos, peor que el de una aspiradora, el cual, hasta entonces, era el que menos gracia le hacía.

—Hola —sonrió ella, y el exhausto rostro desapareció y dejó vislumbrar, entrever un instante, a la mujer con la que se había casado. Luego, con la misma rapidez que lo viera, se esfumó de nuevo, y él se preguntó si serían imaginaciones suyas o si esa parte de ella seguía ahí. El rostro de la mujer a la que veía a diario se acercó para besarlo en los labios—. ¿Has tenido un buen día? —preguntó.

—Movido.

—¿Pero bueno?

El contenido de un sobre en concreto despertó su interés. Tras un prolongado instante notó una mirada intensa.

—¿Mmm?

Alzó la mirada.

—Te he preguntado si has tenido un buen día.

—Ya, y te he dicho que movido.

—Sí, y yo te he preguntado «¿pero bueno?». Todos tus días son movidos, pero no todos son buenos. Espero que éste lo haya sido —comentó ella con voz forzada.

—No suena a que esperes que lo haya sido —replicó Lou, la mirada baja, leyendo el resto de la carta.

—Bueno, suena a que era así la primera vez que lo pregunté —contestó ella con naturalidad.

—Ruth, estoy leyendo el correo.

—Eso ya lo veo —musitó ella al tiempo que se agachaba para recoger los sobres rasgados del suelo y de la mesa del recibidor.

—Bueno, y ¿cómo ha ido el día por aquí? —inquirió Lou

mientras abría otro sobre. El papel cayó revoloteando al suelo.

—La locura de siempre. Y luego recogí la casa por millonésima vez justo antes de que volvieras —afirmó mientras se lo hacía ver al agacharse para coger otra bola arrugada de papel—. Marcia llamó unas cuantas veces para hablar contigo. Cuando por fin pude encontrar el teléfono, Pud volvió a esconderlo, tardé años en dar con él. En cualquier caso, necesita que la ayudes a decidir dónde celebrar la fiesta de tu padre. A ella le gustaba la idea de montar una carpa aquí, y a Quentin, por supuesto, no. Él quiere celebrarla en el club náutico. Creo que a tu padre le gustaría cualquiera de los dos sitios... no, miento, creo que a tu padre le daría igual uno que otro, pero puesto que la cosa sigue adelante sin su aprobación, se contentaría con cualquiera. Tu madre se mantiene al margen. Así que ¿qué le dijiste?

Silencio. Ella aguardó pacientemente a que su marido leyera la última página del documento y le diera una respuesta. Cuando lo hubo doblado y dejado en la mesa del recibidor, cogió otro.

—¿Cariño?

—¿Mmm?

—Te preguntaba por Marcia —insistió ella, apretando los dientes y recogiendo del suelo más papeles.

—Ah, sí. —Abrió otro documento—. Sólo llamaba, eh... —Lo distrajo el contenido.

—¿Sí? —inquirió ella alzando la voz.

Él levantó la vista y la miró como si se percatara por vez primera de su presencia.

—Llamaba por lo de la fiesta. —Hizo una mueca.

—Lo sé.

—¿Cómo lo sabes? —Se puso a leer de nuevo.

—Porque... da lo mismo. —Vuelta a empezar—. Está tan entusiasmada con esta fiesta, ¿no? Es genial verla volcarse en algo después del año que lleva. Estuvo hablando a mil por hora de la comida y la música... —Su voz se fue apagando.

Silencio.

—¿Mmm?

—Marcia —repitió ella, frotándose los cansados ojos—. Estábamos hablando de Marcia, pero estás ocupado, así que... —Hizo ademán de dirigirse a la cocina.

—Ah, eso. Me he hecho cargo yo de la fiesta. La va a organizar Alison.

Ruth se detuvo.

—¿Alison?

—Sí, mi secretaria. Es nueva. ¿La conoces?

—Todavía no. —Se acercó a él despacio—. Cariño, Marcia estaba muy ilusionada organizando la fiesta.

—Pues Alison... —sonrió— no. —Se echó a reír.

Ella sonrió con paciencia al oír la broma interna, aunque le entraron ganas de estrangularlo por haberle quitado la fiesta a Marcia y endosársela a una mujer que no sabía nada del hombre que celebraba setenta años de su vida con la gente a la que quería y que lo quería.

Respiró hondo, relajando los hombros a medida que expulsaba el aire. Vuelta a empezar.

—Tienes la cena lista. —Echó a andar de nuevo hacia la cocina—. Sólo tardará en calentarse un minuto. Y he comprado ese pastel de manzana que te gusta.

—Ya he comido —anunció él mientras doblaba la carta y la hacía pedazos. Algunos papeles cayeron revoloteando al suelo. O el sonido del papel al caer en el mármol o sus palabras hicieron que Ruth se detuviera, pero, fuera lo que fuese, se paró en seco.

—Ya recojo yo los puñeteros papeles —espetó él irritado.

Ruth se volvió lentamente y preguntó en voz queda:

—¿Dónde has cenado?

—En Shanahans. Un entrecot. Estoy lleno. —Se frotó el estómago distraídamente.

—¿Con quién?

—Con gente del trabajo.

—¿Quiénes?

—¿Qué es esto, la Inquisición?

—No, tan sólo una esposa que le pregunta a su marido con quién ha cenado.

—Con unos tipos de la oficina. No los conoces.

—Podías habérmelo dicho.

—No fue una reunión social. No había ninguna mujer.

—No me refería a eso. Me habría gustado saberlo, así no me habría molestado en cocinar para ti.

—Joder, Ruth, siento que hayas cocinado y comprado un puñetero pastel —estalló él.

—Chisss —dijo ella cerrando los ojos y esperando que las voces no despertaran al niño.

—¡No, no me chistes! —bramó—. ¿Vale? —Se dirigió al salón, dejando los zapatos en mitad del recibidor y los papeles y los sobres tirados en la mesa.

Ruth respiró hondo de nuevo, dejó atrás el desorden y se fue al otro extremo de la casa.

Cuando Lou se unió a su mujer, ésta estaba sentada a la mesa de la cocina comiendo lasaña y una ensalada, el pastel esperando su turno, mientras veía dar saltos a mujeres vestidas con licra en la gran pantalla de plasma del informal office contiguo.

—Creía que habías cenado con los niños —comentó tras observarla un rato.

—Y cené con ellos —respondió ella con la boca llena.

—Entonces ¿por qué estás comiendo ahora? —Consultó el reloj—. Son casi las once. Es un poco tarde para cenar, ¿no crees?

—Tú cenas a esta hora —contestó su mujer, ceñuda.

—Sí, pero no soy yo quien se queja de estar gordo y luego se zampa dos platos y un postre —dijo riendo.

Ruth tragó la comida con la sensación de que por la garganta le bajaba una piedra. Él no había reparado en lo que decía, no pretendía hacerle daño. Nunca pretendía hacerle daño; simplemente se lo hacía. Tras un largo silencio en el que a Ruth se le pasó el enfado y a él le entraron ganas de volver a comer, Lou se sentó a su lado en la mesa de la cocina, con vistas al jardín. Al otro lado de la ventana la negrura se aferraba al frío cristal, ansiando colarse dentro. Más allá se veían los millones de luces de la ciudad, frente a la bahía, cual lucecitas navideñas suspendidas del negror.

—Hoy ha sido un día extraño —comentó al cabo Lou.

—¿Por qué?

—No lo sé —suspiró él—. Pero ha sido raro. Yo me siento raro.

—Yo me siento así la mayoría de los días. —Ruth sonrió.

—Debo de estar cayendo enfermo. No me encuentro... bien del todo.

Su mujer le tocó la frente.

—No tienes calor.

—¿No? —La miró sorprendido y a continuación se la tocó él—. Yo me noto calor. Es un tío del trabajo. —Sacudió la cabeza—. Muy raro.

Ruth frunció el ceño y lo escrutó: no estaba acostumbrada a que a su marido le costara expresarse.

—La cosa empezó bien. —Lou movió el vino en la copa—. Conocí a un hombre llamado Gabe a la puerta de la oficina, un sin techo. Bueno, no sé si era un sin techo, él dice que tiene un sitio donde quedarse, pero, en fin, estaba pidiendo en la calle.

En ese momento el intercomunicador empezó a chisporrotear cuando Pud comenzó a llorar suavemente, al principio un leve gemido adormilado. Con el cuchillo y el tenedor en el plato, y éste apartado sin terminar, Ruth rezó para que parase.

—En cualquier caso —Lou continuó, ni siquiera se había dado cuenta—, le compré un café y nos pusimos a hablar.

—Un buen gesto por tu parte —aprobó ella. Su instinto maternal se imponía y ahora la única voz que escuchaba era la de su hijo, cuando sus gemidos adormilados pasaron a ser gritos a pleno pulmón.

—Me recordó a mí —admitió Lou, ahora confuso—. Era exactamente como yo y tuvimos una conversación de lo más rara sobre zapatos. —Rió al recordarlo—. Se acordaba de cada par de zapatos que entraba en el edificio, así que le di un empleo. Bueno, no yo, llamé a Harry...

—Lou, cariño —lo interrumpió su mujer—, ¿es que no lo oyes?

Él la miró sin entender, irritado en un principio por haberlo interrumpido, y después ladeó la cabeza para escuchar. Finalmente el llanto se abrió paso en sus pensamientos.

—Vale, ve. —Exhaló un suspiro mientras se frotaba el caballete de la nariz—. Pero siempre y cuando recuerdes que te estaba contando el día que he tenido, porque siempre estás diciendo que no lo hago —farfulló.

—¿Qué se supone que significa eso? —preguntó ella, alzando la voz—. Tu hijo está llorando. ¿Tengo que quedarme aquí sentada toda la noche mientras llora pidiendo ayuda hasta que tú hayas terminado tu historia sobre un sin techo al que le gustan los zapatos o crees que saldría de ti subir a echar un vistazo?

—Ya voy yo —dijo él enfadado, aunque no se movió de la silla.

—No, ya voy yo. —Ruth se puso de pie—. Quiero que lo hagas sin que haga falta que te lo diga. Esto no se hace para ganar puntos, Lou, se supone que has de querer hacerlo.

—Tampoco parece que tengas muchas ganas de hacerlo tú ahora —rezongó él mientras jugueteaba con los gemelos.

A medio camino de la puerta ella se detuvo.

—¿Sabes que no has pasado un solo día con Ross?

—No me lo puedo creer, pero si has usado su verdadero nombre. ¿Cómo es eso?

Ahora que estaba frustrada ella no podía callarse.

—No le has cambiado los pañales, no le has dado de comer.

—Sí que le he dado de comer.

Los lloros cobraron intensidad.

—No has preparado un solo biberón, no le has hecho una sola comida, no lo has vestido ni jugado con él. No has pasado nada de tiempo a solas con él sin que yo esté aquí para ir corriendo cada cinco minutos a quitártelo mientras mandas un correo o coges una llamada. El niño lleva en este mundo más de un año, Lou. Ha pasado más de un año.

—Un momento. —Él se pasó la mano por el cabello y la dejó allí, agarrando un puñado de pelo con fuerza, señal de lo airado que estaba—. ¿Cómo hemos pasado de hablar de mi día, eso de lo que siempre quieres saberlo todo, segundo a segundo, a este ataque?

—Estabas tan ocupado hablando de ti que no oíste a tu hijo —contestó ella con cansancio, a sabiendas de que la conversación llevaría al mismo sitio que otras peleas similares que habían tenido: a ninguna parte.

Lou miró la estancia y extendió las manos con dramatismo, haciendo hincapié en la casa.

—¿Crees que me paso el día sentado a la mesa de brazos cruzados? No, me dejo la piel tratando de hacer malabares para que tú y los niños podáis tener todo esto, para dar de comer a Ross, así que perdona si no le doy cada mañana papilla de plátano.

—No son malabares, Lou. Escoges una cosa en detrimento de otra, que es muy distinto.

—¡No puedo estar en dos sitios a la vez, Ruth! Si necesitas ayuda aquí, ya te lo he dicho, no tienes más que abrir la boca y contratamos a una niñera cuando quieras.

Sabía que se había enzarzado en una discusión mayor, y cuando el llanto de Pud sonó con más furia en el intercomunicador, él se preparó para la inevitable arremetida. Sólo para evitar la temida, y familiar, discusión, estuvo a punto de añadir: y prometo no acostarme con ésta.

Sin embargo la discusión no llegó. Ella hundió los hombros, su porte entero alterado, cuando se dio por vencida y prefirió ir a ocuparse de su hijo.

Lou cogió el mando a distancia y apuntó con él al televisor como si fuese un arma. Luego apretó el gatillo con ira y apagó el aparato. Las sudorosas mujeres vestidas con licra se convirtieron en un pequeño punto de luz en el centro de la pantalla antes de desaparecer por completo.

Él echó mano del pastel de manzana, que seguía en la mesa, y se puso a picotear, preguntándose cómo demonios había empezado todo aquello desde el mismo segundo que puso un pie en la casa. Acabaría como tantas otras noches: él iría a la cama y ella estaría dormida, o al menos haciéndose la dormida. Unas horas más tarde él se despertaría, haría ejercicio, se daría una ducha y se iría a trabajar.

Suspiró y después, al oír cómo echaba el aire, se percató de que por el intercomunicador ya no se escuchaban los gritos de Pud, pero seguía chisporroteando. Cuando fue hacia él para apagarlo, oyó otros ruidos que le hicieron buscar el volumen. Al subirlo, el corazón se le partió cuando los suaves sollozos de Ruth inundaron la cocina.

9
El chico del pavo 2

—Así que lo dejaste marchar. —Una joven voz irrumpió en los pensamientos de Raphie.

—¿Cómo dices? —Raphie salió del trance y volvió a centrar su atención en el adolescente que tenía sentado al otro lado de la mesa.

—Decía que lo dejaste marchar.

—¿A quién?

—A ese rico del Porsche molón. Iba a toda pastilla y lo dejaste marchar.

—No, no lo dejé marchar.

—Sí que lo hiciste, y no le diste puntos ni le pusiste una multa ni nada. Hiciste la vista gorda. Ése es el problema con vosotros, que siempre estáis de parte de los ricos. Si fuese yo, me encerraríais de por vida. Por tirar un puto pavo me paso aquí todo el día. Y eso que es Navidad.

—Deja ya de quejarte, estamos esperando a tu madre, ya lo sabes, y entendería perfectamente que decidiera dejarte aquí el día entero.

El chico del pavo se enfurruñó al oír eso.

—Así que eres nuevo aquí. Tú y tu madre os habéis mudado hace poco, ¿no? —preguntó Raphie.

El muchacho asintió.

—¿De dónde venís?

—De la república de Tu Culo.

—Muy ingenioso —contestó el policía con sarcasmo.

—Entonces ¿por qué dejaste tan de prisa al del Porsche? —inquirió el chaval al cabo, la curiosidad más fuerte que él—. ¿Te rajaste o algo?

—No seas tonto, hijo, le di una advertencia —replicó Raphie al tiempo que se erguía en la silla, a la defensiva.

—Pero eso es ilegal, deberías haberle puesto una multa. Pudo matar a alguien yendo a toda leche por ahí.

Los ojos del policía se ensombrecieron, y el chico del pavo dejó de pincharlo.

—¿Vas a escuchar el resto de la historia o qué?

—Sí, claro. Continúa. —El muchacho se inclinó en la mesa y apoyó el mentón en la mano—. Tengo todo el día —sonrió con descaro.

10
A la mañana siguiente

Lou se despertó a las 5.59. La noche anterior había acabado tal y como vaticinara: cuando fue a acostarse, Ruth le daba la espalda, la ropa de cama bien remetida a su alrededor, lo que la dejaba tan accesible como el relleno de un pastelito de higo. El mensaje era bien claro.

A Lou no le salió de dentro consolarla, cruzar la línea que los separaba en la cama y en la vida, hacer las cosas bien. Ni siquiera de estudiantes, cuando no tenían blanca y se alojaban en los peores sitios que él había visto en su vida, con la calefacción caprichosa y unos baños que tenían que compartir con docenas de personas, habían sido así las cosas. Habían compartido una cama individual en una habitación del tamaño de una caja de cerillas, tan pequeña que tenían que salir para cambiar impresiones, pero no les importaba, a decir verdad les encantaba estar tan pegados. Ahora tenían una enorme cama de casi dos por dos, tan grande que incluso estando ambos boca arriba sus dedos tan sólo se rozaban cuando estiraban los brazos. Un espacio y una frialdad monstruosos en unas sábanas que no se podían calentar.

Lou recordó los comienzos, cuando él y Ruth se conocieron, dos muchachos de diecinueve años, despreocupados y borrachos, que celebraban el final de los exámenes de Navidad del primer año en la universidad. Con unas semanas de vacaciones a la vuelta de la esquina y sin que les preocuparan las notas, se conocieron la noche del humor en el International Bar, en Wicklow Street. Después de esa noche Lou pensó en ella cada día en casa de sus padres, donde había ido a pasar las fiestas. Con cada tajada de pavo, cada envoltorio de dulce que retiraba, cada pelea familiar cuando jugaban al Monopoly ella ocupaba sus pensamientos. Por ella incluso perdió su título en el concurso de contar el relleno que disputaba con Marcia y Quentin. Lou clavó la vista en el techo y sonrió, recordando que cada año él y sus hermanos —con coronas de papel en la cabeza y la lengua fuera— se ponían a contar cada migaja de relleno que quedaba en sus respectivos platos, mucho después de que sus padres se levantaran de la mesa. Cada año Marcia y Quentin unían fuerzas para derrotarlo, pero no eran capaces de mantener el interés, y la dedicación de él —hay quien diría obsesión— no podía igualarse. Sin embargo fue igualada ese año, y después superada por Quentin, ya que el teléfono sonó y era ella, y ahí acabó todo para Lou. Atrás quedaron las costumbres infantiles. O ésa se suponía que era la teoría de cuando se hizo un hombre. Tal vez no lo fuese aún.

El muchacho de diecinueve años de esas navidades habría anhelado el momento actual. Habría aprovechado la oportunidad sin pensarlo dos veces, ser transportado al futuro sólo para tenerla a su lado en una buena cama, en una buena casa, con dos preciosos hijos durmiendo en las habitaciones contiguas. Miró a Ruth a su lado, en la cama. Se había tumbado de espaldas, la boca entreabierta, el cabello como un almiar en lo alto de la cabeza. Él sonrió.

Le había ido mejor que a él en esos exámenes navideños, nada del otro mundo, pero también había repetido esos resultados los tres años siguientes. Estudiar siempre se le había dado bien, mientras que él, por otra parte, parecía querer abarcar demasiado y sólo pasaba por los pelos. No sabía de dónde sacaba ella el tiempo para pensar, y menos aún para estudiar, tan ocupada como estaba capitancando sus intrépidas noches por la ciudad. Se colaban todas las semanas en fiestas de las que después los echaban, dormían en escaleras de incendios y así y todo Ruth conseguía llegar a primera hora a la facultad con los trabajos hechos. Podía hacerlo todo a la vez. Ruth capitaneaba a todo el mundo, le aburría esperar sentada. Tenía sed de aventura, de situaciones extravagantes y de cualquier cosa que se saliera de la normalidad. Él era el espíritu y ella el alma de todas las fiestas y todos los días.

Siempre que él suspendía un examen y se veía obligado a repetirlo ella estaba ahí, haciéndole trabajos para que aprendiera. Se pasó los veranos convirtiendo el estudio en juegos de programas concurso, con premios y timbrazos, rondas de preguntas rápidas y castigos. Se ponía sus mejores galas y hacía de presentadora de concurso, ayudante, modelo, exhibiendo las maravillas que él podía ganar si respondía correctamente a las preguntas. Preparaba tarjetas para anotar los resultados, escribía preguntas, incluía música hortera y aplausos de mentira en cada concurso. Hacer la compra era un juego en el que ella controlaba la lista de caprichos como la presentadora del programa. Si quiere ganar un paquete de palomitas, responda a esta pregunta.

—Paso —decía él, frustrado, mientras trataba de coger el paquete de todas formas.

—Nada de paso, Lou, ésta te la sabes —respondía ella con firmeza, impidiéndole el acceso a las estanterías.

No se la sabía, pero ella hacía que se la supiera. De alguna manera lo presionaba hasta que él rebuscaba en una parte de su cerebro cuya existencia ignoraba y hallaba la respuesta que no sabía que sabía. Justo antes de hacer el amor ella lo entretenía y se apartaba de él.

—Responde a ésta.

A pesar de sus protestas y de su lucha por conseguir lo que quería, ella se mantenía firme.

—Vamos, Lou, te la sabes.

Si no se la sabía, acababa sabiéndosela.

Después de la universidad tenían pensado ir a Australia juntos, un año de aventura lejos de Irlanda antes de empezar a vivir. Decididos a lograrlo, siguiendo el ejemplo de unos amigos, pasaron el año ahorrando para los vuelos, él trabajando tras la barra de un bar en Temple Bar mientras ella servía las mesas. Ahorraron para cumplir el sueño juntos, pero él suspendió los exámenes finales y Ruth no. Si por él hubiera sido, se habría liado la manta a la cabeza, pero ella no se lo permitió, lo hizo cambiar de idea y lo convenció de que podía conseguirlo, igual que ella. Así que mientras él volvía a empezar los primeros meses del mismo año, Ruth celebraba que había aprobado haciendo un buen papel, licenciándose en una ceremonia de graduación a la que Lou no fue capaz de asistir. Sin embargo, sí acudió después, bebió demasiado y le amargó la noche a ella. Al menos eso sí pudo hacerlo por ella.

Durante el año en el que esperaba a que él terminase, Ruth hizo un máster en Economía. Sólo por hacer algo. Nunca se lo restregó por las narices, nunca lo hizo sentir un fracasado, nunca celebró un éxito propio para no hacerlo de menos. Siempre era la amiga, la novia, el alma de las fiestas, la estudiante de sobresalientes y la que siempre conseguía lo que se proponía.

¿Fue entonces cuando él empezó a tener celos? ¿Ya por aquel entonces? No sabía si era porque nunca se sentía lo bastante bueno, si se trataba de una manera de castigarla o si no había ninguna estrategia subyacente y sencillamente él era demasiado débil y demasiado egoísta para decir no cuando una mujer atractiva tan siquiera lo miraba, daba igual cuándo cogían el bolso, el abrigo y luego la mano de él. Porque cuando eso ocurría él perdía la cabeza. Sabía distinguir lo que estaba bien y mal, desde luego, pero en esas ocasiones le daba lo mismo. Era invencible, no habría consecuencias ni repercusiones.

Ruth lo había pillado con la niñera seis meses antes. Con ella en particular sólo había estado unas cuantas veces, pero él sabía que si había niveles de justicia para las aventuras, y en su opinión los había, acostarse con la niñera se hallaba muy cerca del más bajo. Desde entonces no había habido nadie, a excepción de los toqueteos con Alison, que habían sido un error. Si había niveles de excusas aceptables para las aventuras, y para Lou los había, ésa habría ocupado el lugar más alto. Él estaba borracho, ella era atractiva y había sucedido, pero él lo lamentaba profundamente. Así que no contaba.

—Lou —dijo Ruth, interrumpiendo el hilo de sus pensamientos y dándole un susto.

La miró.

—Buenos días —sonrió—. ¿A que no adivinas en qué estaba pensando...?

—¿Es que no lo oyes? —lo cortó ella—. Estás completamente despierto, mirando al techo.

—¿Eh? —Lou se volvió hacia la izquierda y vio que el reloj había dado las seis—. Ay, lo siento. —Estiró el brazo y apagó la alarma.

Era evidente que había hecho algo mal, ya que ella se puso roja como un tomate y salió disparada de la cama, como impulsada por una catapulta, y después de la habitación, el cabello todo de punta, como si hubiese metido los dedos en un enchufe. Sólo entonces oyó él el llanto de Pud.

—Mierda. —Se frotó los ojos con cansancio.

—Has dicho una palabrota —se oyó una vocecita al otro lado de la puerta.

—Buenos días, Lucy —sonrió.

Entonces apareció su cuerpecillo, una niña de cinco años con un pelele rosa que arrastraba la manta por el suelo tras ella, el cabello castaño chocolate y el flequillo alborotados. Sus grandes ojos marrones reflejaban preocupación. Se plantó a los pies de la cama y Lou esperó a que dijera algo.

—Vas a venir esta tarde, ¿no, papi?

—¿Qué hay esta tarde?

—La función del colegio.

—Ah, sí, claro, cariño. No querrás de verdad que vaya, ¿no?

La pequeña asintió.

—Pero ¿por qué? —Se frotó los ojos con cansancio—. Ya sabes lo ocupado que está papá, me es muy difícil ir hasta allí.

—Pero he estado ensayando.

—¿Por qué no me lo enseñas ahora? Así no tendré que verlo luego.

—Pero no tengo el disfraz.

—No importa, usaré la imaginación. Mamá siempre dice que eso es bueno, ¿no? —Tenía un ojo en la puerta para asegurarse de que Ruth no lo oía–. Y puedes enseñármelo mientras me visto, ¿vale?

Apartó la colcha y Lucy comenzó a bailar mientras él iba de un lado a otro poniéndose a toda prisa unos pantalones cortos y una camiseta para el gimnasio.

—Papi, ¡no estás mirando!

—Sí que miro, cariño, vente al gimnasio conmigo. Allí hay un montón de espejos para que ensayes delante, será divertido, ¿eh?

Ya en la cinta, encendió el televisor de plasma y empezó a ver las noticias de Sky News.

—Papá, no estás mirando.

—Sí que miro, cariño. —La miró una vez–. ¿Qué eres?

—Una hoja. Hace viento y me caigo del árbol y tengo que hacer así. —Fue dando vueltas por el gimnasio, y Lou desvió la mirada y se centró en la televisión.

—¿Qué tiene que ver una hoja con Jesús?

—¿El cantante? —La niña dejó de girar y se agarró al banco de pesas, un tanto mareada.

Él frunció el ceño.

—No, el cantante no. ¿De qué va la obra?

Ella respiró hondo y habló como si se hubiese aprendido la historia de memoria.

—Los tres Reyes Magos tienen que buscar una estrella.

—Seguir una estrella —corrigió él, ahora cogiendo ritmo y empezando a correr.

—No, encuentran una estrella. Porque son jueces del programa *Buscando una estrella*, y luego Poncio Pilatos canta y todo el mundo lo abuchea y luego Judas canta y todo el mundo lo abuchea y luego Jesús canta y gana porque tiene el factor X.

—Jesús. —Lou revolvió los ojos.

—Sí, se llama *Jesucristo Superstar*. —Empezó a bailar de nuevo.

—Entonces ¿por qué eres una hoja?

Ella se encogió de hombros y él no pudo por menos de echarse a reír.

—¿Vas a venir a verme, porfa, porfa?

—Sí —contestó su padre, limpiándose la cara con una toalla.

—¿Lo prometes?

—Claro —se limitó a decir él—. Venga, y ahora ve arriba con mamá, tengo que darme una ducha.

Veinte minutos después y ya con la mente puesta en el trabajo, Lou fue a la cocina para despedirse de prisa. Pud estaba en la trona, restregándose plátano y Liga en el pelo; Lucy chupaba una cuchara y veía dibujos animados a todo volumen; y Ruth le preparaba a Lucy la comida para el colegio en camisón. Parecía exhausta.

—Adiós. —Besó en la cabeza a Lucy, que ni se movió, tan absorta estaba en los dibujos. Luego se acercó a Pud, intentando dar con algún lugar en su rostro que no estuviese lleno de comida—. Adiós, pequeñajo. —Lo besó torpemente en la coronilla y a continuación dio la vuelta para llegar hasta Ruth.

—¿Nos vemos allí a las seis o vamos juntos desde aquí?

—¿Adónde?

—Al colegio.

—Ah. En cuanto a eso... —bajó la voz.

—Tienes que ir, lo has prometido. —Ruth dejó de untar el pan con mantequilla para mirarlo con un enfado inmediato.

—Lucy me ha enseñado el baile abajo y hemos estado hablando, así que no le importa que no vaya. —Picoteó una loncha de jamón–. ¿Sabes por qué demonios es una hoja en un auto de Navidad?

Ruth rompió a reír.

—Lou, sé que te estás burlando de mí. Te dije que apuntaras esto en tu agenda el mes pasado. Y luego te lo recordé la semana pasada y llamé a esa mujer, Tracey, al despacho...

—Ah, eso es lo que ha pasado. —Chasqueó los dedos como diciendo: caramba, mierda–. Ha habido un malentendido: Tracey ya no está, Alison es su sustituta. Así que tal vez la cosa se lió con el cambio. —Trató de decirlo alegremente, pero la felicidad de Ruth poco a poco se tornó decepción, odio, asco, todo ello en uno y dirigido a él.

—Lo mencioné dos veces la semana pasada. Lo mencioné ayer por la mañana. Soy como un puñetero loro contigo y así y todo tú ni te acuerdas. La función del colegio y después la cena con tu madre, tu padre, Alexandra y Quentin. Y es posible que venga Marcia, si puede cambiar la sesión de terapia.

—No, no debería faltar a eso. —Lou revolvió los ojos–. Ruthy, por favor, preferiría clavarme alfileres en los ojos a cenar con ellos.

—Son tu familia, Lou.

—Quentin sólo sabe hablar de barcos. Barcos, barcos y más puñeteros barcos. Es incapaz de sacar un tema de conversación en el que no aparezcan las palabras botavara y cornamusa.

—Antes te encantaba salir a navegar con él.

—Antes me encantaba salir a navegar. No necesariamente con Quentin, y de eso hace años, ahora mismo casi no distingo una botavara de una cornamusa. —Soltó un gruñido–.

Marcia... lo que necesita no es terapia, sino una buena patada en el culo. Alexandra me gusta. —Calló, sumido en sus pensamientos.

—¿El barco o la esposa? —inquirió Ruth con sarcasmo mientras lo miraba de reojo largo tiempo.

Lou no la oyó, o tal vez no le hiciera caso.

—No sé qué ve en Quentin, no me lo explico. No están al mismo nivel.

—Quieres decir a tu nivel, ¿no? —espetó ella.

—Es sólo que ella es modelo, Ruth.

—¿Y?

—Lo único que Quentin tiene en común con una modelo es que colecciona modelos de barcos. —Rió y cambió de tema, la irritación aflorando sin tardanza—. ¿Mamá y papá también vienen? —inquirió—. Ni hablar.

—Mala suerte —contestó ella mientras seguía con la comida—. Lucy te espera en la obra, tus padres están emocionados y yo te necesito aquí. No puedo preparar la cena y hacer de anfitriona sola.

—Mamá te ayudará.

—A tu madre acaban de ponerle una prótesis en la cadera. —Ruth hizo todo lo posible por no chillar.

—Como si no lo supiera, fui yo quien la fue a buscar al hospital y se metió en un lío por ello, como dije que pasaría —refunfuñó—. Mientras, Quentin estaba navegando.

—¡Era una regata, Lou! —Su mujer dejó el cuchillo y se volvió hacia él, ablandándose—. Por favor. —Lo besó suavemente en los labios y él cerró los ojos, saboreando ese momento poco frecuente.

—Pero tengo tantas cosas que hacer en el trabajo —repuso en voz queda mientras recibía el beso—. Es importante para mí.

Ruth se apartó.

—Vaya, pues me alegro de que algo lo sea, Lou, porque por un instante casi pensé que no eras humano. —Guardó silencio mientras untaba el pan con fiereza, el cuchillo atacando el pan marrón con tanta fuerza que le hizo agujeros. Añadió rebanadas de jamón y una loncha de queso, apretó el pan y lo cortó en diagonal con un cuchillo afilado. A continuación fue por la cocina cerrando armarios de golpe y cortando violentamente papel de aluminio del paquete dentado.

—Muy bien, qué pasa.

—¿Qué pasa? No estamos en esta vida sólo para trabajar, estamos en ella para vivir. Tenemos que empezar a hacer cosas juntos, y eso significa que tú hagas cosas por mí aunque no quieras y viceversa. De lo contrario ¿qué sentido tiene?

—¿Cómo que viceversa? ¿Cuándo te hago yo hacer cosas que no quieres?

—Lou —contestó ella entre dientes—, es tu puñetera familia, no la mía.

—Pues anúlala, me da lo mismo.

—Tienes responsabilidades con tu familia.

—Pero tengo más responsabilidades con el trabajo, la familia no me puede despedir si no me presento en una puñetera cena, ¿no?

—Sí que puede, Lou —replicó ella en voz queda—, sólo que no se llama despedir.

—¿Es una amenaza? —Lou bajó la voz, enfadado—. No me puedes lanzar esa clase de comentarios, Ruth, no es justo.

Su mujer abrió una fiambrera de Barbie, la dejó bruscamente en la encimera y, después de meter dentro el sándwich, unas rodajas de piña y unas alubias en sendos Tupperware y colocar encima una servilleta de Barbie, la cerró con furia. Pese a los zarandeos, Barbie no pestañeó una sola vez.

Ruth lo miró sin decir nada, dejando que la mirada hablara por ella.

—Vale, muy bien, haré cuanto esté en mi mano por ir —repuso él sin intención de hacerlo, a un tiempo para complacerla y para salir de casa. Y, al ver los ojos de su mujer, dijo con mayor firmeza—: allí estaré.

Lou llegó al despacho a las ocho de la mañana, una hora antes que el resto. Para él era importante ser el primero en llegar, lo hacía sentir eficiente, que iba por delante de los demás. Mientras caminaba de un lado a otro en el vacío ascensor y deseaba que fuese así cada día, disfrutó no teniendo que detenerse en otras plantas antes de llegar a la decimocuarta. Al salir al tranquilo pasillo percibió los productos que había utilizado el personal de limpieza la noche anterior. Aún olía a detergente para moqueta, cera de muebles y ambientadores, todavía sin contaminar por el café matutino y los olores corporales. Al otro lado de los resplandecientes ventanales, a tan temprana hora y en invierno, seguía reinando una oscuridad absoluta, y las ventanas parecían frías y duras. El viento azotaba fuera, y él tenía ganas de dejar los inquietantes pasillos desiertos y llegar a su despacho para empezar la rutina.

De camino al despacho se detuvo en seco. Vio que, como era habitual a esa hora, en la mesa de Alison no había nadie, pero la puerta de su despacho estaba entreabierta y las luces encendidas. Se dirigió a buen paso hacia ella y su corazón comenzó a latir airado cuando, por la abierta puerta, vio a Gabe paseándose por su despacho. Profirió un grito y después echó a correr, dio un puñetazo en la puerta y vio como ésta se abría violentamente. Cuando se disponía a gritar de nuevo, antes de que pudiera decir nada, oyó una voz distinta detrás de la puerta.

—Santo cielo, ¿quién es? —oyó decir a su sobresaltado jefe.

—Ah, señor Patterson, lo siento —se disculpó Lou sin aliento, parando la puerta antes de que le diera en plena cara—. No sabía que estaba aquí. —Se frotó la mano, el puño le escocía y empezaba a dolerle debido al golpe.

—Lou —repuso el otro mientras tomaba aliento tras haberse alejado de la puerta de un salto—, llámame Laurence, por el amor de Dios, cuántas veces quieres que te lo diga. Te veo rebosante de... energía hoy, ¿no es así? —Trataba de recobrar la compostura después del susto.

—Buenos días, señor. —Lou miró vacilante al señor Patterson y luego a Gabe—. Siento haberlo asustado. Es que pensé que había alguien dentro que no debía. —Sus ojos se posaron en Gabe.

—Buenos días, Lou —lo saludó éste educadamente.

—Gabe. —El aludido lo saludó con un movimiento de cabeza; lo único que quería en ese momento era que le explicaran cuál era exactamente el motivo de que Gabe y su jefe estuvieran en su despacho a las ocho de la mañana.

Miró el vacío carrito del correo de Gabe y después las desconocidas carpetas que descansaban en su mesa. Recordó la noche anterior, recordó que había terminado con el papeleo y lo había recogido, como de costumbre, incapaz de levantarse dejando algo por hacer. A sabiendas de que ni él ni Alison, que había acabado la jornada a las cuatro, habían dejado allí las carpetas, dirigió una mirada recelosa a Gabe.

Éste le devolvió la mirada sin pestañear.

—Sólo estaba charlando con este joven —aclaró el señor Patterson—. Me decía que empezó a trabajar ayer, y ¿no es estupendo que haya llegado el primero a la oficina? Es señal de dedicación.

—¿El primero? ¿De veras? —Lou esbozó una sonrisa de pega—. Guau. Por lo visto esta mañana me has ganado, porque yo suelo ser el primero en llegar. —Lou se volvió hacia el señor Patterson y le dedicó su enorme sonrisa blanca—. Pero eso ya lo sabías, ¿no, Gabe?

Éste sonrió con idéntica sinceridad.

—Ya conoces el dicho, a quien madruga, Dios le ayuda.

—Muy cierto, sí. —Lou lo fulminó con la mirada mientras sonreía. Una mirada colérica y una sonrisa. A la vez.

El señor Patterson observaba el intercambio con creciente incomodidad.

—Bueno, son más de las ocho. Debería irme.

—Dice que son más de las ocho, qué curioso. —Lou se animó—. El correo todavía no ha llegado. Esto... ¿qué estás haciendo exactamente en mi despacho, Gabe? —Su voz tenía un tono crispado claramente reconocible, ya que el señor Patterson parecía incómodo y a los labios de Gabe afloró una sonrisa peculiar.

—Bueno, vine temprano para familiarizarme con el edificio. Tengo que recorrer tantos pisos en tan poco tiempo que quería averiguar quién estaba dónde.

—¿No es estupendo? —dijo el señor Patterson, rompiendo el silencio.

—Sí que lo es, pero ya sabías dónde estaba mi despacho —espetó Lou con determinación—. Ya te familiarizaste con él ayer... así que, si me permites la pregunta, ¿qué estás haciendo aquí?

—Vamos, vamos, Lou, me temo que a ese respecto yo tengo algo que decir —medió su jefe con torpeza—. Me topé con el joven Gabe en el pasillo y nos pusimos a hablar. Como favor personal, le pedí que trajera unas carpetas a tu despacho. Las estaba dejando en la mesa cuando me di cuenta de que me había olvidado una en el maletín. Aunque fue muy rápido, debo decir que cuando me quise dar la vuelta, ya se había ido. ¡Zas! Así. —El señor Patterson soltó una risita.

—¡Zas! —Gabe sonrió a Lou—. Así soy yo.

—He de decir que me gustan los trabajadores rápidos, pero los prefiero rápidos y eficientes y, cielo santo, sin duda tú lo eres.

Lou iba a darle las gracias, pero Gabe se adelantó.

—Gracias, señor Patterson, y si hay alguna otra cosa que quiera que haga, no tiene más que decirlo. Mi turno termina a la hora del almuerzo, y me encantaría poder echar una mano aquí el resto de la tarde. Me gusta trabajar.

A Lou se le hizo un nudo en el estómago.

—Eso es estupendo, Gabe, gracias, lo tendré en cuenta. Bien, Lou —el señor Patterson se volvió hacia él, y éste esperaba que Gabe, que ya no formaba parte de la conversación, se fuera, pero no lo hizo—. Me preguntaba si podrías reunirte con Bruce Archer esta tarde, ¿te acuerdas de él?

Lou asintió, el alma cayéndosele a los pies.

—Se suponía que iba a reunirme yo con él, pero esta mañana me han recordado otro compromiso al que debo asistir.

—¿Esta tarde? —inquirió Lou, los pensamientos agolpándose en su cabeza.

Mientras sopesaba la oferta veía a Lucy dando vueltas por el gimnasio en pelele y el rostro de Ruth cuando él abrió los ojos antes de tiempo después del beso y la sorprendió tan bella y serena como la recordaba.

Comprendió que ambos lo miraban, los ojos de Gabe en concreto atravesándolo.

–Sí, esta tarde. Sólo si estás libre. Si no se lo puedo pedir a Alfred, así que no te preocupes, te lo ruego –su jefe le restó importancia con la mano.

–No, no –se apresuró a responder Lou–. Esta tarde no hay ningún problema. No hay problema.

En su imaginación Lucy, mareada de tanto girar, cayó al suelo, y Ruth abrió los ojos y se apartó del beso, rompiendo el hechizo de la promesa que le hiciera menos de una hora antes.

–Excelente, excelente. Bien, Melissa te pondrá al corriente de los detalles, la hora, el sitio, etc. Me espera una gran tarde –le guiñó un ojo a Gabe–. Es la función navideña de mi hijo, se me había olvidado hasta que vino corriendo hacia mí disfrazado de estrella, será posible. Pero no me la perdería por nada del mundo –el señor Patterson sonrió.

–Sí, claro. –Lou sintió una opresión en la garganta–. Es importante, desde luego.

–Desde luego, así que disfruta esta tarde y enhorabuena por haber encontrado a este muchacho –el señor Patterson le dio unas palmaditas a Gabe en la espalda.

Cuando Lou se volvió, dispuesto a fulminar a Gabe, oyó una voz jovial a sus espaldas.

–Buenos días, Laurence.

–Ah, Alfred –dijo el jefe.

Alfred era un hombre alto, medía uno ochenta, tenía el cabello rubio blanquecino y era una especie de chaval Milky Bar en grande derretido y moldeado de nuevo por las manos de un niño. Siempre hablaba con una sonrisa en la boca y con el acento propio de haber estudiado en un colegio privado en Inglaterra, aunque pasaba los veranos en Irlanda, de donde era oriundo. Tenía la nariz torcida de sus días de jugador de rugby y se pavoneaba por la oficina, como Gabe observara el día anterior, lanzando al aire las borlas de sus náuticos, una mano en el bolsillo, con un aire de escolar travieso que anda tramando algo.

Los ojos de Alfred descansaron en Gabe y después, sin mucha delicadeza, lo miraron de arriba abajo en silencio a la espera de que alguien los presentara. Gabe lo imitó, escrutando a Alfred con seguridad.

—Bonitos zapatos —observó al cabo Gabe, y Lou miró los mocasines marrones que Gabe le describiera el día anterior.

—Gracias. —Alfred estaba un tanto desconcertado.

—También me gustan los suyos, señor Patterson —comentó Gabe al tiempo que miraba hacia donde estaba éste.

En un momento ligeramente violento todos miraron los pies de los hombres. Algo peculiar para la mayoría, salvo Lou, cuyo corazón latía a un ritmo frenético al ver los zapatos sin cordones negros y los mocasines marrones. Exactamente los mismos que Gabe le describiera la mañana anterior. De manera que Alfred se reunía con el señor Patterson. Lou miró a Alfred y luego al señor Patterson sintiéndose traicionado. No era oficial que el puesto de Cliff estuviese vacante, pero, de ser así, Lou estaba empeñado en asegurarse de que fuese suyo, no de Alfred.

El señor Patterson se despidió y enfiló el pasillo, balanceando alegremente el maletín en la mano.

—¿Quién eres tú? —preguntó Alfred a Gabe, lo cual hizo que Lou entrase de nuevo en la habitación.

–Me llamo Gabriel. –Le tendió la mano–. Mis amigos me llaman Gabe, pero puedes llamarme Gabriel –sonrió.

–Qué simpático. Alfred. –Le estrechó la mano.

El apretón fue frío y laxo, y las manos no tardaron en volver a los costados. Alfred incluso se limpió la suya en la pernera del pantalón, ya fuera de forma inconsciente o no.

–¿Te conozco? –Alfred amusgó los ojos.

–No, nunca nos han presentado, pero es posible que me reconozcas.

–¿Por qué? ¿Has participado en un *reality show* o algo así? –Alfred lo estudió de nuevo con una sonrisa, pero menos segura.

–Solías pasar por delante de mí a diario, a la puerta de este edificio.

Alfred entrecerró los ojos para escrutar a Gabe y luego miró a Lou sonriendo con cierto nerviosismo, como diciendo: Échame un cable, compañero.

–Solía sentarme en el portal de al lado. Lou me dio un empleo.

Al rostro de Alfred afloró una sonrisa, el alivio más que evidente en su arrogante cara. Su porte cambió, y volvió a ser un tipo importante, sabedor de que su puesto no se veía amenazado por un sin techo.

Rió al volverse hacia Lou, haciendo una mueca y empleando un tono que ni siquiera trató de disimular en presencia de Gabe.

–¿Le has dado un empleo, Lou? –repitió, dándole la espalda a Gabe–. Bueno, ésta es la época adecuada para estar de buen talante, ¿no? ¿Qué demonios te pasa?

–Alfred, déjalo –contestó Lou, violento.

–Vale. –Alfred alzó las manos en señal de defensa y rió

para sí–. Supongo que el estrés nos afecta de distinta manera. Oye, ¿puedo usar tu baño?

–¿Qué? No, aquí no, Alfred, ve a los comunes.

–Vamos, no seas capullo. –Su lengua parecía demasiado
grande para su boca mientras formaba las palabras–. Sólo
será un segundo. Nos vemos, Gabe, procuraré apuntar con
las monedas a tu carro cuando pases –bromeó Alfred al tiempo que volvía a mirarlo de arriba abajo. Luego sonrió y le guiñó un ojo a Lou antes de dirigirse al cuarto de baño.

Desde el despacho Lou y Gabe oyeron un ruido de aspi-
rar por la nariz.

–Por lo visto hay un buen resfriado por aquí. –Gabe
sonrió.

Lou revolvió los ojos.

–Mira, lo siento, Gabe... él, ya sabes, no le hagas caso.

–Bah, en realidad nadie debería hacer caso a nadie, no se
puede controlar nada salvo lo que hay dentro de este círculo.
–Los brazos de Gabe describieron un arco en torno a su
cuerpo–. Hasta que todos hagamos eso, no se podrá hacer
caso a nadie. Toma, te he traído esto. –Se agachó hasta la
bandeja inferior del carro y cogió un vaso de poliestireno con
café–. Te lo debía por el de ayer. Con leche, la máquina ya
funciona.

–Ah, gracias. –Lou se sentía peor aún, ahora sin tener la
menor idea de lo que le parecía ese hombre.

–Entonces ¿vas a ir a la cena de esta noche? –Gabe soltó el freno del carrito y empezó a alejarse, una de las ruedas
chirriando al empujarlo.

–No, sólo es un café, nada de cena. –Lou no estaba seguro de si Gabe quería que lo invitara–. En realidad no es nada
importante. Habré terminado en una hora a lo sumo.

—Ah, vamos, Lou. —Gabe sonrió y sonó inquietantemente igual que Ruth. «Ah, vamos, Lou, ésta te la sabes.» Sin embargo él no terminó la frase de la misma forma—. Ya sabes que estas cosas siempre terminan en cena —prosiguió Gabe—. Luego unas copas y después lo que se tercie —le guiñó un ojo—. Te meterás en un lío en casa, ¿no, Aloysius? —observó con una voz cantarina que a Lou le heló la sangre.

Gabe salió del despacho y se dirigió al ascensor, el chirrido de la rueda resonando ruidosamente en el desierto pasillo.

—¡Eh! —lo llamó Lou, pero él no se dio la vuelta—. ¡Eh! —repitió—. ¿Cómo sabías eso? ¡Nadie lo sabe!

Aunque se hallaba solo en la oficina, Lou echó un vistazo rápido para asegurarse de que nadie lo había oído.

—Tranquilo, no voy a decírselo a nadie —replicó Gabe de un modo que hizo que Lou se sintiera todo menos seguro. Éste vio que Gabe pulsaba el botón y aguardaba junto a las puertas mientras el ascensor empezaba a subir desde la planta baja.

La puerta del baño se abrió y salió Alfred, frotándose y sorbiéndose la nariz.

—¿A qué viene tanto grito? Oye, ¿de dónde has sacado el café?

—Gabe —contestó él, distraído.

—¿Quién? Ah, el sin techo —afirmó Alfred con desinterés—. Anda que, Lou, ¿en qué demonios pensabas? Podría dejarte tieso.

—¿Cómo que dejarme tieso?

—Venga ya, ¿es que naciste ayer? Te has traído a un hombre que no tiene nada y lo has puesto en un sitio donde hay de todo. ¿Alguna vez has oído hablar de la tentación? Aunque, olvídalo, estoy hablando contigo —le guiñó un ojo—. No paras de caer en ella. Puede que el sin techo y tú no seáis tan distintos —añadió—. Os parecéis, eso sin duda. Tal vez cantéis *Feed the birds* o algo por el estilo y lo veremos. —Rompió a reír resollando, el resultado de un vicio de cuarenta al día.

—Bueno, eso dice mucho de tu educación, Alfred, que tu única referencia a un sin techo sea una canción sacada de *Mary Poppins* —espetó Lou.

El resuello de Alfred degeneró en tos.

—Lo siento, amigo. ¿He puesto el dedo en la llaga?

—No nos parecemos en nada —escupió Lou al tiempo que miraba hacia los ascensores en busca de Gabe.

Pero éste había desaparecido. El ascensor se oyó y las puertas se abrieron, dejando ver que dentro no había nadie ni tampoco había nadie para entrar. Reflejada en el espejo que revestía la pared del fondo del ascensor, Lou vio la confusión escrita en su rostro.

11
El malabarista

A las cinco de la tarde, exactamente a la misma hora que debería estar abandonando el edificio para llegar a casa e ir a la función de Lucy, Lou iba de un lado a otro en el despacho: de la puerta a la mesa, de la mesa a la puerta y vuelta a empezar. Una y otra vez. La puerta estaba abierta de par en par, preparada para el posible lanzamiento de catapulta de Lou por el pasillo hacia el despacho del señor Patterson, donde anunciaría que no podía reunirse con Bruce Archer para tomar café. De forma similar al caso del señor Patterson, también él tenía compromisos familiares. Esa tarde, Laurence, su hija, iba a ser una hoja. Por algún motivo ello hacía que le flaquearan las rodillas. Cada vez que llegaba a la puerta se detenía en seco y daba media vuelta para continuar rodeando el escritorio.

Alison lo observaba con curiosidad desde su mesa, alzando la vista de lo que estaba tecleando cada vez que él llegaba a la puerta. Al cabo los sonidos de sus uñas acrílicas contra las teclas cesaron.

—Lou, ¿hay algo que pueda hacer por ti?

El aludido la miró como si cayera en la cuenta por primera vez de que se encontraba en una oficina, de que Alison había estado allí todo el tiempo. Se enderezó, se arregló la corbata y se aclaró la garganta.

—Esto... no, gracias, Alison —repuso con más formalidad de la que pretendía, tan decidido a convencerla de su cordura que dio la impresión de ser un borracho tratando de parecer sobrio.

Se dirigió hacia su mesa de nuevo, pero entonces paró y asomó la cabeza por la puerta.

—Ahora que lo dices, Alison, el café de esta tarde...

—Con Bruce Archer, sí.

—Es sólo un café, ¿no?

—Eso ha dicho el señor Patterson.

—Y ¿sabe él que soy yo quien va a reunirse con él?

—¿El señor Patterson?

—No, Bruce Archer.

—El señor Patterson lo llamó antes para explicarle que no podría acudir, pero que un colega suyo estaría encantado de sustituirlo.

—Vale. Así que es posible que no me espere a mí, ¿no?

—¿Quieres que lo confirme? ¿De nuevo?

—Eh... no. Es decir, sí. —Se lo pensó mientras la mano de Alison se cernía sobre el teléfono—. No —ordenó, y volvió a su despacho. Unos segundos después asomó la cabeza otra vez—. Sí. Confírmalo. —Y la retiró de prisa.

Mientras daba vueltas oyó decir alegremente a Alison:

—Hola, Gabe.

Lou se quedó helado y después, por razones desconocidas, se sorprendió abalanzándose hacia la puerta, donde permaneció con la espalda pegada a la pared escuchando la conversación por la abierta puerta.

—Hola, Alison.

–Hoy estás muy elegante.

–Gracias. El señor Patterson me ha pedido que le haga unas cosas aquí, así que pensé que sería buena idea parecer algo más respetable.

Lou espió a Gabe por el espacio que quedaba entre los goznes de la puerta: llevaba el nuevo corte de pelo peinado pulcramente, como Lou. Al hombro, cubierto de plástico, llevaba un traje oscuro nuevo, parecido a uno que tenía Lou.

–El traje nuevo ¿también es para aquí? –inquirió la secretaria.

–Ah, ¿esto? Es para mí. Nunca se sabe cuándo va a hacer falta un traje –dio lo que Lou consideró una respuesta muy curiosa–. En cualquier caso, he venido a darte esto. Creo que son planos. Creo que Lou quería verlos.

–¿De dónde los has sacado?

–Me los dio el arquitecto.

–Pero hoy trabajaba desde casa –contestó ella mientras echaba un vistazo al interior del sobre de papel manila con perplejidad.

–Sí, fui a su casa a buscarlos.

–Pero Lou se los pidió al señor Patterson hace sólo cinco minutos. ¿Cómo los has conseguido tan de prisa?

–Ah, no lo sé, yo sólo, ya sabes...

Lou vio que Gabe se encogía de hombros.

–No, no sé –Alison se echó a reír–. Pero ojalá lo supiera. Si sigues trabajando así, no me extrañaría que el señor Patterson te diera el puesto de Lou.

Ambos rompieron a reír y a Lou se le erizó el vello mientras anotaba mentalmente que, después de esa conversación, le haría la vida imposible a Alison.

–¿Está Lou ahí?

—Sí. ¿Por qué?

—¿Va a reunirse hoy con Bruce Archer?

—Sí. O al menos eso creo. ¿Por qué?

—Ah, por nada. Por saber. ¿Está Alfred libre esta tarde?

—Eso mismo me ha preguntado Lou antes, qué curioso. Sí, Alfred está libre, me lo ha confirmado su secretaria, Louise, te caería bien. —Soltó una risita coqueta.

—Entonces, a ver si lo he entendido: Lou sabe que Alfred está disponible para reunirse con Bruce, en caso de que decida echarse atrás.

—Sí, ya se lo he dicho. ¿Por qué? ¿Qué pasa? —Bajó la voz—. ¿Tan importante es esta tarde? Lou ha estado actuando de forma extraña.

—¿Ah, sí? Mmm.

Ya estaba bien. Lou no podía aguantar más. Cerró la puerta del despacho, sin duda sobresaltándolos a los dos, se sentó a su mesa y cogió el teléfono.

—¿Sí? —contestó Alison.

—Ponme a Harry, de correos, al teléfono y después llama a Ronan Pearson y cerciórate de que Gabe fue a su casa a recoger los planos en persona. Y hazlo sin que se entere Gabe.

—Sí, claro, un momento, por favor —respondió con profesionalidad, empleando su mejor voz telefónica.

El aparato sonó y Lou volvió a enderezarse la corbata, carraspeó y dio media vuelta en su enorme silla de piel para situarse de cara a la ventana. El día era frío, pero despejado, no se movía ni un pelo de aire mientras la gente iba de compras, corriendo de un lado a otro en adoración de la nueva religión de la temporada, los brazos cargados de bolsas entre los intermitentes colores primarios de los numerosos letreros de neón.

—Hola —gruñó Harry por teléfono.

—Harry, soy Lou.

—¿Qué? —inquirió Harry a gritos, tras él ruidosos sonidos de máquinas y voces, y Lou no tuvo más remedio que levantar la voz. Volvió la cabeza para asegurarse de que no había moros en la costa antes de hablar—. Soy Lou, Harry.

—Lou ¿qué?

—Suffern.

—Ah, Lou, hola, ¿en qué puedo ayudarte? ¿Tu correo ha vuelto a acabar en la planta doce?

—No, no, lo he recibido, gracias.

—Bien. Ese chico nuevo que me enviaste es un genio, ¿eh?

—¿Ah, sí?

—¿Gabe? Sin duda. La gente no hace más que llamarme para hablarme bien de él. Ha venido como caído del cielo. Lo que yo te diga, no podía haber llegado en mejor momento, la verdad. Andábamos apurados, ya lo sabes. De todos los años que llevo en este trabajo estas navidades están siendo las más frenéticas. Por lo visto todo va cada vez más de prisa. Debe de ser eso, porque no soy yo quien va más lento, te lo aseguro. Una buena elección, Lou, te debo una. ¿En qué puedo ayudarte hoy?

—Bueno, hablando de Gabe —dijo despacio, el corazón aporreándole el pecho—. Sabrás que se ha hecho cargo de otros cometidos en el edificio, trabajo adicional aparte del correo.

—Sí, eso he oído. Esta mañana estaba de lo más entusiasmado. Hasta se ha comprado un traje nuevo y todo, en el descanso. No sé de dónde ha sacado el tiempo, aquí hay algunos que ni siquiera pueden encender el cigarro con el tiempo que tienen. Ese chico es rápido. Yo diría que no tardará mucho en salir de aquí y acabar ahí arriba contigo. Al señor Patterson parece haberle caído en gracia. Me alegro por él, es un buen muchacho.

—Sí... en cualquier caso, sólo te llamaba para que lo supieras. No quería que entrase en conflicto con su trabajo contigo. —Lou probó de nuevo—. No creo que quieras que se distraiga, teniendo la cabeza en las otras cosas que hace en estas plantas, ¿sabes? Aquí arriba todo es una locura y distraerse es fácil.

—Te lo agradezco, Lou, pero lo que haga después de la una es cosa suya. Para ser sincero, me alegro de que haya encontrado otra cosa. Hace el trabajo tan de prisa que cuesta mantenerlo ocupado hasta el primer descanso.

—Vale, de acuerdo. Pero si te da guerra en cualquier sentido, ten libertad para hacer lo que tengas que hacer, Harry. No quiero que te sientas en la obligación de tenerlo en nómina por mí, ¿sabes?

—Lo sé, Lou, lo sé. Es un buen chico, no tienes por qué preocuparte.

—Bien, gracias. Cuídate, Harry.

Harry colgó, y Lou profirió un suspiro y dio la vuelta despacio en la silla para hacer lo propio. Al hacerlo, se vio cara a cara con Gabe, que estaba al otro lado de la mesa, observándolo con atención.

Lou pegó un bote, dejando caer el teléfono, y dio un grito.

—¡Jesús! —Se llevó la mano al acelerado corazón.

—No, soy sólo yo —repuso Gabe, los azules ojos traspasando los de Lou.

—¿Es que no sabes llamar? ¿Dónde está Alison? —Lou se hizo a un lado para ver el puesto de trabajo de su secretaria y comprobó que allí no había nadie—. ¿Cuánto llevas ahí?

—Lo suficiente. —La voz de Gabe era queda, y eso fue lo que más enervó a Lou—. ¿Intentas meterme en un lío, Lou?

—¿Qué? —Lou notaba el corazón desbocado, aún no se había recuperado de la sorpresa y además sentía un desconcierto inquietante por la ausencia de Alison y la proximidad de Gabe. La sola presencia de éste lo turbaba—. No —tragó saliva y se odió por la repentina debilidad—. Sólo he llamado a Harry para averiguar si estaba contento contigo, eso es todo. —Era consciente de que sonaba como un colegial defendiéndose.

—Y ¿lo está?

—Por lo visto sí. Pero has de entender que me siento responsable ante él por haber dado contigo.

—Por haber dado conmigo. —Gabe sonrió y dijo las palabras como si nunca las hubiera oído o pronunciado antes.

—¿Qué tiene de gracioso?

—Nada. —Gabe seguía sonriendo, y empezó a echar un vistazo al despacho, las manos en los bolsillos, con la misma mirada condescendiente que no era ni de celos ni de admiración.

—Son las cinco y veintidós minutos treinta y tres segundos de la tarde —anunció Gabe sin siquiera consultar el reloj—. Treinta y cuatro, treinta y cinco, treinta y seis... —Se volvió y sonrió a Lou—. Ya sabes por dónde voy.

—¿Y? —Lou se puso la chaqueta e intentó mirar de reojo el reloj para asegurarse: eran las cinco y veintidós en punto.

—Tienes que salir ahora, ¿no?

—¿A ti qué te parece que estoy haciendo?

Gabe se acercó a la mesa de la sala de juntas y cogió tres piezas de fruta de una fuente —dos naranjas y una manzana—, que inspeccionó con detenimiento, una por una.

—Decisiones, decisiones —observó, sosteniendo la fruta en la mano.

—¿Tienes hambre? —inquirió Lou, agitado.

—No. —Gabe rió de nuevo—. ¿Se te dan bien los malabares?

Lou volvió a experimentar la misma sensación, y recordó exactamente qué era lo que no le gustaba de Gabe: eran preguntas como ésa, afirmaciones y comentarios que le afectaban cuando no deberían.

—Será mejor que lo cojas —añadió Gabe.

—Que coja ¿qué?

Antes de que el otro pudiera responder, el teléfono sonó y, pese a que habría preferido que Alison filtrase sus llamadas, se lanzó por él.

Era Ruth.

—Hola, cariño. —Le indicó a Gabe por señas que quería estar solo, pero él se puso a hacer malabares con la fruta por toda respuesta.

Lou le dio la espalda y después, sintiéndose incómodo por tenerlo detrás, se volvió para no perderlo de vista. Bajó la voz.

—Esto... sí, en cuanto a lo de esta tarde, me ha surgido algo y...

—Lou, no me hagas esto —respondió Ruth—. Le partirás el corazón a Lucy.

—A lo único que no llegaré será a la función, cariño, y Lucy ni se dará cuenta de que no estoy, el lugar estará a oscuras. Puedes decirle que he estado. El resto de la noche no hay problema. El señor Patterson me ha pedido que me reúna con un cliente. Es algo importante, y podría ayudarme a hacerme con el puesto de Cliff, ¿sabes?

–Lo sé, lo sé. Y si consigues el ascenso te veremos aún menos.

–No, no, no será así. Sólo tengo que esforzarme estos meses para demostrar lo que valgo.

–¿A quién intentas demostrar lo que vales? Laurence ya sabe de lo que eres capaz, llevas cinco años en la empresa. Bueno, no quiero entrar en esta conversación ahora. ¿Vas a llegar a la obra o no?

–¿A la obra? –Lou se mordió el labio y consultó el reloj–. No, no, imposible.

A Gabe se le cayó la manzana, que rodó por la moqueta hacia la mesa de Lou, y siguió con las naranjas. Lou experimentó una satisfacción infantil al ver que Gabe había fallado.

–Entonces ¿llegarás a la cena? ¿Con tus padres y Alexandra y Quentin? Acabo de hablar con tu madre por teléfono y me ha dicho que tiene muchas ganas de que vengas. Ya sabes, llevas un mes sin ir a verlos.

–No llevo un mes sin ir a verlos. Vi a papá –guardó silencio mientras calculaba mentalmente el tiempo que hacía–, bueno, vale, puede que haga casi un mes. –¿Un mes? Cómo pasaba el tiempo.

Para Lou visitar a sus padres era una obligación, como hacer la cama. Después de no hacerla durante un tiempo, ver las sábanas revueltas le afectaba hasta que la hacía para acabar de una vez con ello. Después experimentaba una satisfacción instantánea por haberla hecho, y justo cuando pensaba que todo había terminado, despertaba y sabía que tendría que volver a pasar por lo mismo. Imaginar a su padre quejándose de que hacía mucho tiempo que no lo veía hizo que a Lou le entraran ganas de salir corriendo en la otra dirección. Era el mismo lamento de siempre, y lo volvía loco. Aunque en parte le hacía sentir culpable, sobre todo hacía que quisiera permanecer alejado más tiempo para no oír esas palabras. Tenía que estar de humor para oírlas, apartar los sentimientos de la cabeza para que no se pusiera a vociferar y soltarle la cantidad de horas que había estado trabajando y los tratos que había negociado, sólo para cerrarle la boca a su padre. Sin duda ese día no estaba de humor. Tal vez si llegaba a casa cuando ellos ya hubieran bebido algo la cosa fuese más fácil.

—Puede que no llegue a la cena, pero estaré para el postre. Te doy mi palabra.

A Gabe se le cayó una naranja y a Lou le entraron ganas de celebrarlo, si bien optó por fruncir la boca y siguió dando toda clase de excusas a Ruth, negándose a disculparse por algo que estaba absolutamente fuera de su control. Finalmente Lou colgó y cruzó los brazos.

—¿Qué tiene tanta gracia? —quiso saber Gabe mientras tiraba arriba y abajo en la mano la naranja que le quedaba, la otra mano en el bolsillo.

—No eres muy buen malabarista que se diga, ¿eh? —sonrió Lou.

—Tienes razón. —Gabe esbozó una sonrisa—. Eres muy observador. Ciertamente no soy muy buen malabarista, pero en realidad no son malabares si ya he decidido dejar caer esas dos y quedarme con ésta en la mano, ¿no?

Lou frunció el ceño al oír tan peculiar respuesta y se afanó en la mesa mientras se ponía el abrigo y se disponía a marcharse.

—No, Gabe, ciertamente no son malabares si decides... —De pronto se detuvo, cayendo en la cuenta de lo que estaba diciendo y oyendo la voz de Ruth mentalmente. Alzó la cabeza, sintiendo de nuevo el escalofrío, pero Gabe ya no estaba, y tenía la naranja delante, en la mesa–. Alison –Lou salió del despacho con la naranja en la mano–, ¿acaba de salir Gabe de aquí?

La aludida levantó un dedo para indicarle que esperara mientras ella anotaba algo en un bloc y escuchaba lo que le decía la voz al otro extremo del teléfono.

–Alison –la interrumpió de nuevo, y ella se asustó un tanto, comenzó a escribir a más velocidad mientras asentía de prisa y levantaba la mano entera esta vez.

–¡Alison! –espetó él al tiempo que colgaba para poner fin a la llamada–. No tengo todo el día.

Ella lo miró boquiabierta, el aparato colgando en la mano.

–No me puedo creer que hayas...

–Sí, bueno, lo he hecho, punto. ¿Ha salido Gabe? –inquirió. Tenía la voz acelerada, corría, brincaba y saltaba para seguir el ritmo de su corazón.

–Eh... –se paró a pensar con parsimonia–, vino a mi mesa hace unos veinte minutos y...

–Ya, ya, eso ya lo sé. Estaba en mi despacho hace un segundo y luego se esfumó. Ahora mismo. ¿Ha pasado por aquí?

–Bueno, debe de haberlo hecho, pero...

–¿Tú lo has visto?

–No, estaba hablando por teléfono y...

–Santo cielo. –Golpeó la mesa con el puño que ya tenía magullado–. ¡Ay, mierda! –Se llevó el puño al pecho.

–¿Qué ocurre, Lou? Cálmate. –Alison se levantó y extendió un brazo hacia él.

Lou se apartó.

–Ah, por cierto –bajó la voz y se inclinó–, ¿alguna vez me llega correo con otro nombre?

–¿A qué te refieres? –La chica frunció el ceño.

—Ya sabes... —Miró a izquierda y derecha, sin mover apenas los labios al hablar–. Aloysius —musitó.

—¿Aloysius? —repitió ella en alto.

Él levantó los ojos.

—No grites —farfulló.

—No. —La secretaria bajó la voz–. Nunca he visto ese nombre, Aloysius, en ninguna parte. —Como si el sonido tardara en llegar de su voz a sus oídos, Alice sonrió, resopló y acto seguido rompió a reír–. ¿Por qué demonios iba a poner Aloy...? —Al ver la cara de él, la secretaria se calló y la sonrisa desapareció de su rostro–. Huy. Ay, Dios mío... es un... —su voz subió una octava– nombre muy bonito.

Lou cruzó el recién construido puente peatonal de Seán O'Casey, que unía los rejuvenecidos muelles norte y sur, el North Wall Quay con el Sir John Rogerson's Quay. Un centenar de metros al otro lado del puente llegó a su destino, The Ferryman, el único pub auténtico que quedaba entre esos muelles. No era un sitio donde tomar capuchinos o chapatas, y por eso la clientela era más específica. En el bar había un puñado de personas que, tras hacer sus compras navideñas, se había apartado de los lugares adonde iba todo el mundo para darse un respiro y rodear con las moradas manos los calientes vasos. Aparte de éstas, estaba lleno de trabajadores, jóvenes y viejos, que se relajaban después de finalizar la jornada laboral. Los asientos estaban repletos de trajes; las superficies, de pintas y copas. Eran poco más de las seis y ya había gente que había huido del centro financiero para refugiarse en el sitio más cercano con el objeto de rendir culto en el altar de las cervezas de barril.

Bruce Archer era uno de ésos, acodado en la barra con una Guinness en la mano, riendo a carcajadas por algo que había dicho alguien al lado. Otro traje. Y después otro. Hombrera contra hombrera. Trajes de raya diplomática y calcetines de rombos. Más zapatos relucientes y maletines con hojas de cálculo, gráficos de sectores y predicciones de mercado de amplias miras. Y ninguno tomaba café. Debería habérselo imaginado. No lo había hecho, pero verlos dándose palmaditas en la espalda y riendo ruidosamente no le sorprendió lo más mínimo, de manera que, al mismo tiempo, sí que lo había imaginado.

Bruce se volvió y lo vio.

—¡Lou! —gritó de punta a punta con su fuerte acento de Boston, lo cual hizo que se giraran algunas cabezas, no hacia Bruce, sino al hombre atractivo e impecable al que iban dirigidos los gritos—. ¡Lou Suffern! Me alegro de verte. —Se levantó del taburete, se dirigió al encuentro de Lou con la mano extendida y después, tras estrechar la de Lou con firmeza, la sacudió arriba y abajo mientras le daba entusiastas golpes en la espalda—. Ven, te presentaré a los muchachos. Muchachos, éste es Lou, Lou Suffern, de Patterson Developments. Trabajamos juntos en el edificio de Manhattan del que os he hablado y una noche vivimos una experiencia de lo más salvaje, esperad a que os contemos, no os lo vais a creer. Lou, éste es Derek, de...

Y Lou se perdió en un mar de presentaciones, olvidando cada nombre en el mismo instante en que se lo mencionaban y apartando de su cabeza la imagen de su mujer y su hija cada vez que daba una mano que o bien apretaba demasiado la suya o estaba demasiado sudorosa o era floja o hacía que su hombro subiera y bajara. Intentó olvidar que había abandonado a su familia por aquello. Intentó olvidar mientras desdeñaban el café que había pedido y lo atiborraban de cerveza, mientras desoían su intentona de marcharse después de tomar una pinta. Y otra. Y otra más. Cansado de discutir cada vez que pedían una ronda, permitió que cambiaran la cerveza por un Jack Daniel's, y cuando le sonó el móvil, también permitió que sus abucheos de adolescente lo convencieran para que no lo cogiese. Luego, después de todo aquello, ya no hizo falta que lo convencieran. Estaba con ellos para largo, el teléfono en silencio y vibrando cada diez minutos con una llamada de Ruth. A esas alturas sabía que Ruth lo entendería; si no, es que su mujer no era nada razonable.

Al otro lado de la barra una chica llamó su atención; en la barra había otro whisky con cola. La razón y el juicio se habían ido fuera junto con los fumadores, y fuera hacía un frío helador; una mitad pensaba en coger un taxi y la otra miraba alrededor en busca de alguien a quien llevar a casa y amar. Después, con demasiado frío y frustrado, la razón se rebeló contra el juicio y recurrió a los puñetazos a la puerta del bar mientras Lou se volvía y se ocupaba únicamente de lo que ambicionaba.

12
Viviendo a tope

Lou cayó en la cuenta de que estaba demasiado borracho para ligarse a aquella mujer atractiva del bar que le había estado haciendo ojitos toda la noche cuando, al ir a su encuentro en la mesa, tropezó con sus propios pies y, sin querer, se las arregló para tirarle la bebida a su amiga en el regazo. No en el regazo de la guapa, sino sólo en el de la amiga. Y cuando farfulló algo que en su opinión era sumamente elegante e ingenioso, a ella se le antojó bastante obsceno y ofensivo. Y es que había una fina línea entre lo obsceno y lo ofensivo y una frase sexy para ligar con alguien cuando uno había bebido tanto como Lou Suffern. Éste parecía haber perdido el aire de encanto y sofisticación que poseía a raudales al entrar. Las gotas de whisky y cola que manchaban su camisa blanca recién planchada y su corbata no eran admisibles para esas elegantes mujeres de negocios, y sus ojos azules, que por lo común hacían sentir a las mujeres como si fuesen a caer desde las alturas directamente en esos estanques garzos, ahora estaban enrojecidos y vidriosos, de manera que no causaron el efecto deseado. Al intentar desnudarla con la mirada pareció sospechoso, así que, demasiado borracho para ir a ninguna parte con ella —o con su amiga, a la que también se insinuó tras chocar contra ella cuando salía del servicio, donde intentaba limpiarse el vino tinto que él le había derramado en el traje–, la opción más sensata parecía volver por el coche. E ir a casa.

Cuando llegó al frío y oscuro sótano del aparcamiento de su edificio –una caminata que le llevó veinte minutos más de lo habitual–, cayó en la cuenta de que había olvidado dónde había aparcado el coche. Dio unas vueltas por el centro del aparcamiento mientras presionaba el botón de su llave con la esperanza de que la alarma o las luces revelaran su posición. Por desgracia estaba disfrutando tanto de las vueltas que se le olvidó mirar los coches. Finalmente una luz llamó su atención, y cuando divisó su coche en la plaza que le había sido asignada, cerró un ojo y se centró en llegar hasta él.

–Hola, *baby* –susurró mientras se restregaba contra el Porsche, un gesto que no era de amor, sino que se debía a que había perdido el equilibrio.

Besó el capó y se subió a él. Luego, al verse en el asiento del copiloto, donde no había volante, salió y dio la vuelta hasta el lado del conductor. Se sentó a la derecha y, una vez allí, se fijó en las columnas de cemento que sustentaban el techo y vio que se movían. Esperó que no fueran a caérsele sobre el coche mientras se dirigía a casa, algo que sería irresponsable por su parte y una cara desgracia para él.

Tras intentar durante unos instantes introducir la llave en el contacto y arañar el metal de alrededor con la punta de la llave, finalmente la situó como era debido y entró. Se alegró al oír el sonido del motor y, acto seguido, pisó a fondo el acelerador. Cuando por fin se acordó de mirar adónde se dirigía, pegó un grito asustado: junto al capó del coche se hallaba un inmóvil Gabe.

—¡Jesús! —exclamó Lou al tiempo que levantaba el pie del acelerador y golpeaba el parabrisas con la magullada mano derecha—. ¿Estás loco? ¡Vas a hacer que te maten!

Luego el rostro de Gabe se desdibujó, pero Lou habría apostado su vida a que sonreía. Oyó un golpe, pegó un salto y, cuando alzó la cabeza, vio a Gabe mirándolo por la ventanilla del conductor. El motor seguía en marcha, de manera que Lou bajó un tanto la ventanilla.

—Hola.

—Hola, Gabe —replicó él, soñoliento.

—¿Quieres apagar el motor, Lou?

—No, no, me voy a casa.

—No llegarás muy lejos en punto muerto. No creo que sea muy buena idea que vayas a casa en coche. ¿Por qué no te bajas y te vas en taxi?

—No, no puedo dejar el Porsche aquí. Algún chiflado lo robará. Algún loco. Algún vagabundo sin techo. —La ocurrencia hizo que prorrumpiera en una risa bastante histérica—. Ah, ya sé. ¿Por qué no me llevas a casa?

—No, no, no creo que sea buena idea, Lou. Venga, bájate y pedimos un taxi —propuso Gabe al tiempo que abría la portezuela del coche.

—No, de taxi nada —respondió él arrastrando las palabras mientras sacaba el punto muerto y metía una marcha.

Luego pisó el acelerador y el coche avanzó con la portezuela abierta, se detuvo, dio una sacudida y volvió a pararse. Gabe revolvió los ojos y se agarró a la puerta del copiloto mientras el vehículo daba saltos como un grillo con un trastorno de ansiedad.

—Está bien, vale —dijo Gabe al cabo después de que Lou condujese (aunque conducir no era exactamente la palabra) hasta la rampa de salida–. He dicho que vale. –Alzó la voz cuando el coche volvió a dar una sacudida–. Te llevaré a casa.

Lou pasó al otro asiento saltando por encima de la palanca de cambios y Gabe ocupó el del conductor con inquietud. No tuvo que ajustar el asiento ni los espejos, ya que él y Lou, al parecer, medían exactamente lo mismo.

–¿Sabes conducir? –inquirió Lou.

–Sí.

–¿Alguna vez has conducido uno de éstos? –preguntó Lou, y acto seguido rompió a reír con histerismo–. Igual tienes uno aparcado bajo el ático –rió.

–Ponte el cinturón, Lou.

Gabe pasó por alto sus comentarios y se concentró en devolver a casa a Lou sano y salvo, cometido éste que era muy importante llegados a este punto, sumamente importante.

14
El chico del pavo 3

—Así que lo pillaste con exceso de velocidad otra vez, ¿no?
—El chico del pavo, cuyo mentón descansaba en las manos, levantó la cabeza—. Espero que esta vez lo detuvieras. Pudo haber matado a alguien, otra vez. Y ¿qué haces tú dando vueltas en el coche siempre por el mismo sitio? Es como si lo estuvieras acechando.

—No lo pillé con exceso de velocidad —aclaró Raphie, que pasó por alto la última pregunta—. Se saltaron un semáforo en rojo, eso es todo.

—¿Eso es todo? Espero que detuvieras a ese nota cabrón.

—A ver, ¿cómo iba a detener a Lou? Venga, vamos —explicó Raphie, que sonaba como un profesor—. No estás escuchando. Deja de adelantar acontecimientos.

—Es que eres una puta tortuga. Ve al grano.

—Lo soy, sí, pero no te contaré la historia si ésa va a ser tu actitud. —Raphie miró furioso al chico del pavo, que esta vez no contestó mal, de manera que él continuó con el relato—. No fue Lou quien se saltó el semáforo en rojo porque no era Lou quien conducía, ya te lo he dicho.

—Gabe no se habría saltado el semáforo en rojo, él no haría eso —saltó el muchacho.

—Y ¿cómo iba a saber yo eso? No conocía a ese tipo.

—Seguro que cambiaron de sitio camino de su casa.

—Al volante iba Gabe. No olvides que eran tan parecidos que podían haber pasado el uno por el otro fácilmente, pero no, sé que el del asiento del copiloto era Lou, completamente pasado, con los dos ojos en una cuenca.

—¿Cómo es que lo pillaste otra vez en el mismo sitio?

—Vigilaba la casa de alguien, es todo.

—¿Un asesino? —El rostro del muchacho se iluminó.

—No, no un puñetero asesino, alguien a quien conozco, es todo.

—¿Seguías a tu mujer? —El chico del pavo volvió a animarse.

Raphie se movió en la silla con incomodidad.

—¿A qué te refieres?

—Para ver si tiene una aventura.

El policía revolvió los ojos.

—Hijo, ves demasiada televisión.

—Ah. —El chico del pavo estaba decepcionado—. Entonces ¿qué hiciste cuando los pillaste?

15
Hogar, dulce hogar

—Hola, oficial —saludó Gabe, los grandes ojos azules abiertos y francos.

Sorprendido al ver que el hombre conocía su cargo, Raphie cambió de opinión con respecto a la forma de abordarlo.

—Se ha saltado un semáforo en rojo, ¿sabe?

—Lo sé, oficial, y le pido mis más sinceras disculpas, ha sido sin querer, se lo prometo. Estaba en ámbar y pensé que me daría tiempo...

—Se lo saltó mucho después de que estuviera en ámbar.

—Bueno. —Gabe miró a su izquierda, a Lou, que fingía dormir, roncando ruidosamente y riendo entre ronquido y ronquido. En la mano sostenía un gran paraguas.

Raphie reparó en el paraguas de Lou y después siguió la mirada de Gabe hasta el acelerador.

—Jesús —dijo el policía entre dientes.

—No, soy Gabe —contestó éste—. Soy un compañero del señor Suffern, sólo intentaba llevarlo a casa sano y salvo, ha bebido demasiado.

En ese instante Lou roncó ruidosamente y soltó un silbido. Después se echó a reír.

—No me diga.

—Esta noche me siento como un padre de guardia —afirmó Gabe—. Me aseguro de que a mi hijo no le ocurra nada. Eso es importante, ¿no?

—¿A qué se refiere? —Raphie achinó los ojos.

—Ah, creo que sabe a qué me refiero —Gabe esbozó una sonrisa inocente.

Raphie clavó la vista en Gabe y endureció el tono: no sabía si el tipo era un listillo.

—Enséñeme el permiso de conducir, por favor. —Extendió la mano.

—Huy, esto... no lo llevo encima.

—¿Tiene permiso de conducir?

—No lo llevo encima.

—Eso ya me lo ha dicho. —El policía sacó un bloc y un bolígrafo—. ¿Cómo se llama?

—Me llamo Gabe, señor.

—Gabe ¿qué? —Raphie se irguió un tanto.

—¿Se encuentra bien? —le preguntó Gabe.

—¿Por qué lo pregunta?

—Parece algo incómodo. ¿Ocurre algo?

—Estoy perfectamente. —Raphie empezó a apartarse del coche.

—Debería hacerse mirar eso —sugirió Gabe, la voz teñida de preocupación.

—Métase en sus asuntos —gruñó Raphie mientras echaba un vistazo para asegurarse de que nadie lo había oído.

Gabe miró el coche patrulla por el espejo retrovisor: allí no había nadie más. Ni refuerzos ni testigos.

—No olvide pasarse por la comisaría de Howth esta semana, Gabe, lleve el permiso y pregunte por mí. Ya nos ocuparemos de usted. Y ahora lleve a ese muchacho a casa sano y salvo —señaló a Lou con la cabeza y a continuación se dirigió a su coche.

—¿Está otra vez borracho? —inquirió Lou abriendo los empañados ojos y volviendo la cabeza para ver cómo se dirigía Raphie al coche.

—No, no está borracho —respondió Gabe mientras observaba el lento caminar hacia el coche en el retrovisor.

—Pues entonces ¿qué tiene? —espetó Lou.

—Tiene otra cosa.

—No, tú tienes otra cosa. Y ahora llévame a casa. —Chasqueó los dedos y se rió—. No, mejor déjame conducir a mí —afirmó de mal humor, y empezó a revolverse en el asiento para bajarse—. No quiero que la gente piense que el coche es tuyo.

—Beber y conducir es peligroso, Lou, podrías sufrir un accidente.

—¿Y? —Fue la pueril respuesta—. Es mi problema, ¿no?

—Un amigo mío murió no hace mucho —contó Gabe, los ojos aún fijos en el coche patrulla, que bajaba despacio por la carretera—. Y, créeme, cuando mueres el problema no es tuyo, sino de los demás. Dejó un buen lío detrás. Yo en tu lugar me pondría el cinturón, Lou.

—¿Quién murió? —Lou cerró los ojos, desoyendo el consejo, y descansó la cabeza en el reposacabezas, renunciando a su idea de conducir.

—No creo que lo conozcas —contestó Gabe, que puso el intermitente en cuanto el coche de policía dejó de verse y volvió a la carretera.

—¿Cómo murió?

—En un accidente de coche —respondió mientras ponía el pie en el acelerador.

El coche arrancó de prisa con una sacudida, el motor sonoro y poderoso de repente en la tranquila noche.

Lou abrió un tanto los ojos y miró con recelo al otro.

—¿Sí?

—Sí. Muy triste. Era joven. Tenía una familia joven, una mujer encantadora. Era un triunfador. —Aumentó la velocidad.

Ahora Lou tenía los ojos completamente abiertos.

—Pero lo triste no es eso. Lo más triste fue que no se ocupó a tiempo del testamento. No es que haya que culparlo por eso, era joven y no tenía pensado marcharse tan pronto, pero ello demuestra que nunca se sabe.

El indicador se aproximaba a los cien kilómetros por hora en una zona limitada a cincuenta, y Lou se agarró con fuerza al tirador de la portezuela y se sentó recto, las nalgas bien pegadas al respaldo del asiento. Ahora estaba más tieso que un ajo, observando el indicador de velocidad y las borrosas luces de la ciudad, que desfilaban veloces al otro lado de la bahía.

Hizo ademán de agarrar el cinturón, pero de pronto, igual de rápido que acelerara, Gabe levantó el pie del pedal, miró por el retrovisor, puso el intermitente y empezó a girar a la izquierda. Miró el rostro de Lou, que había adquirido una interesante tonalidad verde, y sonrió.

—Hogar, dulce hogar, Lou.

A lo largo de los días que siguieron, cuando la resaca empezó a remitir, Lou cayó en la cuenta de que no recordaba haberle indicado a Gabe cómo llegar a su casa esa noche.

—¡Mamá, papá, Marcia, Quentin, Alexandra! —vociferó Lou en cuanto su sorprendida madre abrió la puerta—. Ya he llegaaado —cantó mientras abrazaba a su madre y le plantaba un sonoro beso en la mejilla–. Siento mucho haberme perdido la cena, pero es que ha sido una tarde movida en el despacho. Movida, movida, movida.

Ni siquiera él pudo mantener la compostura al alegar esa excusa, de manera que se plantó en el comedor, los hombros subiendo y bajando, el pecho resollando al borde de la risa silente, observado por unos rostros sobresaltados e impasibles. Ruth estaba helada, contemplaba a su marido con una mezcla de enfado, pena y vergüenza ajena. Y en algún lugar dentro de su ser también sentía celos. Se había pasado el día lidiando con el entusiasmo incontrolable de Lucy, que se reflejó en todos los modelos de comportamiento, positivos y negativos, que podía presentar un niño, y después se había ocupado de sus nervios y sus lágrimas cuando se negó a salir a escena hasta que llegara su padre. A la vuelta de la función, había acostado a los niños y había estado yendo de un lado para otro toda la tarde para preparar la cena y tener los cuartos de los invitados listos. Ahora tenía la cara completamente roja por haber estado en la cocina y los dedos quemados de agarrar platos calientes. Estaba roja y también cansada, física y mentalmente exhausta debido al esfuerzo de estimular a sus hijos como debía hacer un padre: desde estar de rodillas en el suelo con Pud hasta limpiarle las lágrimas y darle consejos a una desconsolada Lucy, que no había podido localizar a su padre entre el público a pesar de que Ruth había intentado convencerla de lo contrario.

Ruth miró a Lou, que se balanceaba en la puerta, los ojos enrojecidos, las mejillas sonrosadas, y deseó poder hacer lo mismo, tirar por la borda toda circunspección y hacer el idiota delante de sus invitados. Pero eso él nunca lo admitiría –y ella nunca lo haría–, y ésa era la diferencia entre ambos. Sin embargo ahí estaba él, balanceándose feliz y contento, y ahí ella, inmóvil y profundamente descontenta, preguntándose por qué demonios había decidido ser el pegamento que lo mantenía todo unido.

—¡Papá! —exclamó Lou—. Hace siglos que no te veo. Hace mucho, ¿no? —Sonrió y se dirigió hacia su padre con la mano extendida. Se sentó en la silla a su lado, acercándola más y arañando el suelo, los codos casi tocándose—. Dime qué has estado haciendo. Ah, y no me vendría mal beber un poco de ese vino tinto, muchas gracias. Mi preferido, cariño, bien hecho. —Le guiñó un ojo a Ruth y a continuación se puso a servirlo, derramando la mayor parte en el blanco mantel mientras lo vertía con mano vacilante en una copa limpia.

—Tranquilízate, hijo —respondió su padre en voz queda mientras intentaba sujetarle la mano para que no le temblara.

—Papá, estoy bien —Lou se apartó bruscamente de él, manchándole de vino las mangas de la camisa.

—Ay, Aloysius —dijo su madre, y Lou revolvió los ojos.

—No pasa nada, amor mío, no es nada —aseguró el padre, con la intención de quitarle hierro al asunto.

—Es tu camisa buena —continuó ella mientras cogía la servilleta, la introducía en su vaso de agua y limpiaba con ella las mangas.

—Mamá —Lou recorrió con la mirada la mesa, riendo—, no lo he matado, sólo le ha salpicado el vino.

Su madre lo miró con desdén, apartó los ojos y siguió ayudando a su marido.

—Puede que esto sirva de algo. —Lou echó mano del salero y empezó a sacudirlo sobre los brazos de su padre.

—¡Lou! —Quentin alzó la voz—. Basta.

El aludido se detuvo y miró a Alexandra con una avergonzada sonrisa infantil.

—Ah, Quentin —Lou saludó con la cabeza a su hermano—, no me había dado cuenta de que estabas aquí. ¿Qué tal el barco? ¿Alguna vela nueva? ¿Equipamiento nuevo? ¿Has ganado alguna competición últimamente?

Quentin se aclaró la garganta y procuró calmarse.

—Pues la verdad es que tenemos la final dentro de dos se...

—¡Alexandra! —soltó Lou, interrumpiendo a su hermano—. ¿Cómo es que no le he dado un beso a la preciosa Alexandra? —Se levantó y, dando topetazos contra el respaldo de todas las sillas, se acercó a ella—. ¿Cómo está esta noche la bella Alexandra? Despampanante, como siempre. —Se agachó, le dio un fuerte abrazo y la besó en el cuello.

—Hola, Lou —sonrió ella—. ¿Cómo ha ido la noche?

—Bueno, ya sabes, movida, movida, un montón de papeleo pendiente. —Echó atrás la cabeza y rompió a reír de nuevo, ruidoso como una ametralladora—. Ay, Dios. Por cierto, ¿sabéis cuál es vuestro problema? Que da la impresión de que se os ha muerto alguien. Vamos, no os vendría mal que os metieran unos cohetes por el culo. —Gritó con excesiva agresividad y les aplaudió en la cara—. A-bu-rri-dos. —Se volvió hacia su hermana—. Marcia —dijo, seguido de un suspiro—. Marcia —repitió—. Hola —se limitó a decir antes de volver a su silla, sonriendo puerilmente para sí.

Gabe aguardaba con incomodidad a la puerta del comedor, en medio del largo y oneroso silencio que siguió.

—¿A quién has traído contigo, Lou? —preguntó su hermano mientras extendía la mano y avanzaba hacia Gabe—. Lo siento, no nos han presentado. Soy Quentin, su hermano, y ésta es mi esposa, Alexandra.

Lou lanzó un silbido y se echó a reír.

—Hola, soy Gabe. —Estrechó la mano de Quentin y, tras entrar en el comedor, fue alrededor de la mesa dando la mano a la familia.

—Lou —intervino Ruth con suavidad—, creo que deberías tomar un poco de agua o café. Estaba a punto de hacer café.

Lou profirió un sonoro suspiro.

—¿Te estoy avergonzando, Ruth? ¿Eh? —espetó—. Me dijiste que viniera a casa y aquí estoy.

En la mesa se hizo el silencio, todo el mundo incómodo, tratando de no mirar a nadie. El padre de Lou le dirigió una mirada enojada, sonrojándose, los labios temblando ligeramente como si las palabras estuvieran saliendo de ellos y sin embargo no emitiesen sonido alguno.

Gabe siguió recorriendo la mesa.

—Hola, Ruth. Encantado de conocerte por fin.

Ella apenas lo miró a los ojos cuando estrechó su mano sin fuerza.

—Hola —repuso en voz baja—. Perdona, pero he de retirar esto. —Se levantó y comenzó a llevar a la cocina los restos de queso y las tazas de café.

—Te ayudo —se ofreció Gabe.

—No, no, por favor, siéntate. —Ruth corrió a la cocina cargada de platos.

Gabe desobedeció y la siguió de todas formas. La sorprendió apoyada en la encimera, donde había dejado la vajilla, de espaldas a él. Tenía la cabeza gacha, la espalda encorvada, en ese instante como un alma en pena. Gabe depositó los platos junto al fregadero ruidosamente para que ella supiera que estaba allí.

Consciente de su presencia, ella dio un respingo y recobró

la compostura, el alma volviendo a la vida del descanso. Se volvió hacia él.

—Gabe. —Esbozó una sonrisa rígida—. Te dije que no te molestaras.

—Quería echar una mano —respondió él con dulzura—. Siento lo de Lou. Yo no salí con él.

—¿No? —Ella cruzó los brazos y pareció violenta por no saberlo.

—No. Trabajo con él en la oficina. Era tarde y yo seguía allí cuando volvió de... bueno, de la reunión.

—¿Cuando volvió al despacho? ¿Por qué iba a...? —Lo miró confusa y después, lentamente, su rostro se ensombreció cuando cayó en la cuenta de a qué se refería Gabe—. Ah, comprendo. Quería venir a casa en coche.

No era una pregunta, más bien un pensamiento expresado en voz alta, de modo que Gabe no respondió, pero ella moderó su actitud hacia él.

—Claro. Bien, gracias por haberlo traído sano y salvo. Siento haber sido grosera contigo, pero es que, ya sabes... —La emoción afloró a su voz y dejó de hablar para afanarse en tirar los restos de los platos a la basura.

—Lo sé. No hace falta que me expliques nada.

Oyeron que Lou exclamaba «¡iso!» en el comedor y después el ruido del cristal al romperse y su risotada de nuevo.

Ella dejó de limpiar los platos y cerró los ojos, suspirando.

—Lou es un buen hombre, ¿sabes? —afirmó Gabe en voz queda.

—Gracias, Gabe. Aunque parezca mentira, eso es exactamente lo que necesito escuchar ahora, sin embargo esperaba que no lo dijera uno de sus amigotes del trabajo. Me gustaría que pudiera decirlo su madre —lo miró, los ojos empañados—

o su padre, o estaría bien que saliera de su hija. Pero no, en el trabajo Lou es el súmmum. —Comenzó a limpiar los platos con ira.

—Yo no soy uno de sus amigotes del trabajo, créeme. Lou no me soporta.

Ella lo miró con curiosidad.

—Me consiguió un empleo ayer. Yo me sentaba a la puerta de su edificio cada mañana y ayer, inesperadamente, él se paró, me dio un café y me ofreció trabajo.

—Algo mencionó la otra noche —contestó Ruth, haciendo memoria—. ¿De verdad hizo eso Lou?

—Pareces sorprendida.

—No, no es eso. Bueno, sí. Es decir... ¿qué trabajo te dio?

—Me metió en el departamento de correo.

—¿Qué saca él de eso? —preguntó ceñuda.

Gabe se rió.

—¿Crees que lo hizo por él?

—Ah, que haya salido de mi boca es horrible. —Se mordió el labio para disimular la sonrisa—. No era eso lo que quería decir. Sé que Lou es un buen hombre, pero últimamente ha estado muy... ocupado. O más distraído. No hay nada malo en estar ocupado, siempre y cuando no se ande distraído. —Le restó importancia con un ademán—. Pero es que no está. Es como si estuviera en dos sitios a la vez: su cuerpo con nosotros, su cabeza siempre en otra parte. Las decisiones que toma de un tiempo a esta parte sólo tienen que ver con el trabajo, cómo mejorar en el trabajo, cómo llegar de una reunión a otra en el menor tiempo posible, etcétera, etcétera, etcétera... así que que te haya ofrecido ese trabajo, sólo pensé que... Dios, menudo discurso. —Se serenó—. Es evidente que has conseguido sacar lo mejor de él, Gabe.

—Es un buen hombre —repitió éste.

Ruth no respondió, pero casi dio la impresión de que Gabe le leía el pensamiento cuando le dijo:

—Pero tú quieres que sea mejor, ¿no?

Ella lo miró sorprendida.

—No te preocupes. —Apoyó su mano en la de ella, proporcionándole un consuelo inmediato—. Lo será.

Cuando, al día siguiente, Ruth le contó la conversación a su hermana y ésta arrugó la nariz, pensando que todo era muy raro y sospechoso, como opinaba de la mayor parte de las cosas de la vida, Ruth se preguntó por qué demonios no interrogó a Gabe, por qué en ese momento no se le antojó tan extraño. Sin embargo lo que importaba era el momento, vivir el momento, y en aquel momento no se sintió obligada a preguntar. Ella lo creyó, o al menos quiso creerlo. Un hombre amable le había dicho que su marido sería un hombre mejor. ¿Para qué darle vueltas?

16
Despertar

Lou despertó a la mañana siguiente con un pájaro carpintero posado en la cabeza que le martilleaba la coronilla sistemáticamente con gran sociabilidad. El dolor fue bajando del lóbulo frontal, a través de ambas sienes, a la base de la cabeza. Fuera, en alguna parte, se oyó el claxon de un coche, ridículo a esa hora, y un motor en marcha. Cerró los ojos de nuevo e intentó desaparecer en el mundo del sueño, pero las responsabilidades, el pájaro carpintero y lo que le pareció la puerta de la calle cerrándose de un portazo no le permitieron refugiarse en sus dulces sueños.

Tenía la boca tan seca que se sorprendió relamiéndose las encías y paseando la lengua por ella para reunir una mínima cantidad de humedad que le concediera el honor de evitar la detestable tarea de vomitar en seco. Luego la saliva llegó y él se vio en ese horrible lugar −entre su cama y la taza del váter− donde su temperatura corporal aumentó, la cabeza se le fue y la humedad llegó a su boca en oleadas. Apartó la ropa de cama con los pies, corrió hacia el retrete y cayó de rodillas para adorar la taza preso de una violenta arcada. Cuando ya no tuvo más energía, ni nada en el estómago, si se quiere, se sentó en las calientes baldosas agotado física y mentalmente y reparó en que el cielo era luminoso. A diferencia de la oscuridad que reinaba habitualmente cuando se levantaba por la mañana en esa época del año, el cielo lucía un azul luminoso. Entonces lo asaltó el pánico, mucho peor que la urgencia que acababa de sentir, pero más como el pánico que le entraría a un niño al saber que llega tarde al colegio.

Lou se levantó del suelo a duras penas y volvió al dormitorio deseando coger el despertador y estrangular los números que anunciaban las nueve de la mañana parpadeando descaradamente en rojo. Se habían quedado dormidos, no habían oído la alarma. Pero no era así, porque Ruth no estaba en la cama. Sólo entonces reparó en el olor a fritura que llegaba arriba, que le bailaba el cancán bajo la nariz con aire casi burlón. Oyó el estrépito y el tintineo de tazas y platos. El balbuceo de un niño. Sonidos matinales. Sonidos largos, perezosos que no debería estar oyendo. Debería estar oyendo el zumbido del fax y la fotocopiadora, el ruido del ascensor al subir y bajar por el hueco y, de vez en cuando, al emitir un pitido como si la gente de dentro estuviera cocinada. Debería estar oyendo las uñas acrílicas de Alison contra el teclado. Debería estar oyendo el chirrido del carrito del correo cuando Gabe enfilaba los pasillos...

Gabe.

Se puso el albornoz y corrió escalera abajo, a punto de caer al suelo con los zapatos y el maletín que él mismo dejara en el último escalón, antes de irrumpir en la cocina. Allí estaban los tres sospechosos habituales: Ruth, su madre y su padre. A Gabe no se lo veía por ninguna parte, gracias a Dios. El huevo le resbalaba a su padre por la incipiente barba gris del mentón, su madre leía el periódico, y tanto ella como Ruth aún estaban en camisón. Pud era el único que profería algún sonido, cantando y balbuciendo, las cejas subiendo y bajando con tal expresión que era como si sus frases tuvieran sentido. Lou asimiló la escena, pero al mismo tiempo fue incapaz de apreciar un solo píxel de ella.

—¿Qué demonios es esto, Ruth? —espetó en voz alta, haciendo que todas las cabezas se alzaran y se volvieran hacia él.

—¿Disculpa? —Su mujer lo miró con los ojos muy abiertos.

—Son las nueve, las putas nueve de la mañana.

—Aloysius, haz el favor —respondió, enojado, su padre.

Su madre lo miró escandalizada.

—¿Por qué demonios no me has despertado? —Se acercó a Ruth.

—Lou, ¿por qué hablas así? —Ella frunció el ceño y se centró en su hijo—. Vamos, Pud, unas cucharadas más, cariño.

—Porque estás intentando hacer que me despidan, eso es lo que estás haciendo, ¿no? ¿Por qué demonios no me has despertado?

—Iba a hacerlo, pero Gabe me pidió que no lo hiciera. Dijo que te dejara descansar hasta eso de las diez, que descansar te vendría bien, y yo pensaba lo mismo —contestó su mujer como si tal cosa, por lo visto sin que le afectara el ataque sufrido delante de sus padres.

—¿Gabe? —La miró como si fuese la persona más ridícula del mundo—. ¿GABE? —chilló.

—Lou —terció su madre—, no te atrevas a gritar así.

—¿Gabe, el chico del correo? ¿El puto CHICO DEL CORREO? —Desoyó a su madre—. ¿Le has hecho caso? ¡Si es un imbécil!

—¡Lou! —volvió a exclamar su madre—. Fred, haz algo. —Le dio un codazo a su marido.

—Pues ese imbécil —Ruth pugnaba por mantener la calma– te trajo a casa ayer por la noche en lugar de dejar que te mataras con el coche.

Como si acabara de recordar que Gabe lo había traído a casa, Lou corrió a la entrada. Dio la vuelta al coche saltando sobre los guijarros con una preocupación por el vehículo tal que no sintió la ocasional piedra que se le clavaba en la carne. Examinó el Porsche desde todos los ángulos, pasando los dedos por la superficie para asegurarse de que no tenía arañazos o abolladuras. Al no ver nada raro se tranquilizó un tanto, aunque seguía sin entender por qué Ruth había tomado en tan alta consideración la opinión de Gabe. ¿Qué demonios estaba ocurriendo para que Gabe tuviera dominado a todo el mundo?

Volvió dentro, y su madre y su padre lo miraron de un modo que por una vez no se le ocurrió nada que decirles. Se alejó de ellos y regresó a la cocina, donde Ruth seguía a la mesa, dando de comer a Pud.

–Ruthy –se aclaró la garganta e intentó ofrecerle una disculpa a lo Lou, de ésas en las que nunca entraban las palabras lo siento–, es sólo que Gabe anda detrás de mi puesto, ¿entiendes? Tú no lo sabías, cierto, pero así es. Así que cuando salió alegremente esta mañana temprano para ir a trabajar...

–Se ha ido hace cinco minutos. –Lo cortó ella sin más, sin volver la cabeza, sin mirarlo–. Se quedó en uno de los cuartos de invitados pues no estoy muy segura de que tuviera un lugar adonde ir. Se levantó y preparó el desayuno de todos y luego yo le pedí un taxi, que pagué para que pudiera llegar al trabajo. Se fue hace cinco minutos, así que él también llega tarde. De manera que puedes retirar esas acusaciones o continuar con ese comportamiento e ir tras él para hacer de matón.

—Ruthy, yo...

—Tú tienes razón, Lou, y yo me equivoco. A juzgar por tu comportamiento esta mañana está claro que tienes la situación completamente controlada y no estás nada estresado —añadió ella con sarcasmo—. He sido una idiota al pensar que necesitabas dormir una hora más. Hala, Pud —sacó al niño de la silla y lo besó en la cara, manchada de comida—, vamos a darte un baño. —Sonrió.

Pud batió las palmas y tembló con las pedorretas de su madre. Ruth caminó hacia Lou con Pud en brazos, y por un instante Lou se ablandó al ver el rostro de su hijo, la sonrisa tan grande que podría iluminar el mundo si la Luna llegaba a perder su luz. Se dispuso a coger a Pud, pero no hubo lugar: Ruth pasó por delante, abrazando con fuerza a su hijo mientras éste reía a carcajadas como si los besos de su madre fuesen lo más divertido que le había pasado en su corta vida. Lou encajó el rechazo. Durante unos cinco segundos. Y después se dio cuenta de que debía descontar esos cinco segundos del tiempo que necesitaba para llegar al trabajo. De manera que salió disparado.

En un tiempo récord, y gracias a Dios porque el oficial O'Reilly no se hallaba presente cuando Lou pisó el acelerador y salió disparado al trabajo, Lou llegó a la oficina a las diez y cuarto de la mañana. Nunca en su vida había llegado tan tarde. Aún disponía de unos minutos antes de que finalizara la reunión, de forma que, tras escupirse en la mano y alisarse el cabello, que no se había lavado, y pasarse las manos por el rostro, que no se había afeitado, se sacudió las oleadas de mareo que le produjera la resaca, respiró hondo y entró en la sala de juntas.

Los allí reunidos contuvieron la respiración al verlo. No

es que tuviera tan mal aspecto, pero es que, para ser Lou, no estaba perfecto. Él siempre estaba perfecto. Tomó asiento frente a Alfred, que sonrió estupefacto y con absoluto regocijo al ver la aparente crisis nerviosa de su amigo.

—Siento llegar tarde. —Lou se disculpó ante los doce ocupantes de la mesa con más calma de la que sentía—. No he pegado ojo en toda la noche con uno de esos virus estomacales, pero creo que ya estoy bien.

Los rostros asintieron en señal de solidaridad y comprensión.

—A Bruce Archer también le ha entrado ese virus —apuntó Alfred al tiempo que guiñaba un ojo al señor Patterson.

Le habían dado al interruptor, y la sangre de Lou comenzó a hervir, esperando que de un momento a otro de su nariz saliera un ruidoso silbido al alcanzar el punto de ebullición. Aguantó la reunión luchando contra los sofocos y las náuseas, mientras la vena de la frente le latía con fuerza.

—Así que ésta es una noche importante, muchachos. —El señor Patterson se volvió hacia Lou, que intervino en la conversación.

—Sí, tengo la videoconferencia con Arthur Lynch —afirmó Lou—. Es a las siete y media, y estoy seguro de que todo irá sobre ruedas. He dado con multitud de respuestas a sus preocupaciones, que hemos repasado a lo largo de la semana. No creo que sea necesario volver sobre ellas...

—Un momento, un momento. —El señor Patterson alzó un dedo para pararlo, y sólo entonces Lou se percató de que al rostro de Alfred había aflorado una ancha sonrisa.

Lou clavó la vista en él para llamar su atención, con la esperanza de intuir algo, un gesto delator, pero Alfred lo evitó.

—No, Lou, tú y Alfred tenéis una cena con Thomas Crooke

y su socio, se trata de la reunión que llevamos intentando celebrar todo el año –su jefe rió con nerviosismo.

Abajo, abajo, abajo. Todo se venía abajo. Lou revisó la agenda, se pasó los temblorosos dedos por el cabello y se enjugó las perlas de sudor de la frente. Fue recorriendo con un dedo la recién imprimida agenda, a los cansados ojos costándole fijarse, el sudoroso índice manchando las palabras a medida que iba bajando por la hoja. Allí estaba, la videoconferencia con Arthur Lynch. Ninguna mención a una cena. Ninguna puñetera mención a una puñetera cena.

–Señor Patterson, soy perfectamente consciente de la esperada reunión con Thomas Crooke –Lou carraspeó y miró a Alfred confuso–, pero nadie ha confirmado ninguna cena conmigo, y la pasada semana informé a Alfred de que tengo una reunión con Arthur Lynch esta tarde a las siete y media –insistió con cierta urgencia–. ¿Alfred? ¿Tú sabes algo de esta cena?

–Pues claro, Lou –repuso el aludido con intención de ridiculizarlo, gesto que completó encogiéndose de hombros–. Naturalmente que lo sé. Dejé libre el día en cuanto la confirmaron. Es la mayor oportunidad que tenemos para conseguir el proyecto de desarrollo de Manhattan. Llevamos meses hablando de ello.

El resto de la mesa se revolvió con incomodidad en el asiento, aunque había algunos, Lou estaba seguro, que estarían disfrutando el momento con ganas, documentando cada suspiro, cada mirada y cada palabra para ir con el cuento a otros en cuanto salieran de la habitación.

–Los demás podéis volver al trabajo –dijo preocupado el señor Patterson–. Tenemos que ocuparnos de esto y urgentemente, me temo.

La sala se vació y en la mesa sólo quedaron Lou, Alfred y el señor Patterson. Lou reconoció en el acto, por la postura y la mirada de Alfred, por esos dedos regordetes unidos en oración bajo la barbilla, la superioridad moral de Alfred en ese momento. Alfred se sentía a sus anchas, en su posición de ataque más cómoda.

—Alfred, ¿cuánto hace que sabes lo de esta cena? Y ¿por qué no me lo has dicho? —Lou pasó inmediatamente a la ofensiva.

—Te lo dije, Lou —Alfred se dirigió a él como si fuese lerdo.

Con Lou sudoroso y sin afeitar y Alfred tan lozano, el primero sabía que no iba a salir de ésa bien parado. Apartó los temblorosos dedos de la agenda y entrelazó las manos.

—Un lío, un puñetero lío. —El señor Patterson se frotaba el mentón enérgicamente con las manos—. Os necesito a los dos en esa cena, pero no puedo permitir que faltes a la llamada de Arthur. La cena no se puede cambiar, nos ha llevado demasiado organizarla. ¿Y la llamada de Arthur?

Lou tragó saliva.

—Lo intentaré.

—En caso contrario no hay nada que podamos hacer, salvo que Alfred empiece y tú, Lou, en cuanto termines tu reunión, vayas a reunirte lo antes posible con él.

—A Lou le espera una negociación dura, así que tendrá suerte si consigue llegar al restaurante en la sobremesa. Podré encargarme de ello, Laurence. —Alfred hablaba con un rictus, con la misma sonrisilla de satisfacción que hizo que a Lou le entrasen ganas de coger la jarra de agua del centro de la mesa y estampársela en la cabeza—. Puedo hacerlo solo.

—Sí, bueno, esperemos que la negociación de Lou vaya de prisa y salga airoso, de lo contrario el día de hoy será una pérdida de tiempo —espetó el jefe al tiempo que recogía sus papeles y se ponía de pie. Fin de la reunión.

Lou se sentía como si se hallara en mitad de una pesadilla: todo se desmoronaba, todo su buen trabajo estaba siendo saboteado.

—En fin, la reunión ha sido decepcionante. Creía que iba a anunciarnos quién tomará el relevo cuando él se marche —afirmó Alfred con pereza—. Y no ha dicho una sola palabra, será posible. Yo creo que es su deber decírnoslo, pero llevo más tiempo que tú en la empresa, así que...

—¿Alfred? —Lou clavó la vista en él, asombrado.

—¿Qué? —Su compañero se sacó un paquete de chicles del bolsillo y se metió uno en la boca. Le ofreció uno a Lou, que sacudió la cabeza con vehemencia.

—Me siento como a oscuras. ¿Qué demonios está pasando aquí?

—Que tienes resaca, eso es lo que está pasando. Te pareces más al sin techo ese que él mismo —rió Alfred—. Y deberías coger uno —volvió a ofrecerle los chicles de menta—, el aliento te apesta a vómito.

Lou los rechazó de nuevo.

—¿Por qué no me dijiste lo de la cena, Alfred? —inquirió enfadado.

—Te lo dije —contestó él mientras saboreaba el chicle—. Pues claro que te lo dije. O se lo dije a Alison. ¿Fue a Alison? Puede que fuera a la otra, a la tetona. Ya sabes, la que te estabas beneficiando.

Lou la emprendió a gritos con él y después fue directo a la mesa de Alison, donde le tiró los detalles de la cena de esa noche en el teclado, haciendo que las uñas acrílicas dejaran de teclear.

La chica entrecerró los ojos y leyó el informe.

—¿Qué es esto?

—Una cena, esta noche. Muy importante. A las ocho. A la que tengo que asistir.

Mientras ella leía, él iba arriba y abajo.

—Pero no puedes, tienes la videoconferencia.

—Lo sé, Alison —espetó—. Pero necesito acudir a esto. —Hundió un dedo en la hoja—. Apáñatelas como sea. —Entró en su despacho como una exhalación y cerró dando un portazo. Se quedó de piedra antes de llegar a su escritorio. Encima tenía el correo.

Dio marcha atrás y abrió la puerta.

Alison, que se había puesto manos a la obra de prisa, colgó el teléfono y levantó la cabeza.

—¿Sí? —dijo impaciente.

—El correo.

—¿Sí?

—¿Cuándo ha llegado?

—A primera hora de la mañana. Gabe lo trajo a la misma hora de siempre.

—Es imposible —objetó él—. ¿Tú lo viste?

—Sí —respondió la secretaria, la preocupación reflejada en el rostro—. También me trajo un café. Justo antes de las nueve, creo.

—Pero no puede ser: estaba en mi casa —observó Lou, más para sí.

—Esto... Lou, sólo una cosa antes de que te vayas... ¿Es mal momento para comentar algunos detalles de la fiesta de tu padre?

Él volvió al despacho y dio un portazo apenas hubo terminado ella la frase.

En el mundo hay muchas formas de despertar. Para Lou Suffern ello era un deber que su querida BlackBerry había de cumplir a diario. Cada mañana a las seis, cuando él estaba en la cama durmiendo y soñando a la vez, pensando en el día anterior y planeando el siguiente, su BlackBerry dejaba oír, obediente y ruidosa, un tono alarmante y chirriante que resultaba incómodo al oído adrede. Le llegaba desde la mesilla de noche directamente al subconsciente, arrancándolo del sueño y devolviéndolo al mundo de los despiertos. Cuando eso ocurría, Lou despertaba. Los ojos cerrados se abrían, el cuerpo que estaba en la cama salía de la cama, desnudo y luego vestido. Éste era el significado del despertar para Lou: el período de transición entre dormir y trabajar.

Para otros el despertar adoptaba una forma distinta. Para Alison, la secretaria, fue el miedo a estar embarazada a los dieciséis años lo que la obligó a tomar algunas decisiones; para el señor Patterson fue el nacimiento de su primer hijo lo que hizo que viera el mundo de manera distinta e influyó en cada una de las determinaciones que tomaba. Para Alfred fue la pérdida por parte de su padre de los millones de la familia cuando él tenía doce años lo que lo obligó a asistir a un colegio público un año, y aunque ellos recuperaron la fortuna sin que nadie importante supiera de aquel contratiempo, esa experiencia cambió para siempre su manera de ver la vida y a la gente. Ruth despertó cuando, durante las vacaciones de verano, pilló a su marido en su cama con la niñera polaca de veintiséis años. Para la pequeña Lucy, con tan sólo cinco años, fue cuando miró al público que asistía a la función de su colegio y vio un asiento libre junto a su madre. Hay muchas formas de despertar, pero sólo una que reviste verdadera importancia.

Ese día, sin embargo, Lou estaba experimentando un despertar muy distinto. Lou Suffern, ay, no era consciente de que alguien pudiera despertar teniendo los ojos ya abiertos. No se daba cuenta de que alguien podía despertar cuando ya había salido de la cama, lucía un traje elegante, hacía tratos y supervisaba reuniones. No se daba cuenta de que alguien podía despertar cuando creía estar tranquilo, sereno y sosegado, capaz de lidiar con la vida y con todo lo que ésta pudiera echarle encima. Las alarmas sonaban cada vez con más intensidad en su oído, pero nadie, salvo su subconsciente, podía oírlas. Él intentaba pararlas, darle al botón de repetición para poder acurrucarse en el estilo de vida con el que se sentía cómodo, pero no era posible. No sabía que no podía decirle a la vida cuándo estaba listo para aprender, sino que sería la vida la que le enseñara cuando estuviese lista. No sabía que no podía pulsar botones y de repente saberlo todo, que eran los botones en él los que serían pulsados.

Lou Suffern creía saberlo todo.

Pero estaba a punto de vislumbrar la realidad.

17
Una colisión nocturna

A las siete de la tarde, cuando el resto de sus compañeros habían sido escupidos del edificio para ser engullidos por la locura navideña que se propagaba fuera, Lou Suffern seguía sentado a su mesa, sintiéndose menos el hombre de negocios pulcro y más Aloysius, el colegial castigado, el mismo que tantos años llevaba intentando dejar atrás. Aloysius clavó la vista en las carpetas que tenía en la mesa con el mismo entusiasmo que si tuviera delante un plato de verdura, su mera existencia verde coartando su libertad. Al descubrir que era absolutamente imposible que Lou cancelara o cambiara de hora o fecha la videoconferencia, un al parecer genuinamente desilusionado Alfred miró a Lou con cara de cordero degollado, decidió minimizar daños, tragándose cualquier insinuación de haber participado en aquel enredo con toda la fuerza de una aspiradora, y se centró en los mejores métodos para abordar el trato. Tan persuasivo como siempre, Alfred dejó a Lou incapaz de recordar por qué se había enfrentado a él, preguntándose por qué le había echado la culpa de aquel follón. Alfred causaba ese efecto en las personas continuamente, describiendo la misma trayectoria que un bumerán que hubiese sido arrastrado por la mierda y sin embargo consiguiera volver a las mismas manos extendidas.

Fuera reinaba la oscuridad y hacía frío. Los coches colapsaban los puentes y los muelles: la gente iba a casa, contando los días que faltaban en la enloquecida carrera de la Navidad. Harry tenía razón, todo se movía demasiado de prisa, la sensación de tensión acumulada más importante que el momento en sí. A Lou le palpitaba la cabeza más que por la mañana, y el ojo izquierdo le dolía a medida que la migraña empeoraba. Bajó la lámpara del escritorio, sintiendo aversión a la luz. Apenas podía pensar, menos aún hilar una frase, de manera que se arrebujó en su abrigo y su bufanda de cachemir y salió del despacho para acercarse a la farmacia más cercana en busca de pastillas para el dolor de cabeza. Se sabía resacoso, pero también tenía la certeza de que estaba cayendo enfermo. Los últimos días se había sentido muy raro, como si no fuese él mismo: desorganizado, inseguro, rasgos éstos que sin duda se debían a la enfermedad.

Los pasillos de la oficina estaban a oscuras, todas las luces de los despachos apagadas a excepción de las de emergencia, que se mantenían para los guardas jurados que hacían sus rondas. Presionó el botón del ascensor y esperó a oír el sonido que indicaba que los cables impulsaban el aparato por el hueco. Reinaba un completo silencio. Le dio de nuevo al botón y alzó la vista para ver qué pisos se iluminaban. La planta baja estaba encendida, pero no había movimiento. Pulsó el botón otra vez. Nada. Lo pulsó unas cuantas veces más hasta que no fue capaz de reprimir la ira y empezó a hundir el dedo en él con furia. Estropeado. Típico.

Se apartó del ascensor para bajar por la escalera de incendios, la cabeza martilleándole. Faltaban treinta minutos para la reunión, el tiempo suficiente para bajar y subir trece pisos con las pastillas. Abandonando la familiaridad del pasillo de la oficina principal, abrió un puñado de puertas en las que nunca había reparado, y se vio en unos pasillos más estrechos y desprovistos de la lujosa moqueta. Las gruesas puertas de nogal y la madera que revestía las paredes de su sección habían sido sustituidas por pintura blanca y aglomerado, y los despachos eran como trasteros. En lugar de la exquisita colección de arte que él inspeccionaba a diario en los pasillos de su oficina, fotocopiadoras y faxes festoneaban las paredes.

Al volver la esquina se detuvo y rió para sí: ahora conocía el secreto de la velocidad de Gabe. Ante él había un montacargas, y todo tenía sentido. Las puertas estaban abiertas, la espectral luz blanca de un fluorescente alargado iluminando el pequeño cubículo gris. Entró, los ojos doloridos debido a la luz, y antes incluso de que tocara los botones del panel, las puertas se cerraron y el ascensor inició el descenso a gran velocidad. Iba al doble de velocidad que los ascensores normales, y nuevamente Lou se sintió satisfecho al haber resuelto cómo se las había arreglado Gabe para ir de un sitio a otro tan de prisa.

Mientras el montacargas seguía bajando, él pulsó el botón de la planta baja, pero no se encendió. Le dio unas cuantas veces y vio, con creciente preocupación, que la luz iba pasando de un piso a otro: doce, once, diez... El aparato cobraba velocidad a medida que iba bajando. Nueve, ocho, siete... No daba muestras de ir a frenar. Ahora traqueteaba mientras se deslizaba a toda velocidad por los cables y, cada vez con más miedo y nerviosismo, Lou comenzó a pulsar todos los botones que vio, incluida la alarma, pero fue en vano: el montacargas seguía descendiendo por el hueco conforme al rumbo que él mismo había fijado.

A tan sólo unos pisos de la planta baja, Lou se apartó de las puertas de prisa y se hizo un ovillo en un rincón. Metió la cabeza entre las rodillas, cruzó los dedos y se dispuso a afrontar la colisión.

Unos segundos después el montacargas aminoró la velocidad y se detuvo de pronto. En el hueco, la cabina rebotó en el extremo de los cables y pegó una sacudida debido a la repentina parada. Cuando Lou abrió los ojos, que mantenía apretados, vio que se hallaba en el sótano. Como si el ascensor hubiese funcionado con normalidad en todo momento, emitió un alegre pitido y las puertas se abrieron. Él se estremeció con lo que vieron sus ojos, difícilmente era el comité de bienvenida que lo recibía cada vez que se bajaba en la planta decimocuarta. El sótano era frío y oscuro, con el piso de cemento y lleno de polvo. Dado que no quería bajar allí, pulsó el botón de la planta baja de nuevo para volver de prisa a las superficies de mármol y la moqueta, a las espirales color crema y tofe y los cromados, pero nuevamente el botón no se encendió, el montacargas no respondía y las puertas no se cerraban. No tenía más remedio que salir e intentar dar con la escalera de incendios para poder subir un piso y llegar a la planta baja. Nada más bajarse del ascensor y poner ambos pies en el suelo del sótano, las puertas se cerraron y el montacargas inició la subida.

El sótano estaba pobremente iluminado. Al fondo del pasillo una franja de luz fluorescente estropeada se encendía y apagaba, lo cual no le venía precisamente bien a su dolor de cabeza y le hizo perder el equilibrio unas cuantas veces. A su alrededor se escuchaba el ruidoso zumbido de la maquinaria, y el techo estaba al aire, de manera que la instalación eléctrica y el cableado quedaban al descubierto. Notaba el piso frío y duro bajo los zapatos de piel, y se levantaba un polvo que le cubría las relucientes punteras. Mientras avanzaba por el estrecho pasillo en busca de la salida, oyó una música que se colaba por debajo de la puerta del extremo de un pasillo que salía a la derecha. *Driving Home for Christmas*,[1] de Chris Rea. Al otro lado del corredor del lado opuesto vio un letrero verde con un hombre que salía corriendo por una puerta, iluminado por encima de una puerta metálica. Sus ojos pasaron de la salida a la habitación del extremo del pasillo, por debajo de cuya puerta salían música y luz. Consultó el reloj: aún tenía tiempo de llegar hasta la farmacia y, siempre y cuando los ascensores funcionasen, estar en su despacho a tiempo para celebrar la videoconferencia. La curiosidad pudo más que él, de manera que enfiló el corredor y llamó a la puerta con los nudillos. La música estaba tan alta que apenas oyó su propia llamada, de modo que abrió despacio y asomó la cabeza.

Lo que vio le quitó las palabras de la boca y salió con ellas bajo el brazo, cacareando.

Dentro había un pequeño almacén cuyas paredes repletas de estanterías metálicas de suelo a techo contenían desde bombillas hasta rollos de papel higiénico. Había dos pasillos, ninguno de ellos de más de tres metros de largo, y fue el segundo el que llamó la atención de Lou. A través de las estanterías la luz se filtraba desde el suelo. Al acercarse más, vio el familiar saco de dormir, que quedaba extendido en el pasillo desde la pared hasta cerca de una estantería. En él estaba Gabe, leyendo un libro, tan absorto que no levantó la cabeza cuando Lou se aproximó. En los estantes inferiores había una

---

1. *A casa en coche por Navidad.* (*N. de la t.*)

hilera de velas encendidas, de las aromáticas que salpicaban los cuartos de baño de los despachos, y una lamparita sin pantalla emitía una pequeña luz anaranjada en un rincón. Lou reparó en que Gabe estaba envuelto en la misma manta sucia de sus días en la acera. En otro estante se veía un hervidor de agua, y a su lado, un envase de plástico de sándwiches medio vacío. Su nuevo traje colgaba de una balda, aún con la funda de plástico y sin estrenar. La imagen del inmaculado traje colgando del estante metálico de un pequeño almacén le recordó a Lou al salón de su abuela, algo precioso que se reservaba para una ocasión especial que nunca llegó, y si lo hizo no se reconoció como tal.

Entonces Gabe alzó los ojos y el libro salió volando de sus manos, a punto de llevarse una vela por delante, cuando se incorporó bien tieso y alerta.

—Lou —dijo asustado.

—Gabe —repuso él, y no sintió la satisfacción que creyó sentiría. Lo que tenía delante era triste. No era de extrañar que el hombre fuese el primero en llegar a la oficina cada mañana y el último en marcharse. Ese pequeño almacén repleto de estanterías con toda clase de trastos se había convertido en el hogar de Gabe—. ¿Para qué es el traje? —le preguntó Lou mientras lo estudiaba. Parecía fuera de lugar en aquel cuarto polvoriento. Todo se veía gastado y usado, dejado y olvidado, y sin embargo, colgando de una percha de madera, había un traje caro y limpio. No pegaba.

—Bueno, uno nunca sabe cuándo va a necesitar un buen traje —contestó el aludido mientras miraba a Lou con recelo—. ¿Lo vas a contar? —inquirió, aunque no sonaba preocupado, sino tan sólo interesado.

Lou lo miró y sintió lástima.

—¿Sabe Harry que estás aquí?

Gabe sacudió la cabeza.

Lou se paró a pensar y contestó:

—No diré nada.

—Gracias.

—¿Llevas aquí toda la semana?

Gabe asintió.

—Hace frío.

—Ya. La calefacción se apaga cuando se va todo el mundo.

—Puedo traerte unas mantas o, eh... un calefactor eléctrico o algo, si quieres —ofreció Lou, y se sintió como un tonto nada más pronunciar las palabras.

—Sí, gracias, no estaría mal. Siéntate. —Gabe le señaló una caja del estante inferior—. Por favor.

Lou se remangó para coger la caja, no quería que el polvo y la suciedad le estropearan el traje, y se sentó despacio.

—¿Quieres un café? Me temo que solo, la máquina de la leche no funciona.

—No, gracias. Sólo he salido para comprar unas pastillas para la cabeza —replicó Lou, que no pilló la broma mientras miraba alrededor distraído—. Te agradezco que anoche me llevaras a casa.

—No fue nada.

—Llevaste bien el Porsche. —Lou lo escrutó—. ¿Habías conducido uno antes?

—Sí, claro, tengo uno ahí atrás. —Gabe revolvió los ojos.

—Ya, lo siento... ¿cómo sabías dónde vivía?

—Lo supuse —replicó Gabe con sarcasmo mientras se servía un café. Y al ver la cara de Lou añadió—: tu casa era la única de la calle con las verjas de tan mal gusto. De muy mal gusto. Tenían un pájaro encima. ¿Un pájaro? —Miró a Lou como si la sola idea de un pájaro de metal hiciese que la habitación oliera mal, cosa que bien podría haber sido así de no contar con las velas aromáticas.

—Es un águila —se defendió Lou—. Bueno, la otra noche estaba... —Lou comenzó a disculparse, o al menos a explicar su comportamiento de la noche anterior, pero luego cambió de idea, no estaba de humor para darle explicaciones a nadie, y menos a Gabe, que dormía en el suelo de un almacén del sótano y así y todo tenía el descaro de subírsele a él a la chepa—. ¿Por qué le dijiste a Ruth que me dejara dormir hasta las diez?

Gabe clavó en él sus azules ojos, y a pesar de que Lou ganaba un sueldo de seis cifras y tenía una casa de millones de euros en una de las zonas más ricas de Dublín y lo único que poseía Gabe era aquello, volvió a sentirse desvalido, como si lo estuvieran juzgando.

—Supuse que necesitabas descansar —contestó el otro.

—¿Quién eres tú para decidir eso?

Gabe se limitó a sonreír.

—¿Qué es tan gracioso?

—No te caigo bien, ¿eh, Lou?

Vaya, eso era ser directo. Iba al grano, nada de andarse por las ramas, y Lou lo apreció.

—Yo no diría tanto —contestó.

—Te preocupa que esté en este edificio —continuó Gabe.

—¿Me preocupa? No. Puedes dormir donde quieras, eso no me molesta.

—No me refiero a eso. ¿Te sientes amenazado por mí, Lou?

Éste echó la cabeza atrás y rompió a reír. Era exagerado y lo sabía, pero le daba lo mismo: tuvo el efecto deseado. Inundó el cuarto y resonó en la pequeña celda de hormigón y techo abierto con cables a la vista, y su sola presencia pareció mayor que el espacio de Gabe.

—¿Intimidado por ti? Vamos a ver... —Extendió las manos para señalar el lugar donde estaba viviendo Gabe—. ¿De verdad hace falta que diga más? —añadió pomposamente.

—Ah, ya lo pillo. —Gabe esbozó una amplia sonrisa, como si adivinara la respuesta ganadora de un concurso—. Tengo menos cosas que tú. Se me olvidaba que eso para ti es importante. —Rió con ligereza y chasqueó los dedos, haciendo que Lou se sintiera estúpido.

—Las cosas no son importantes para mí —objetó Lou débilmente—. Participo en un montón de obras benéficas, siempre estoy dando cosas.

—Sí —respondió Gabe con tono solemne—, hasta tu palabra.

—¿De qué estás hablando?

—Ésa tampoco la mantienes. —Se movió de prisa y se puso a buscar algo en una caja de zapatos del segundo estante—. ¿Aún te duele la cabeza?

Lou asintió y se frotó los ojos con cansancio.

—Toma. —Gabe dejó de rebuscar y sacó una cajita de pastillas—. Siempre te preguntas cómo voy de un sitio a otro. Toma una de éstas. —Se las tiró a Lou.

Éste las estudió: en la caja no había etiqueta alguna.

—¿Qué son?

—Algo mágico —rió—. Cuando se toman, todo se vuelve claro.

—No tomo drogas. —Lou las rechazó, dejándolas en el extremo del saco de dormir.

—No son drogas. —Gabe revolvió los ojos.

—Entonces ¿qué contienen?

—No soy farmacéutico, tú tómalas, lo único que sé es que funcionan.

—No, gracias. —Lou se levantó y se dispuso a marcharse.

—Te serían de gran ayuda, ¿sabes, Lou?

—¿Quién dice que necesito ayuda? —Éste dio media vuelta—. ¿Sabes qué, Gabe? Me preguntabas si no me caes bien, y no es verdad, lo cierto es que me das igual. Soy un hombre ocupado, no me resultas demasiado molesto, pero esto, esto es lo que no me gusta de ti, frases condescendientes como ésa. Estoy bien, muchas gracias. Mi vida está bien. Sólo me duele la cabeza, es todo, ¿de acuerdo?

Gabe se limitó a asentir, y Lou se volvió y se dirigió a la puerta.

Gabe dijo:

—La gente como tú es...

—¿Qué, Gabe? —espetó Lou al tiempo que se giraba, alzando la voz con cada frase—. La gente como yo es ¿qué? ¿Trabajadora? ¿Gente a la que le gusta mantener a su familia? ¿Que no se pasa el santo día con el culo en el suelo esperando limosnas? Gente como yo que ayuda a gente como tú, que se aparta de su camino para darte un empleo y una vida mejor...

De haber esperado a oír el final de la frase, Lou habría averiguado que Gabe no pretendía decir nada de eso. Gabe se refería a gente que, como Lou, era competitiva. Gente ambiciosa, que tenía la mira puesta en el premio en lugar de en lo que tenía entre manos. Gente que quería ser la mejor por motivos equivocados y que haría casi cualquier cosa para llegar ahí. Ser el mejor equivalía a estar en el medio, que a su vez equivalía a ser el peor. Todo ello no era más que un estado. Lo importante era cómo se sentía una persona en ese estado y por qué se encontraba en él.

Gabe quería explicarle a Lou que la gente como él volvía constantemente la vista atrás, siempre pendiente de lo que hacía el de al lado, comparándose, intentando conseguir más cosas, siempre queriendo ser mejor. Y lo único que Gabe pretendía al hablarle a Lou Suffern de gente como Lou Suffern era advertirle de que quienes siempre volvían la vista atrás se chocaban con las cosas.

Los caminos son mucho más seguros cuando la gente deja de mirar lo que hacen los demás y se concentra en sí misma. En este punto del relato Lou no podía permitirse chocar con las cosas. De haberlo hecho, no cabe duda de que habría echado a perder el final, al cual aún no hemos llegado. No, Lou tenía mucho que hacer.

Pero éste no se quedó para oírlo. Salió del almacén que hacía las veces de dormitorio sacudiendo la cabeza con incredulidad ante el descaro de Gabe mientras enfilaba el pasillo del inestable fluorescente que pasaba de la luz a la oscuridad. Llegó a la salida y corrió escaleras arriba hasta la planta baja.

La planta baja era marrón y cálida de inmediato, y Lou volvía a encontrarse en una zona donde se sentía cómodo. El guarda lo miró desde su mesa cuando lo vio aparecer, ceñudo, por la salida de emergencia.

—Algo les pasa a los ascensores —informó Lou, que ya no podía ir hasta una farmacia si quería volver a tiempo para la videoconferencia. Tendría que subir directamente con ese aspecto, sintiéndose así, con la cabeza caliente y sensiblera y las ridículas palabras de Gabe resonando en sus oídos.

—Es la primera noticia que tengo. —El hombre se acercó a Lou, se inclinó y pulsó el botón de llamada, que se iluminó en el acto. La puerta se abrió.

Miró a Lou con extrañeza.

—Ah, es igual. Gracias. —Lou subió al ascensor y se dirigió a la planta decimocuarta. Apoyó la cabeza en el espejo, cerró los ojos y soñó con estar en casa, en la cama con Ruth, acurrucada a su lado, el brazo y la pierna encima de él, como hacía siempre (o solía hacer) cuando dormía.

Cuando el ascensor anunció que había llegado a la planta decimocuarta y las puertas se abrieron, Lou abrió los ojos y pegó un salto y un grito asustado.

Gabe estaba en el pasillo, justo delante —el aspecto adusto—, la nariz casi tocando las puertas cuando se abrieron. Hizo sonar la cajita de pastillas.

—¡JODER! ¡GABE!

—Se te olvidaron.

—No se me olvidaron.

—Te quitarán el dolor de cabeza.

Lou le quitó la caja de la mano y se la metió en el bolsillo del pantalón.

—Que las disfrutes. —Gabe sonrió satisfecho.

—Ya te he dicho que no tomo drogas. —Lou hablaba en voz baja, aunque sabía que estaba solo en la planta.

—Y yo que no son drogas. Considéralas un remedio a base de hierbas.

—Un remedio ¿contra qué exactamente?

—Contra tus problemas, que son muchos. Creo que ya te los he enumerado.

—Y lo dice alguien que duerme en el suelo de un puñetero almacén del sótano —silbó Lou—. ¿Y si te tomas tú la pastilla y te ocupas de enderezar tu propia vida? ¿O acaso es eso lo que te metió en este lío? ¿Sabes?, empiezo a estar harto de que me juzgues, Gabe, cuando yo estoy aquí arriba y tú ahí abajo.

Gabe puso una cara curiosa al oír aquello, lo cual hizo que Lou se sintiera culpable.

—Lo siento —suspiró.

Gabe asintió sin más.

Lou examinó las pastillas, la cabeza martilleándole con más fuerza ahora.

—¿Por qué iba a fiarme de ti?

—Considéralo un regalo. —Gabe repitió las palabras que Lou le dijera hacía tan sólo unos días.

El regalo hizo que un escalofrío le recorriera la columna a Lou Suffern.

18
Concedido

A solas en el despacho, Lou se sacó las pastillas del bolsillo y las dejó en la mesa. Luego apoyó la cabeza en ella y cerró los ojos.

—Dios, estás hecho polvo —oyó decir a una voz junto a su oído. Pegó un respingo.

—Alfred. —Se frotó los ojos—. ¿Qué hora es?

—Las siete y veinticinco. No te preocupes, no se te ha pasado la reunión. Gracias a mí —sonrió mientras pasaba los rechonchos dedos manchados de nicotina y con las uñas mordidas por el escritorio de Lou, un gesto que bastó para mancharlo todo y dejar su sucia huella, cosa que enojó a Lou. La palabra manazas le iba que ni pintado.

—Oye, ¿qué es esto? —Alfred cogió las pastillas y abrió la tapa.

—Dámelas. —Lou extendió el brazo, pero Alfred no se las dejó coger y se echó unas cuantas en la sudorosa palma de la mano.

—Alfred, dámelas —pidió seriamente Lou, procurando no sonar desesperado cuando su compañero se puso a dar vueltas por la habitación agitando la cajita en el aire, tomándole el pelo como si fuese un matón de colegio.

—Lou, pillín, pillín, ¿qué estás tramando? —preguntó Alfred con un tono cantarín y acusador que dejó helado a Lou.

A sabiendas de que lo más probable es que Alfred intentara utilizarlas en su contra, Lou se puso a pensar de prisa.

—Me parece que te estás inventando una patraña —sonrió Alfred—. Sé cuándo mientes, te he visto en cada reunión, ¿recuerdas? ¿No confías en mí para decirme la verdad?

Lou esbozó una sonrisa y mantuvo un tono natural, casi bromeaba, aunque ambos hablaban completamente en serio.

—¿Sinceramente? De un tiempo a esta parte, no. No me sorprendería que estuvieras tramando algo para volver esa cajita contra mí.

Alfred rompió a reír.

—Ah, vamos, ¿es ésa la forma de tratar a un viejo amigo?

La sonrisa de Lou se esfumó.

—No lo sé, Alfred, dímelo tú.

Se quedaron un instante mirándose con fijeza. Alfred lo rompió.

—¿Estás maquinando algo, Lou?

—¿Tú qué crees?

—Mira —Alfred dejó caer los hombros, la bravata había terminado y comenzaba una nueva actuación, la del Alfred humilde—, si esto es por lo de la reunión de esta noche, te aseguro que no tuve nada que ver con lo de las citas. Habla con Louise. Cuando Tracey se fue y entró Alison se traspapelaron un montón de cosas —se encogió de hombros—, aunque, entre tú y yo, Alison no parece que tenga muchas luces.

—No le eches la culpa a Alison. —Lou cruzó los brazos.

—Huy —Alfred sonrió y asintió despacio para sí—, olvidaba que vosotros dos tenéis algo.

—No tenemos nada, por el amor de Dios, Alfred.

—Es verdad, lo siento —Alfred echó la cremallera—. Ruth nunca lo sabrá, te lo prometo.

El mero hecho de que lo mencionara enervó a Lou.

—¿Qué mosca te ha picado? —inquirió éste, ahora serio—. ¿Qué te ocurre? ¿Es estrés? ¿O la mierda que te metes por la nariz? ¿Qué coño pasa? ¿Te preocupan los cambios...?

—Los cambios —espetó Alfred—. Haces que parezca una menopáusica.

Lou lo miró con atención.

—Estoy bien, Lou —repuso él lentamente—. Soy el mismo de siempre, eres tú el que está haciendo cosas raras. Todo el mundo lo comenta, hasta el señor Patterson. Puede que sean éstas. —Agitó las pastillas en las narices de Lou, igual que hiciera Gabe.

—Son para la cabeza.

—No veo la etiqueta.

—Se la quitaron los niños, y ahora ¿te importaría dejar de cargártelas y devolvérmelas? —Lou extendió una mano.

—Ah, para la cabeza, entiendo. —Alfred examinó la caja de nuevo—. ¿Eso son? Porque creí haber oído al sin techo diciendo que eran de hierbas.

Lou tragó saliva.

—¿Me espiabas? ¿Eso es lo que estás haciendo?

—No —negó el otro, riendo con despreocupación—, yo no haría eso. Haré que las analicen, para asegurarnos de que no son más que pastillas para la cabeza. —Cogió una, se la metió en el bolsillo y le dio a Lou la caja—. Es agradable poder averiguar algunas cosas por mí mismo cuando mis amigos me mienten.

—Conozco la sensación —convino él, satisfecho de haber recuperado la caja—. Como cuando me enteré de la reunión que celebrasteis tú y el señor Patterson hace unas mañanas y del almuerzo del viernes pasado.

Alfred pareció impresionado de veras, cosa rara en él.

—Ah —añadió Lou en voz queda—, no sabías que lo sabía, ¿no? Pues lo siento. Bueno, será mejor que vayas a la cena o no llegarás al aperitivo. Mucho trabajo y poco caviar hacen que Alfred sea un tipo aburrido. —Condujo al mudo Alfred hasta la puerta, la abrió y lo despidió antes de darle con ella en las narices sin hacer ruido.

Dieron las siete y media y Arthur Lynch no apareció en la pantalla de plasma de cincuenta pulgadas que Lou tenía delante, en la mesa de la sala de juntas. Consciente de que en cualquier momento podía verlo quienquiera que fuese a tomar parte en la reunión, procuró relajarse en su silla sin dormirse. A las ocho menos veinte de la tarde la secretaria del señor Lynch lo informó de que el señor Lynch aún tardaría unos minutos.

Mientras esperaba, el cada vez más somnoliento Lou imaginó a Alfred en el restaurante, actuando con desenvoltura, siendo el centro de atención, ruidoso y haciendo todo lo posible por entretener, llevándose la gloria, haciendo o rompiendo un trato con el que Lou no tendría nada que ver a menos que Alfred fracasara. Al faltar a aquello —la reunión más importante del año—, Lou perdía la mayor oportunidad para demostrar su valía al señor Patterson. Día sí, día no era tentado con el puesto de Cliff y el despacho vacío que iba unido a él como una zanahoria colgando de un hilo. El antiguo despacho de Cliff se hallaba al fondo del pasillo, junto al del señor Patterson, las persianas subidas, desocupado. Un despacho mayor, con mejor luz. Le llamaba. Habían pasado seis meses desde la memorable mañana que Cliff sufrió la crisis nerviosa, tras un largo proceso de comportamiento extraño. Finalmente Lou encontró a Cliff agazapado bajo la mesa, temblando, asiendo con fuerza el teclado contra el pecho. De cuando en cuando sus dedos tamborileaban una especie de código morse alarmado. Iban a venir a buscarlo, repetía sin cesar, los ojos muy abiertos, aterrorizado.

Lou no había sido capaz de determinar quiénes exactamente iban a venir. Trató de convencer a Cliff con delicadeza de que saliera de debajo de la mesa y se pusiera los zapatos y los calcetines, pero éste arremetió contra él cuando se le acercó y le dio en la cara con el ratón, haciendo girar el cable en el aire como un cowboy el lazo. La fuerza del pequeño ratón de plástico no le hizo ni la mitad de daño que ver a aquel hombre joven y exitoso desmoronándose. El despacho había permanecido vacío todos esos meses, y a medida que los rumores de la futura baja de Cliff corrían por los despachos, la lástima por él fue disminuyendo al tiempo que aumentaba la competencia por su puesto. No hacía mucho Lou había oído que Cliff había empezado a ver gente de nuevo, y él tenía toda la intención de acudir a visitarlo. Sabía que debía hacerlo, y acabaría haciéndolo, pero sencillamente no parecía encontrar el momento...

La frustración de Lou se incrementó mientras clavaba la vista en la negra pantalla que aún no había cobrado vida. Tenía la cabeza como un bombo, y apenas podía pensar, pues la migraña se le había extendido desde la base de la cabeza hasta los ojos. Desesperado, sacó las pastillas del bolsillo y las miró con fijeza.

Pensó que Gabe se hallaba al tanto de la reunión del señor Patterson con Alfred, que había evaluado correctamente lo de los zapatos, que le había ofrecido un café la mañana anterior, lo había llevado a casa y, de un modo u otro, se había ganado a Ruth. Convenciéndose de que Gabe no lo había dejado en la estacada en ningún momento y de que podía confiar en él ahora, Lou sacudió la cajita abierta y dejó caer una pequeña píldora blanca y brillante en la palma de su sudorosa mano. Estuvo un rato jugueteando con ella, haciéndola rodar por los dedos, y la lamió. Al ver que no pasaba nada raro, se la metió en la boca y la tragó de prisa con ayuda de un vaso de agua.

Lou se agarró a la mesa de la sala de juntas con ambas manos, tan fuerte que sus sudorosas huellas quedaron marcadas en el cristal que protegía la sólida madera de nogal. Se mantuvo a la expectativa. Nada. Levantó las manos y las estudió, como si los efectos fueran a verse en las sudadas palmas. Seguía sin pasar nada extraño, ningún viaje, ninguna amenaza vital salvo su cabeza, que seguía martilleando.

A las ocho menos cuarto seguía sin haber señales de Arthur Lynch en la pantalla. Impaciente, Lou dio unos golpecitos con el boli en el cristal, sin importarle ya lo que pensaran los que se hallaban al otro lado de la cámara. Con una paranoia absolutamente irracional, Lou empezó a convencerse de que no había reunión alguna, de que Alfred se las había apañado para orquestar la reunión y así ir a la cena él solo para negociar el trato. Pero Lou no estaba dispuesto a permitir que Alfred siguiera saboteando el duro trabajo que él hacía. Se levantó de prisa, cogió el abrigo y se dirigió a la puerta. Cuando la había abierto y ya tenía un pie en el umbral, oyó una voz procedente de la pantalla, a sus espaldas.

—Siento mucho haberlo hecho esperar, señor Suffern.

La voz lo obligó a detenerse. Cerró los ojos y lanzó un suspiro mientras se despedía de su sueño, de ese despacho mejor desde el que se disfrutaba de unas vistas de trescientos sesenta grados de Dublín. Sopesó rápidamente la situación: podía salir corriendo y llegar a tiempo de cenar o dar media vuelta y apechugar con las consecuencias. Antes de que pudiera tomar la decisión, el sonido de otra voz en el despacho a punto estuvo de provocarle un paro cardíaco.

—No tiene importancia, señor Lynch, y, por favor, llámeme Lou. Sé que las cosas se alargan, de manera que no es preciso que se disculpe. Vayamos al grano, ¿le parece? Tenemos mucho de lo que hablar.

—Sin duda, Lou. Y llámame Arthur, te lo ruego. Es cierto que tenemos mucho que hacer, pero antes de que te presente a los dos caballeros que me acompañan, ¿no quieres terminar lo que estés haciendo? Veo que tienes compañía.

—No, Arthur, en el despacho sólo estoy yo —se oyó decir Lou—. Los demás me han abandonado.

—¿Y el hombre que está junto a la puerta? Lo veo en la pantalla.

Descubierto, Lou se volvió despacio y se vio frente a sí mismo. Seguía sentado a la mesa de la sala de juntas, en el mismo sitio en el que esperara antes de que se plantease huir, coger el abrigo y dirigirse a la puerta. El rostro que lo saludó también reflejaba sorpresa. El suelo giraba bajo sus pies, y Lou se sujetó al marco de la puerta para no caer.

—¿Lou? ¿Estás ahí? —preguntó Arthur, y las dos cabezas del despacho se volvieron hacia la pantalla de plasma.

—Eh... sí, estoy aquí —balbució Lou en la mesa—. Lo siento, Arthur, ese caballero es un... compañero mío. Ya se iba, creo que tiene que asistir a una importante cena de negocios.

—Lou volvió la cabeza y lanzó al Lou de la puerta una mirada admonitoria—: ¿No es así?

Lou se limitó a asentir y salió de la habitación, las rodillas y las piernas temblorosas con cada paso que daba. Ya en los ascensores, se apoyó en la pared mientras trataba de recobrar el aliento y que se le pasara el mareo. Las puertas del ascensor se abrieron y él entró. Después de pulsar el botón de la planta baja, se agachó en un rincón, alejándose más y más de sí mismo en el piso catorce.

A las ocho, cuando Lou se hallaba en la sala de juntas de las oficinas de Patterson Developments negociando con Arthur Lynch, justo cuando llevaban hasta su mesa a Alfred y al equipo de hombres, Lou entraba en el restaurante. Tras dejar el abrigo de cachemir, se enderezó la corbata, se alisó el cabello y fue hacia ellos, una mano en el bolsillo y la otra moviéndose junto al costado. Volvía a sentir el cuerpo suelto, sin asomo de rigidez, de contención. Para funcionar necesitaba sentir el balanceo de su cuerpo, el movimiento casual de un hombre al que no le importa personalmente la decisión que se tome, pero que hará cuanto esté en su mano para convencerlo de lo contrario, ya que su única preocupación es el cliente.

—Disculpen el retraso, caballeros —dijo con labia a los hombres cuyas narices ya estaban enterradas en las respectivas cartas.

Todos alzaron la vista, y a Lou le entusiasmó ver la cara que puso Alfred: una ola reveladora de emociones que oscilaban entre la sorpresa, la desilusión, el resentimiento y la ira. Las miradas le dijeron a Lou que aquel enredo había sido cosa de Alfred. Dio la vuelta a la mesa para saludar a todos los comensales y, cuando quiso llegar a Alfred, el petulante rostro de su amigo ya había arrinconado la mirada de asombro inicial.

—Patterson te va a matar —farfulló con disimulo, en voz queda—. Pero al menos esta noche se cerrará un trato. Bienvenido, amigo mío. —Le estrechó la mano, su delirio al presentir el despido de Lou al día siguiente iluminándole el rostro.

—Todo está bajo control —contestó éste sin más al tiempo que daba media vuelta para sentarse unas sillas más allá.

—¿Qué quieres decir? —inquirió su compañero en un tono que daba a entender que había olvidado dónde se encontraba.

Lou notó que la firme mano de Alfred en su brazo le impedía moverse.

Lou miró a los de la mesa y sonrió. Acto seguido se volvió y, discretamente, retiró uno por uno los dedos de Alfred de su brazo.

—Decía que todo está bajo control —repitió.

—¿Has suspendido la videoconferencia? No lo entiendo. —Alfred sonreía nerviosamente—. Explícate.

—No, no, no la he suspendido. No te preocupes, Alfred, y ahora prestemos un poco de atención a nuestros clientes, ¿quieres? —Lou dejó a la vista sus perlados dientes y finalmente logró zafarse de Alfred y dirigirse a su silla—. Veamos, caballeros, ¿qué hay apetecible en la carta? Puedo recomendar el foie, ya lo he comido aquí y es exquisito. —Sonrió al equipo y se sumergió en el placer de hacer tratos.

A las nueve y veinte de la noche, una vez finalizada la videoconferencia con Arthur Lynch, un exhausto, pero entusiasmado y jubiloso Lou se hallaba al otro lado de la ventana del restaurante The Saddle Room. Iba bien arrebujado en su abrigo, ya que el viento de diciembre arreciaba, la bufanda bien enrollada al cuello, y sin embargo no notaba el frío mientras se veía por la ventana, fino y sofisticado y acaparando la atención de todo el mundo mientras contaba una historia. Todos los rostros reflejaban interés, todos salvo el de Alfred, y al cabo de cinco minutos de animados gestos y caras, todos los hombres rompieron a reír. A juzgar por su lenguaje corporal, Lou dedujo que estaba contando la historia de cuando él y sus colegas se metieron en un bar gay en Londres en lugar del club de señoritas que pensaban que era. Al verse contándola, decidió en ese mismo instante no volver a hacerlo: parecía un imbécil.

Sintió una presencia a su lado, y no le hizo falta volverse para saber de quién se trataba.

—¿Me estás siguiendo? —inquirió sin dejar de mirar por la ventana.

—Qué va, sólo me figuré que vendrías aquí —contestó Gabe, que tiritaba y se metió las manos en los bolsillos—. ¿Qué tal te va ahí? Ya veo que entreteniendo al personal como de costumbre.

—¿Qué está pasando, Gabe?

—¿A un hombre ocupado como tú? Tienes lo que querías. Ahora puedes hacerlo todo. Pero ten cuidado, el efecto habrá pasado por la mañana, así que estate atento.

—¿Cuál de nosotros es el verdadero yo?

—Ninguno, ya que me lo preguntas.

Entonces Lou lo miró y frunció el ceño.

—Basta ya de psicoanalizarme, por favor: no funciona conmigo.

Gabe exhaló un suspiro.

—Los dos sois reales. Ambos actuáis como de costumbre. Volverás a ser uno y estarás otra vez como si tal cosa.

—Y ¿quién eres tú?

Gabe revolvió los ojos.

—Has estado viendo demasiadas películas. Soy Gabe, el mismo tipo al que sacaste de la calle.

—¿Qué tiene esto? —Lou se sacó las pastillas del bolsillo—. ¿Son peligrosas?

—Un poco de autoanálisis. Y eso nunca ha matado a nadie.

—Pero podrías ganar algún dinero con ellas. ¿Quién sabe que existen?

—La gente adecuada, quienes las elaboraron. Y no se te ocurra tratar de enriquecerte con ellas o habrás de responder ante unas cuantas personas.

Lou lo dejó estar por el momento.

—Gabe, no puedes duplicarme sin más y después esperar que lo acepte sin rechistar. Esto podría traerme graves consecuencias médicas, por no hablar de unas reacciones psicológicas que podrían cambiarme la vida. Y el resto del mundo tiene que saber de esto, ¡es una locura! Hemos de sentarnos tranquilamente a hablar de ello.

—Claro. —Gabe lo escrutó—. Y luego, cuando se lo hayas dicho al mundo, o te encerrarán en una celda acolchada o te convertirás en un fenómeno de circo y podrás leer a diario sobre ti mismo en la misma clase de columnas que la oveja Dolly. Yo en tu lugar mantendría la boca cerrada y sacaría el mayor partido posible de una situación sumamente ventajosa. Estás muy pálido, ¿te encuentras bien?

Lou soltó una risa histérica.

—No, no me encuentro bien. Esto no es normal, ¿por qué te comportas como si lo fuera?

Gabe se encogió de hombros.

—Supongo que estoy acostumbrado.

—¿Acostumbrado? —Lou apretó los dientes—. Bueno, ¿adónde voy ahora?

—En fin, te has ocupado de los negocios en el despacho, y da la impresión de que tu otra mitad se está ocupando de los de aquí. —Gabe sonrió—. Eso te deja un lugar especial al que puedes ir.

Lou se paró a pensar y poco a poco una sonrisa afloró a su rostro y sus ojos se iluminaron cuando por fin entendió a Gabe, por primera vez esa noche.

—Vale, vamos.

—¿Qué? —Gabe parecía desconcertado—. Vamos ¿adónde?

—Al pub. La primera ronda corre de mi cuenta. Jesús, menuda cara has puesto. ¿Qué ocurre, a qué otro sitio esperabas que fuera?

—A casa, Lou.

—¿A casa? —Lou arrugó la frente—. ¿Por qué iba a hacer eso? —Se volvió para verse a la mesa, lanzándose a contar otra anécdota—. Ah, ésa es la de cuando me quedé tirado en el aeropuerto de Boston. Había una mujer que iba en el mismo vuelo que yo... —Sonrió y dio media vuelta para contarle la historia a Gabe, pero éste había desaparecido—. Como quieras —musitó. Y se contempló un poco más, sobresaltado y sin saber a ciencia cierta si de verdad estaba viviendo esa noche. Estaba claro que se merecía una pinta, y si su otra mitad se dirigía a casa después de la cena, eso significaba que él podía salir de juerga toda la noche y nadie se enteraría; nadie, es decir, salvo la persona con la que estuviera. Qué felicidad.

19
Lou conoce a Lou

Un jubiloso Lou se presentó en su casa, complacido al oír la gravilla bajo las ruedas de su coche y al ver las verjas electrónicas cerrarse a su paso. La cena de negocios había sido un éxito: había dominado la conversación, había hecho una de las labores de persuasión, negociación y entretenimiento mejores de su vida. Todos se habían reído con sus chistes, los mejores, habían estado pendientes de cada palabra suya. Los caballeros se habían levantado de la mesa conformes y satisfechos, y antes de ir a casa se había tomado una última copa con un igualmente exultante Alfred.

Las luces de las habitaciones de abajo estaban apagadas, pero arriba, a pesar de la hora que era, estaban todas encendidas, había luz suficiente para que aterrizara un avión.

Se adentró en la negrura. Por regla general Ruth dejaba encendida la lámpara del recibidor, y él palpó las paredes en busca de interruptores. Había un olor ominoso.

—¿Hola? —dijo. Y su voz resonó por las tres plantas hasta llegar al tragaluz del techo.

La casa era un caos, en ella no reinaba el habitual orden que le daba la bienvenida al entrar. Había juguetes desperdigados por el suelo. Chasqueó la lengua en señal de desaprobación.

—¿Hola? —repitió mientras subía por la escalera—. ¿Ruth?

Esperó a que ella lo mandara callar y rompiera el silencio, pero no fue así.

Ya en el rellano, Ruth salió corriendo del cuarto de Lucy y pasó por delante de él como una bala, tapándose la boca, los ojos saliéndosele de las órbitas. Entró en el cuarto de baño y cerró la puerta. Acto seguido él la oyó vomitar.

Al fondo del pasillo Lucy rompió a llorar y llamó a su madre.

Lou seguía en mitad del rellano, mirando a una estancia y a otra, de piedra allí y sin saber qué hacer.

—Ve con ella, Lou —logró decir su mujer antes de volver a enterrar la cabeza en el retrete.

Él vacilaba, y el llanto de Lucy cobraba intensidad.

—¡Lou! —chilló Ruth, esta vez con mayor urgencia.

Él dio un respingo, sobresaltado por su tono, y fue al cuarto de su hija. Abrió la puerta despacio, asomando la cabeza, sintiéndose como un intruso al entrar en un mundo en el que rara vez se había aventurado antes. Lo recibió Dora, la exploradora. El olor a vómito era acre en el dormitorio de la niña. La cama estaba vacía, pero las sábanas y el edredón rosa se veían revueltos, señal de que había estado durmiendo. Siguió sus sonidos hasta el cuarto de baño y la encontró en el suelo, las zapatillas de conejito en los pies, vomitando en el retrete. Al mismo tiempo lloraba, sollozaba suavemente. Escupía y lloraba, lloraba y escupía, los sonidos resonando en el pie de la taza.

Lou se quedó allí plantado, mirando a su alrededor, con el maletín todavía en la mano, sin saber qué hacer. Se sacó un pañuelo del bolsillo y se tapó la nariz y la boca para no oler aquello y evitar contagiarse.

Ruth volvió, para alivio suyo, reparó en que su marido estaba allí de brazos cruzados viendo a su hija de cinco años enferma y lo apartó para ir junto a ella.

—No pasa nada, cariño. —Ruth se arrodilló y abrazó a su hija—. Lou, necesito que me traigas dos toallitas húmedas.

—¿Húmedas?

—Échales agua fría y escúrrelas para que no goteen —explicó con calma.

—Sí, claro. —Sacudió la cabeza ante su torpeza y salió lentamente de la habitación. Acto seguido se detuvo nuevamente en el rellano. Miró a izquierda y derecha y volvió al dormitorio—. Las toallitas están en...

—En el cuarto de la plancha —contestó ella.

—Claro. —Se dirigió al cuarto de la plancha y, aún con el maletín en la mano y el abrigo puesto, toqueteó con una mano las toallitas, de distintos colores: marrón, beis o blanco. No acababa de decidirse. Tras optar por el marrón, regresó con Lucy y Ruth, metió las toallitas bajo el grifo y se las dio a su mujer, con la esperanza de haberlo hecho bien.

—Aún no —aclaró Ruth mientras le frotaba la espalda a su hija, que se estaba tomando un respiro.

—Vale, esto... ¿dónde las dejo?

—Junto a su cama. Y ¿puedes cambiarle las sábanas? Ha sufrido un percance.

Lucy se echó a llorar de nuevo, hundiendo el rostro en el pecho de su madre con aire de cansancio. Ruth estaba pálida, el cabello recogido de cualquier manera, los ojos exhaustos, enrojecidos e hinchados. Por lo visto la noche había sido agitada.

—Las sábanas también están en el cuarto de la plancha. Y el Deoralite en el botiquín, en el lavadero.

—¿El qué?

—El Deoralite. A Lucy le gusta el de grosella. ¡Ay Dios! —exclamó mientras se levantaba de un salto, tapándose la boca de nuevo y echando a correr por el pasillo camino del baño de su dormitorio.

Lou se quedó a solas en el baño con Lucy, que tenía los ojos cerrados mientras se apoyaba en la bañera. Luego lo miró adormilada. Él salió del servicio y empezó a quitar las manchadas sábanas de la cama. Cuando lo estaba haciendo, oyó a Pud llorar en la habitación contigua. Suspiró y finalmente dejó en el suelo el maletín, se quitó el abrigo y la chaqueta y los tiró dentro de la tienda de Dora. Acto seguido se desabrochó el botón superior de la camisa, se aflojó la corbata y se remangó.

Lou clavó la vista en su Jack Daniel's con hielo y no hizo caso al camarero, que estaba inclinado sobre la barra hablándole al oído con agresividad.

—¿Me oyes? —gruñó el camarero.

—Sí, sí, lo que tú digas. —La lengua de Lou tropezaba con sus palabras como un niño de cinco años que caminara con los cordones de los zapatos desatados, a esas alturas incapaz de recordar qué había hecho mal. Le restó importancia agitando una mano mustia en el aire como si espantara una mosca.

—No, no lo que yo diga, amigo. Déjala en paz, ¿vale? No quiere que le hables, no quiere escuchar tu historia, no le interesas, ¿vale?

—Vale, vale —rezongó Lou y se acordó de la rubia grosera que no le hacía ni caso. Pues no le dirigiría la palabra, mejor, de todas formas la conversación con ella no daba para más, y la periodista con la que había hablado antes no parecía muy interesada en la increíble historia de su vida. Mantuvo los ojos fijos en el whisky. Esa noche había ocurrido un fenómeno y a nadie le interesaba escuchar la historia. ¿Se había vuelto loco el mundo? ¿Tanto se había acostumbrado a nuevos inventos y descubrimientos científicos que la sola idea de un hombre clonado ya no era ninguna sorpresa? No, los jóvenes de aquel bar de moda preferían beber sus cócteles, las mujeres pavoneándose a mediados de diciembre con las piernas bronceadas, pantalones cortos y mechas en el cabello, los bolsos de marca colgados de los extendidos brazos morenos como candelabros, cada cual tan exótica y tan aclimatada como un cocotero en el Polo Norte. Se preocupaban más por aquello que por los grandes acontecimientos del país. Un hombre había sido clonado. Esa noche en la ciudad había dos Lou Suffern. La bilocación era una realidad. Rió para sí y sacudió la cabeza, todo le parecía hilarante. Sólo él estaba al tanto de las profundidades insondables de los recursos del universo y a nadie le interesaba conocerlas.

Notó que los ojos del camarero lo atravesaban y dejó de reírse solo para concentrarse de nuevo en el hielo. Lo vio cambiar de posición en el vaso mientras daba vueltas intentando ponerse cómodo, hundiéndose cada vez más en el líquido. La contemplación hizo que se le empezaran a cerrar los ojos. Finalmente el camarero lo dejó solo para atender a la multitud que se agolpaba en la barra. Alrededor del solitario Lou el ruido seguía, el ruido de gente relacionándose con gente: flirteos después del trabajo, peleas después del trabajo, mesas de chicas abstraídas mientras se ponían al día, círculos de hombres jóvenes de pie, a la caza y con movimientos sospechosos. Las mesas estaban repletas de bebidas tapadas con posavasos, las sillas desocupadas a su alrededor en señal de que los dueños de los vasos habían salido fuera a fumar y entablar relaciones nuevas.

Lou miró a su alrededor para llamar la atención de alguien. En un principio se mostró selectivo a la hora de elegir confidente, pues prefería compartir su historia por segunda vez con alguien atractivo, pero después decidió escoger a cualquiera. Seguro que alguien prestaría oídos al milagro que acababa de obrarse.

La única atención que logró captar fue nuevamente la del camarero.

—Ponme otro —pidió como pudo cuando éste se le acercó—. Un Jack con hielo como Dios manda.

—Acabo de ponerte uno —repuso el camarero, un tanto divertido esta vez— y ni siquiera lo has tocado.

—¿Y? —Lou cerró un ojo para fijar la vista en él.

—Y ¿para qué quieres dos a la vez?

Al oír aquello Lou rompió a reír, una risa silbante a la que se sumaba la cortante brisa de diciembre, que se le había metido dentro en busca de calor en cuanto le vio el abrigo abierto y el pecho, avanzando de prisa como el gato agotado que se cuela por la gatera al oír los fuegos artificiales.

—Creo que me he perdido algo —sonrió el camarero. Ahora que la barra estaba tranquila, tal vez no tuviera que servir ninguna copa para matar el rato, pero disponía de tiempo al servicio de quienes las bebían.

—Bah, aquí no le importa a nadie. —Lou se enfadó de nuevo, abarcando a la multitud con un ademán—. Lo único que les importa a éstos son los Sex on the Beach, las hipotecas a treinta años y St Tropez. He estado escuchando y sólo hablan de eso.

El camarero se echó a reír.

—Ya, pero no subas la voz. ¿Qué es lo que no les importa?

Lou se puso serio y clavó en el camarero la más seria de sus miradas.

—La clonación.

Al oír eso el camarero se demudó, el interés reflejado en sus ojos, por fin un discurso que se alejaba de las penas habituales.

—¿La clonación? Claro, y a ti te interesa eso, ¿no?

—¿Que si me interesa? Es más que interés. —Lou soltó una risotada condescendiente y después le guiñó un ojo al camarero. Tras dar otro sorbo al whisky se dispuso a contar su historia—. Puede que te cueste creerlo, pero yo —respiró hondo— soy un clon —empezó—. Un tipo me dio unas pastillas y me las tomé —afirmó, y le entró hipo—. Es probable que no me creas, pero así fue. Lo vi con mis propios ojos. —Señaló un ojo, pero calculó mal la distancia y se metió el dedo en él. Poco después, cuando se le pasó el escozor y se hubo secado las lágrimas, continuó—: Hay dos individuos como yo —explicó mientras levantaba cuatro dedos, luego tres, uno y finalmente dos.

—¿Ah, sí? —inquirió el camarero al tiempo que cogía un vaso de pinta y empezaba a servir una Guinness—. Y ¿dónde anda el otro? Apuesto a que no está como una cuba.

Lou rompió a reír, de nuevo una risa sibilante.

—En casa con mi mujer —soltó una risita—. Y con mis hijos. Y yo aquí, con ella —señaló con el pulgar a su izquierda.

—¿Quién?

Lou miró al lado, a punto de caerse del taburete al hacerlo.

—Ah, es... ¿dónde está? —Se volvió de nuevo hacia el camarero—. Puede que en el servicio. Un bombón, estábamos manteniendo una conversación interesante. Es periodista, va a escribir acerca de esto. Bueno, da igual. Yo estoy aquí, pasándomelo en grande, y él —rió otra vez— en casa con mi mujer y los niños. Y mañana, cuando despierte, me tomaré una pastilla. No son drogas, están hechas de hierbas, para el dolor de cabeza. —Apuntó a la cabeza con seriedad—. Y pienso quedarme en la cama mientras él va a trabajar. ¡Bien! La cantidad de cosas que voy a hacer, como —se paró a pensar, pero no se le ocurrió ninguna—, como... bueno, un montón de cosas. La cantidad de sitios a los que voy a ir. Es un puto milagro. ¿Sabes cuál fue la última vez que me tomé un día libre?

—¿Cuándo?

Lou se estrujó el cerebro.

—Las pasadas navidades. Sin llamadas, sin ordenador. Las pasadas navidades.

El camarero tenía sus reservas.

—¿No has cogido vacaciones este año?

—Una semana. Con los niños. —Arrugó la nariz—. Puta arena por todas partes: en el portátil, en el teléfono. Y esto —se metió la mano en el bolsillo, sacó la BlackBerry y golpeó con ella la barra.

—Tranquilo.

—Este chisme. Me sigue a todas partes. Tiene arena, y dentro, y todavía funciona. La droga del país. Esto. —Le dio con la mano y pulsó sin querer algunas teclas, lo cual hizo que la pantalla se iluminara. Ruth y los niños le sonrieron: Pud con su gran sonrisa desdentada y tontorrona, los ojazos marrones de Lucy asomando bajo el flequillo, Ruth sosteniéndolos a ambos. Manteniéndolos unidos a todos. Él la escrutó un instante, risueño. Luego la luz se apagó, la imagen se tornó negra y el dispositivo siguió mirándolo–. En las Bahamas –prosiguió– y pii-pii, me pillaron. Pii-pii, pii-pii, me pillan –volvió a reír–. Y la luz roja. La veo en mis sueños, en la ducha, cada vez que cierro los ojos, la luz roja y el pii-pii. Odio ese puto pii-pii.

–Pues tómate un día libre –propuso el camarero.

–No puedo. Tengo demasiadas cosas que hacer.

–Bueno, ahora que eres un clon puedes tomarte todos los días libres que quieras –bromeó el otro al tiempo que echaba un vistazo para asegurarse de que no lo oyera nadie.

–Ya. –Lou esbozó una sonrisa soñadora–. Hay tantas cosas que quiero hacer.

–¿Como por ejemplo? ¿Qué querrías hacer ahora más que cualquier otra cosa en el mundo?

Lou cerró los ojos y, aprovechando la ventaja de los párpados bajados, el mareo amenazó con tirarlo del taburete–. ¡Huy! –Abrió los ojos de prisa–. Quiero irme a casa, pero no puedo. Él no me dejará. Lo llamé antes y le dije que estaba cansado y quería ir a casa, pero no me dejó –soltó un bufido–. El señor Todopoderoso dijo que no.

–¿Quién lo dijo?

–Mi otro yo.

–¿Tu otro yo te dijo que no volvieras? –El camarero procuró no reírse.

–Está en casa, así que no podemos ser dos. Pero ahora estoy cansado. –Los ojos se le cayeron y de pronto se abrieron de par en par cuando se le ocurrió algo. Se inclinó hacia el camarero y bajó la voz–. Lo vi por la ventana, ¿sabes?

–¿A tu otro yo?

–Empiezas a pillarlo. Fui a casa y lo vi desde fuera.

Estaba allí, yendo de un lado a otro con las sábanas y las toallas, corriendo escaleras arriba y escaleras abajo, corriendo de habitación en habitación como si se creyera alguien especial. −Resopló−. Primero lo veo contando sus estúpidos chistes en la cena y luego haciendo camas en casa. Piensa que puede hacer las dos cosas. −Revolvió los ojos−. Así que volví aquí.

−Quizá sí pueda −sonrió el camarero.

−Quizá sí pueda ¿qué?

−Quizá pueda hacer las dos cosas. −El camarero le guiñó un ojo−. Vete a casa −dijo. Y cogió el vaso vacío de Lou antes de dirigirse al otro extremo de la barra para atender a otro cliente.

Mientras el joven cliente pedía, Lou se paró a pensar con detenimiento: si no podía ir a casa, no tenía adónde ir.

−No pasa nada, cariño, no pasa nada, papá está aquí −dijo Lou, apartándole a la niña el cabello de la cara y frotándole la espalda mientras se inclinaba sobre el retrete y vomitaba por vigésima vez esa noche. Él estaba sentado en las frías baldosas del baño, en camiseta y calzoncillos, y se apoyaba en la bañera mientras el cuerpecillo de su hija se retorcía una vez más y expulsaba más vómito.

−Papi... −dijo con un hilo de voz entre las lágrimas.

−No pasa nada, cariño, estoy aquí −repitió él adormilado−. Ya casi está.

Debía de ser así, ¿de cuánto más podía deshacerse su menudo cuerpo?

Cada veinte minutos había pasado de dormir en la cama de Lucy a ayudarla en el baño, donde ella devolvía, el cuerpo oscilando entre la congelación y el ardor en cuestión de minutos. Por regla general era Ruth quien permanecía en vela toda la noche con los niños, ya fuera porque estuviesen enfermos o por cualquier otra cosa, pero, por desgracia para Lou, y para Ruth, ella estaba pasando por lo mismo que Lucy en su propio cuarto de baño, al fondo del pasillo. Gastroenteritis, el regalo habitual de finales de año que ofrecían las navidades a aquellos cuyo organismo estaba listo para despedir el año antes que el calendario.

Lou llevó a Lucy a la cama de nuevo, las pequeñas manos aferrándosele al cuello. Volvía a dormir, agotada por lo que la noche le había deparado. Cuando la acostó, envolvió el ahora frío cuerpo en mantas y le puso cerca del rostro su oso preferido, tal y como le enseñara Ruth antes de salir corriendo otra vez al servicio. El móvil volvió a vibrar en el armarito de Pink Princess. A las cuatro de la mañana, la quinta vez que recibía una llamada de él mismo. Al echar un vistazo para ver quién llamaba, en la pantalla volvió a surgir su propio rostro.

—Y ahora ¿qué? —susurró, intentando controlar la voz y el enfado.

—Lou, soy yo, Lou —informó la alcoholizada voz al otro extremo de la línea, seguido de una carcajada.

—Deja de llamarme —espetó él, gritando un tanto.

De fondo se oían música, vozarrones y un parloteo de palabras indeterminadas. Oyó un entrechocar de vasos, varios niveles de chillidos y risas que estallaban a cada poco desde distintos rincones del lugar. Casi podía oler el alcohol a través del teléfono, los vapores colándose en el mundo apacible e inocente de su hija. De manera inconsciente tapó el auricular con la mano para protegerla de la intromisión del mundo adulto en sus sueños.

—¿Dónde estás?

—En Leeson Street. No sé dónde —repuso el otro—. He conocido a una chica, Lou —añadió la voz—. ¡Alucinante! Vas a estar orgulloso de mí. No, ¡vas a estar orgulloso de ti mismo! —Nueva risotada.

—¿Qué? —repuso Lou a voz en grito—. ¡No! ¡No hagas nada! —exclamó, y los ojos de Lucy se abrieron un instante como dos pequeñas mariposas, unos ojos grandes, marrones que lo miraban asustados, pero al verlo a él, a su papá, la mirada de alerta desapareció, a sus labios afloró una leve sonrisa y los ojos se cerraron de nuevo, exhaustos. Esa cara de confianza, la fe depositada en él en esa sencilla mirada hicieron mella en él. Supo que era su protector, la persona capaz de disipar sus miedos y ponerle una sonrisa en el rostro, y se sintió mejor que nunca antes en su vida. Mejor que cuando cerró el trato en la cena, mejor que cuando le vio la cara a Alfred al llegar. Le hizo odiar al hombre que tenía al teléfono, detestarlo de tal forma que le entraron ganas de propinarle un puñetazo. Su hija se encontraba en casa, echando los hígados de tal forma que estaba tan agotada que apenas podía aguantar con los ojos abiertos o mantenerse en pie, y allí estaba él, emborrachándose, persiguiendo faldas, esperando que Ruth hiciese todo aquello sin él. Odió al hombre que tenía al teléfono.

—Pero es que es un cañón, ojalá pudieras verla —aseguró con lengua estropajosa.

—Ni se te ocurra —espetó con tono amenazador, la voz baja y malhumorada—. Te juro por Dios que si haces algo te...

—Me ¿qué? ¿Me matas? —Más carcajadas—. Me da que sería como tirar piedras a tu propio tejado, amigo mío. A ver, ¿dónde demonios se supone que tengo que ir, eh? Dime. No puedo ir a casa, no puedo ir al trabajo.

La puerta del dormitorio se abrió y apareció una Ruth igualmente exhausta.

—Ahora te llamo. —Colgó de prisa.

—¿Con quién hablabas a estas horas? —preguntó ella en voz queda. Llevaba puesto el albornoz y se abrazaba el cuerpo en ademán protector. Tenía los ojos llorosos e hinchados, el cabello recogido en una cola de caballo. Parecía tan frágil, una voz subida podría derribarla y romperla. Por segunda vez esa noche el corazón se le ablandó y avanzó hacia ella con los brazos abiertos.

—Con un conocido —musitó mientras le acariciaba el cabello—. Está borracho, ojalá dejara de llamar. Es un perdedor —añadió. Y cerró el teléfono y lo lanzó hacia un montón de ositos de peluche—. Y tú, ¿qué tal? —Se apartó y le escudriñó el rostro. La cabeza le ardía, pero tiritaba entre sus brazos.

—Bien. —Le dirigió una débil sonrisa.

—No, no estás bien, vuelve a la cama, te llevaré una toallita. —Le dio un cariñoso beso en la frente, y ella cerró los ojos y su cuerpo se relajó.

Lou estuvo a punto de soltarla para alzar el puño y gritar de alegría, ya que por vez primera en mucho tiempo sentía que su mujer dejaba de luchar contra él. En los seis últimos meses, cuando la abrazaba ella estaba rígida y tensa, como si sintiera que al hacerlo le demostraba a él que no aceptaba su forma de actuar, que protestaba y se negaba a aprobar su comportamiento. Lou se deleitó al notar que ella se relajaba contra él, una victoria silente, pero decisiva para su matrimonio.

Entre el montón de ositos el móvil vibró de nuevo, moviéndose entre los brazos del oso Paddington. Su rostro volvió a asomarse a la pantalla y él hubo de desviar la mirada, incapaz de soportar la visión de sí mismo. Ahora entendía cómo se sentía Ruth.

—Tu amigo otra vez —dijo ella, y se despegó un tanto para que su marido pudiera coger el teléfono.

—No, déjalo. —Desoyó la llamada y volvió a apretar a Ruth contra él—. Ruth, lo siento —dijo con suavidad mientras le alzaba el mentón para que lo mirara.

Ella así lo hizo, impresionada, y después lo estudió con curiosidad para ver dónde estaba la trampa. Porque tenía que haber alguna trampa. Lou Suffern diciendo lo siento. Esas palabras no formaban parte de su vocabulario.

Desde el rabillo del ojo Lou vio que el móvil vibraba, daba saltitos y caía de las zarpas del oso Paddington a la cabeza de Winnie the Pooh, pasando de osito en osito como una patata caliente. Cada vez que el teléfono paraba, volvía a empezar en el acto, su rostro iluminando la pantalla, sonriéndole, riéndose de él, diciéndole que era débil por pronunciar esas palabras. Se rebeló contra esa parte de él, esa parte ebria, necia, pueril e irracional de él, y se negó a coger el teléfono, se negó a soltar a su mujer. Tragó saliva.

—Te quiero, ¿sabes?

Fue como si ella lo escuchara por primera vez. Fue como si hubiesen regresado a las primeras navidades que pasaron juntos, sentados junto al árbol en la casa de sus padres, en Galway, el gato aovillado en su cojín preferido, al amor de la lumbre, el enloquecido perro con más años de la cuenta fuera, en su mundo, en el jardín trasero, ladrándole a todo lo que se movía y no se movía. Lou se lo dijo entonces, junto al artificial árbol de Navidad blanco, el mismo que escasas horas antes había sido motivo de pelea entre los padres de Ruth: el señor O'Donnell quería un abeto de verdad, pero a la señora O'Donnell no le apetecía estar pasando la aspiradora continuamente para recoger las agujas. El llamativo árbol se iluminaba despacio mediante minúsculas bombillas verdes, rojas y azules que volvían a apagarse despacio. Esto se repetía una y otra vez y, pese a su fealdad, resultaba relajante, como un pecho subiendo y bajando lentamente. Era el primer momento que habían pasado juntos en todo el día, los únicos instantes de que dispondrían antes de que él tuviese que dormir en el sofá y Ruth desapareciera en su habitación. Lou no pensaba decírselo, a decir verdad tenía intención de no decirlo nunca, pero le había salido sin más, tan natural como un recién nacido. Había estado pugnando por no hacerlo durante un rato, paseando las palabras en la boca, empujándolas y retirándolas, incapaz de reunir el valor necesario para pronunciarlas. Pero luego salieron, y su mundo cambió en el acto. Veinte años después, en el cuarto de su hija, era como revivir ese instante, con la misma mirada de placer y sorpresa en el rostro de Ruth.

—Ay, Lou —contestó ella con suavidad mientras cerraba los ojos y saboreaba el momento. Luego los abrió de pronto, con una mirada de alarma ellos que le dio a Lou un susto de muerte por lo que su mujer pudiera decir. ¿Qué sabía? Su comportamiento pasado lo asaltó mientras le entraba el pánico, como un banco de pirañas espectrales que volviera para perseguirlo y morderle el trasero. Pensó en la otra parte de él, borracho ahí fuera, posiblemente acabando con la nueva relación que tenía con su esposa, acabando con los arreglos que tanto les habían costado a ambos. Vio a los dos Lous: uno levantando un muro de ladrillos y el otro avanzando por detrás con un martillo para derribarlo en cuanto estaba en pie. Lo que Lou había estado haciendo todo el tiempo, a decir verdad: formando una familia con una mano mientras en la otra su comportamiento arrasaba con todo lo que tanto se había esforzado en crear.

Ruth se separó de prisa y salió corriendo al cuarto de baño. Él la oyó levantar la tapa de la taza y echar las entrañas en el retrete. Odiando que alguien la viera en momentos así, Ruth, siempre multitarea, consiguió levantar la pierna mientras vomitaba para cerrar la puerta del baño de un puntapié.

Lou soltó un suspiro y se sentó en el suelo, entre el montón de peluches. Luego cogió el móvil, que había empezado a vibrar por quinta vez.

—¿Qué tripa se te ha roto ahora? —contestó, aburrido. Esperaba escuchar su propia voz borracha al otro extremo. Sin embargo no fue así.

20
El chico del pavo 4

—Chorradas —espetó el chico del pavo cuando Raphie hizo una pausa para tomar aliento. Éste no dijo nada, prefirió esperar a que de la boca del muchacho saliese algo más constructivo—. Menuda chorrada —insistió.

—Bueno, ya basta —repuso el policía al tiempo que se levantaba y cogía la taza, el vaso de poliestireno y los envoltorios de los caramelos que se había ingeniado para mascar mientras relataba la historia—. Te voy a dejar tranquilo para que esperes a tu madre.

—¡No, un momento! —exclamó el muchacho.

Raphie siguió hacia la puerta.

—No puedes terminar la historia de esa manera —afirmó con incredulidad—. No puedes dejarme así.

—Bueno, eso es lo que te pasa por ser un desagradecido. —Raphie se encogió de hombros—. Y por lanzar pavos a las ventanas. —Abandonó la sala de interrogatorios.

Jessica estaba en la pequeña cocina de la comisaría, tomando otro café. Tenía los ojos muy rojos, las bolsas de debajo ennegrecidas.

—¿Descansando ya? —Su compañero fingió no reparar en su mal aspecto.

—Has estado años ahí dentro. —Ella soplaba y bebía, sin apartar la taza de los labios al hablar, los ojos en el tablón de anuncios que tenía delante.

—¿Te duele la cara?

Ella asintió una sola vez, lo más parecido a comentar los cortes y arañazos del rostro, y cambió de tema.

—¿Por dónde vas?

—Por el primer desdoblamiento de Lou Suffern.

—¿Qué ha dicho el chico?

—Creo que la palabra que ha utilizado es «chorradas», y acto seguido «menuda chorrada».

Jessica sonrió levemente mientras seguía soplando y bebiendo sorbos de café.

—Has llegado más lejos de lo que pensaba. Deberías enseñarle las cintas de esa noche.

—¿Tenemos ya la cinta de vídeo del pub en el que estuvo? —preguntó Raphie mientras encendía el hervidor—. ¿Quién demonios estaba trabajando allí el día de Navidad? ¿Santa Claus?

—No, todavía no la hemos recibido, pero en la videoconferencia que se grabó se ve a un tipo exactamente igual que Lou saliendo de la oficina. En Patterson Developments hay quien parece no saber tomarse un día libre. —Jessica revolvió los ojos—. El día de Navidad, por favor...

—El de la videoconferencia podría ser el tal Gabe. Se parecen.

—Podría.

—En cualquier caso, ¿dónde se ha metido? Se supone que debía estar aquí hace una hora.

Jessica se encogió de hombros.

—En fin, será mejor que mueva el culo rapidito y traiga el

permiso de conducir, como le dije —bufó Raphie—, de lo contrario...

—De lo contrario ¿qué?

—Lo traeré yo mismo.

Ella separó la taza de los labios despacio y sus intensos y herméticos ojos atravesaron los suyos.

—Lo traerás ¿para qué, Raphie?

Éste desoyó la pregunta y se sirvió otro café, al que añadió dos cucharadas de azúcar. Jessica, viendo del humor que estaba, no puso objeciones. El oficial llenó un vaso de poliestireno de agua y enfiló el pasillo de nuevo.

—¿Adónde vas? —quiso saber ella.

—A terminar la historia —refunfuñó él.

LO QUE QUEDA DE LA HISTORIA

21
El hombre del momento

—¡Vamos, despierta!

Una voz cantarina traspasó los ebrios sueños de Lou, donde todo se repetía un centenar de veces: secarle la frente a Lucy, volver a meterle a Pud el chupete en la boca, sujetarle el cabello a Lucy mientras ésta vomitaba, abrazar a su esposa, el cuerpo de Ruth relajándose contra el suyo, volver a ocuparse de la febril frente de Lucy, Pud escupiendo el chupete, la sonrisa de Ruth cuando le dijo que la quería.

Olió a café recién hecho bajo la nariz y, cuando por fin abrió los ojos, pegó un respingo, asustado, al ver lo que tenía delante, golpeándose la ya dolorida cabeza contra la pared de hormigón.

A Lou le costó un instante adaptarse al entorno. Unas veces las impresiones de la mañana que recibían los recién abiertos ojos eran más reconfortantes que otras. A diferencia de la taza de café que en ese instante se hallaba a escasos centímetros de su nariz, estaba más acostumbrado a despertar con el sonido de la cadena del retrete. A menudo esperar a que la misteriosa persona que tiraba de la cadena saliese del cuarto de baño y dejara ver su rostro en el dormitorio resultaba largo y enervante y en ocasiones, aunque no era habitual, Lou se había decidido a salir de la cama, y del edificio —exactamente a la misma hora—, antes de que la misteriosa mujer tuviera ocasión de asomar el rostro.

Esa mañana en concreto, después de desdoblarse por primera vez, Lou Suffern se vio frente a un escenario nuevo: delante tenía a un hombre más o menos de su misma edad que le ofrecía una taza de café con una mirada de satisfacción en el rostro. Sin duda esto era algo digno de mención. Por suerte el joven era Gabe, y Lou descubrió, para gran alivio suyo, que ambos estaban completamente vestidos y nadie había tirado de la cadena. Con la cabeza a punto de estallar y una peste a rata podrida en la boca, como un candidato a la presidencia que intentara ganarse a los votantes en una campaña electoral, miró atentamente a su alrededor.

Estaba en el suelo, eso lo sabía por su proximidad al cemento y la distancia que lo separaba del techo abierto con los cables colgando. El suelo era duro pese al saco de dormir de debajo. Tenía tortícolis por la mala postura en la que había dormido, la cabeza contra la pared de hormigón. Por encima estanterías de metal se alzaban hasta el techo: duras, grises, frías y deprimentes, como las grúas que poblaban el horizonte de Dublín, invasores metálicos que ejercían de árbitro en una ciudad en desarrollo. A su izquierda una lámpara sin pantalla era la culpable de arrojar la implacable e intensa luz blanca que no iba dirigida tanto a la habitación como a la cabeza de Lou, como una pistola en una mano firme. Lo que saltaba a la vista era que se hallaba en el almacén de Gabe, en el sótano. Gabe estaba delante, de pie, el brazo extendido hacia él con una taza de humeante café en la mano. El panorama era familiar, el reflejo de tan sólo una semana antes, cuando Lou se detuvo en la calle para ofrecerle un café a

Gabe. Sólo que esta vez la imagen estaba distorsionada y resultaba tan inquietante como el espejo mágico de un parque de atracciones, ya que cuando Lou evaluó la situación, era él quien se encontraba abajo y Gabe arriba.

—Gracias. —Cogió la taza que le ofrecía, rodeando la porcelana con las manos. Tiritaba—. Aquí hace un frío que pela. —Sus primeras palabras fueron un graznido, y al incorporarse notó el peso del mundo sobre su cabeza cuando una resaca por segunda mañana consecutiva le recordó que aunque la edad le había dado muchos motivos de celebración (por ejemplo, la nariz que de pequeño fuera demasiado grande para su cara, finalmente, en la treintena, era proporcionada), esa resaca no era uno de ellos.

—Ya, alguien prometió traerme un calefactor eléctrico, pero aún estoy esperando. —Gabe sonrió—. No te preocupes, tengo entendido que los labios azules están de moda esta temporada.

—Vaya, lo siento, le diré a Alison que se ocupe —musitó Lou mientras bebía sorbos de café solo. Había aprovechado ese despertar inicial para dilucidar dónde se hallaba, y una vez aclarada la confusión y determinado el lugar, se relajó y empezó a beber. Sin embargo, el primer sorbo de cafeína que siguió le puso sobre aviso de otro problema—. ¿Qué demonios estoy haciendo aquí? —Se incorporó debidamente, ahora atento, y se examinó en busca de indicios: llevaba puesto el traje del día anterior, un pingo arrugado y deforme con algunas manchas cuestionables, aunque en su mayor parte perfectamente reconocibles, en la camisa, la corbata y la chaqueta. Lo cierto es que había porquería allá donde mirase—. ¿Qué demonios es ese olor?

—Creo que eres tú —repuso un risueño Gabe—. La otra noche te encontré en la trasera del edificio, vomitando en un contenedor.

—Dios mío —susurró Lou al tiempo que se tapaba la cara con las manos. A continuación alzó la cabeza, confuso—. Pero si la otra noche me encontraba en casa. Ruth y Lucy estaban malas, y en cuanto se quedaron dormidas Pud se despertó. —Se frotó el rostro con aire de cansancio—. ¿Acaso lo he soñado?

—No —dijo alegremente Gabe mientras vertía agua caliente en su café instantáneo—. Eso también lo hiciste. La otra noche anduviste muy ocupado, ¿recuerdas?

Lou tardó un instante en acordarse de lo que había sucedido la noche anterior, pero cuando a su mente afluyó la avalancha de recuerdos de esa noche —la pastilla, el desdoblamiento—, de pronto empezó a caer en la cuenta de todo.

—La chica a la que conocí... —Se interrumpió, a un tiempo deseando y no deseando conocer la respuesta. Una parte de él estaba segura de su inocencia, mientras que la otra quería sacarse fuera y darse una paliza por si había puesto en peligro su matrimonio de nuevo. Un sudor frío bañó su cuerpo, añadiendo un nuevo olor a la mezcla.

Gabe dejó que sufriera un rato mientras soplaba el café y daba sorbitos, como un ratón que mordisqueara un pedazo de queso caliente.

—¿Conociste a una chica? —inquirió con los ojos muy abiertos y cara de ángel.

—Pues... esto... conocí a... da lo mismo. ¿Estaba solo cuando me encontraste anoche?

La misma pregunta con distintas palabras. Ambas cosas a la vez.

—Pues sí, completamente solo. Aunque no te sentías solo,

estabas bastante satisfecho haciéndote compañía y farfullando algo sobre una chica —le tomó el pelo Gabe—. Daba la impresión de que la habías perdido y no te acordabas de dónde la habías puesto. De todas formas no la encontraste en el fondo del contenedor, aunque igual si quitamos la capa de vómito que echaste salga tu mujer de cartón piedra.

—¿Qué decía? Bueno, no me lo digas exactamente, sólo quiero saber si dije algo... ya sabes, mierda, si he hecho algo Ruth me mata. —A sus ojos asomaron las lágrimas—. Soy un capullo de mierda. —Frustrado, le dio un puntapié a la caja que había al extremo del saco de dormir.

La sonrisa de Gabe se esfumó, respetaba ese lado de Lou.

—No hiciste nada con ella.

—¿Cómo lo sabes?

—Lo sé.

Lou lo escrutó con cautela y curiosidad, desconfiando y confiando a un tiempo. En ese momento Gabe parecía ser todo lo bueno que él tenía: su padre, el secuestrador que empezaba a caerle bien, la única persona que entendía su situación, y sin embargo la misma que lo había metido en ella. Una relación peligrosa.

—Gabe, tenemos que hablar en serio de esas pastillas. No quiero volver a tomarlas. —Se las sacó del bolsillo—. Me refiero a que la otra noche fue una revelación, de veras, en muchos sentidos. —Se restregó los ojos con cansancio, recordando el sonido de su voz alcoholizada al teléfono—. Es decir, ¿somos dos ahora?

—No, vuelves a ser uno solo —aclaró Gabe—. ¿Un pastelito de higo?

—Pero Ruth... —Lou desoyó el comentario—. Cuando despierte no me verá. Se preocupará. ¿He desaparecido sin más?

—Despertará y tú te habrás ido a trabajar, como siempre.

Al asimilar esa información Lou se tranquilizó un tanto.

—Pero hay algo que no cuadra, no tiene sentido. Tenemos que hablar de esas pastillas, tienes que decirme de dónde las has sacado.

—Cierto, tenemos que hablar —replicó Gabe con seriedad mientras le quitaba a Lou la cajita y se la metía en el bolsillo—. Pero todavía no. No es el momento.

—¿Cómo que no es el momento? ¿A qué estás esperando?

—Me refiero a que son casi las ocho y media y tienes una reunión a la que asistir antes de que Alfred llegue y acapare la atención.

Al oír eso Lou dejó el café de cualquier manera en un estante, entre un alargador y un montón de ratoneras, y se puso en pie de un salto, olvidando en el acto su serio interés por las peculiares pastillas y olvidando también preguntarse cómo demonios sabía Gabe lo de la reunión a las ocho y media.

—Tienes razón, será mejor que me vaya, pero hablaremos más tarde.

—No puedes ir con esa pinta. —Gabe rompió a reír mientras miraba el sucio y arrugado traje de Lou—. Y hueles a vómito. Y a orín de gato. Créeme, lo sé, a estas alturas he desarrollado un olfato excelente para esos olores.

—No importa. —Lou consultó el reloj mientras se quitaba la chaqueta—. Me daré una ducha rápida en el despacho y me pondré el otro traje.

—Imposible. Lo estoy usando yo, ¿no te acuerdas?

Lou miró a Gabe y recordó que le había dado esa ropa el día que lo contrató. Y se atrevería a apostar a que Alison no la había sustituido, era demasiado nueva para saberlo.

—¡Mierda, mierda, mierda, mierda! —Echó a andar arriba y abajo en el reducido espacio, mordiéndose las cuidadas uñas, tirando y escupiendo, tirando y escupiendo.

—No te apures, mi asistenta se ocupará —observó Gabe divertido mientras veía caer las uñas al piso de cemento.

Sin hacer caso, Lou continuó dando vueltas.

—Las tiendas no abren hasta las nueve, ¿de dónde demonios voy a sacar un traje?

—Pierde cuidado, creo que yo tengo algo en el vestidor —respondió Gabe. Y desapareció en el primer pasillo para volver con el traje nuevo protegido por la funda de plástico—. Ya te lo dije, nunca se sabe cuándo va a hacer falta un traje nuevo. Y es de tu talla y todo, fíjate. Es casi como si lo hubieran hecho para ti. —Le guiñó un ojo—. Que tu dignidad exterior sea un reflejo de la dignidad interior de tu alma —dijo Gabe al tiempo que le entregaba el traje.

—¿Eh? Sí, claro. Gracias —respondió Lou con incertidumbre, arrebatándoselo de prisa de las extendidas manos.

En el vacío ascensor del personal Lou se miró en el espejo: nada que ver con el hombre que despertara en el suelo hacía media hora. El traje que le había dado Gabe, pese a ser de un diseñador desconocido (algo a lo que no estaba acostumbrado), era, sorprendentemente, el que mejor le sentaba de todos los que había tenido en su vida. El azul de la camisa y la corbata y el azul marino de la chaqueta y los pantalones hacían resaltar los ojos de Lou, que parecían inocentes y angelicales.

Ese día las cosas le fueron muy bien a Lou Suffern. Volvía a ser el hombre acicalado y atractivo de siempre, los zapatos relucientes gracias a Gabe y de nuevo listos para bailar por las aceras. Su caminar volvía a ser garboso, la mano izquierda metida con naturalidad en el bolsillo, el brazo derecho balanceándose con soltura junto al costado al ritmo de sus pasos, libre para coger el teléfono o estrechar una mano cuando fuese preciso. Era el hombre del momento. Tras hablar con su mujer y con Lucy, era el padre del año según su hija, y las posibilidades de acabar siendo el marido del año dentro de una o dos décadas mejoraban. Estaba feliz, tanto, a decir verdad, que iba silbando y ni siquiera paró cuando Alison le informó de que su hermana estaba al teléfono. Lo cogió alegremente y apoyó el trasero en una esquina de la mesa de Alison.

—Marcia, buenos días —saludó con jovialidad.

—Vaya, veo que hoy estás de buen humor. Sé que estás ocupado, Lou, no te entretendré mucho. Sólo quería que supieras que hemos recibido las invitaciones para el cumpleaños de papá, muy... bonitas... muy sofisticadas... yo no las habría elegido, pero... en fin, que me han llamado algunas personas para decirme que no las han recibido aún.

—Vaya, se habrán perdido en el correo —razonó Lou—, volveremos a mandarlas.

—Pero es mañana, Lou.

—¿Qué? —Frunció el ceño y entrecerró los ojos para ver el calendario de la pared.

—Sí, el cumpleaños es mañana —repitió ella con cierta alarma en la voz—. No recibirán las invitaciones si las envías ahora. Sólo quería asegurarme de que no pasa nada si alguien aparece sin invitación, no es más que una fiesta familiar.

—No te preocupes. Mándanos un correo electrónico con la lista de invitados y pondremos un listado en la puerta. Todo está bajo control.

—Puede que lleve unas cuantas cosas...

–Todo está controlado –insistió él con más firmeza.

Vio que sus compañeros enfilaban el pasillo y entraban en la sala de juntas, Alfred rezagándose con sus pantalones de sport y su blazer de grandes botones dorados, como si estuviese a punto de ponerse al timón de un crucero.

–¿Cómo va a ser la fiesta, Lou? –inquirió su hermana con nerviosismo.

–¿Que cómo va a ser? –Lou se echó a reír–. Vamos, Marcia, queremos que sea una sorpresa para todo el mundo.

–¿Sabes cómo va a ser?

–¿Que si sé cómo va a ser? ¿Te preocupan mis dotes de organización?

–Me preocupa que hayas repetido todas mis preguntas sólo para tener más tiempo para pensar –contestó ella sin más.

–Pues claro que sé lo que se cuece, ¿o acaso pensabas que iba a dejar que lo hiciera Alison sola? –Rió–. Si ni siquiera conoce a papá –añadió, repitiendo lo que les había oído a algunos miembros de la familia.

–Es que es importante que participe alguien de la familia, Lou. Alison parece una buena chica, pero no conoce a papá, ¿no? La he estado llamando para echarle una mano, pero no se ha mostrado muy comunicativa. Quiero que papá pase el mejor día de su vida.

–Y así será, Marcia, así será. –Lou experimentó una desagradable sensación en el estómago–. Será divertido, te lo prometo. Aunque sabes que yo no estaré desde el principio, porque tengo la fiesta de la oficina. Debo quedarme aquí un rato, pero después iré directo.

–Lo sé, y lo comprendo perfectamente. Por Dios, Lou, sólo quiero que papá sea feliz. Él siempre se está preocupando de que los demás lo seamos. Quiero que esta vez se relaje y disfrute.

—Ya —Lou tragó saliva al sentir el primer indicio de inquietud—. Yo también. Bueno, será mejor que me dé prisa, tengo que ir a una reunión. Nos vemos mañana, ¿de acuerdo?

Le devolvió el teléfono a Alison, ya no sonreía.

—Todo está bajo control, ¿no?

—¿Qué?

—La fiesta —repuso él con firmeza—. La fiesta de mi padre.

—Lou, he intentado preguntarte algunas cosas al respecto...

—¿Está todo controlado? Porque en caso contrario me lo dirías, ¿no?

—Desde luego. —Alison esbozó una sonrisa nerviosa—. El sitio que has escogido es muy... esto... fino, podríamos decir, y cuenta con su propio equipo de organización de eventos. Ya te lo he dicho —se apresuró a añadir—, unas cuantas veces a lo largo de la semana. Y también te dejé en la mesa algunas opciones en cuanto a la música y la comida para que tomaras tú la decisión, pero como no lo hacías me tuve que ocupar yo...

—Vale, Alison. Y en el futuro cuando te pregunte si todo está bajo control bastará con que respondas sí o no —espetó Lou firme, pero educadamente—. No tengo tiempo para preguntas y notas, en serio, lo único que quiero saber es si puedes hacerlo o no. Si no puedes, no pasa nada, buscamos otra cosa, ¿de acuerdo?

Ella asintió de prisa.

—Estupendo. —Dio una palmada y se bajó de la mesa de un salto—. Será mejor que vaya a esa reunión.

—Toma —le entregó las carpetas—. Y enhorabuena por los dos tratos de ayer, la gente no habla de otra cosa.

—¿Ah, sí?

—Sí —contestó ella, los ojos muy abiertos—. Hay quien dice que te van a dar el puesto de Cliff.

Aquello fue un regalo del oído, si bien él le restó importancia.

—Bueno, Alison, no adelantemos acontecimientos. Todos deseamos que Cliff se recupere pronto.

—Pues claro, pero... da lo mismo. —La secretaria esbozó una sonrisa—. ¿Te veo mañana en la fiesta?

—Desde luego —le devolvió la sonrisa, y sólo cuando se dirigía a la sala de juntas comprendió a qué se refería Alison.

Cuando Lou entró en la sala, las doce personas que rodeaban la mesa se pusieron en pie para aplaudirle, las grandes sonrisas de blancos dientes de oreja a oreja, sin reflejarse del todo en los cansados ojos y con cierto resentimiento evidente en los cargados hombros, necesitados urgentemente de un masaje. Eso era a lo que se enfrentaban todos aquellos a los que conocía: no dormir lo suficiente, la incapacidad de desligarse del trabajo o de aparatos relacionados con el trabajo, como ordenadores portátiles, agendas electrónicas y teléfonos móviles, distracciones que a todos los miembros de cada una de las familias les entraban ganas de tirar al retrete. Naturalmente se alegraban por él, aunque a su manera: rendidos, excesivamente expuestos a energías electromagnéticas. Todos funcionaban para sobrevivir, pagar la hipoteca, hacer las presentaciones, cumplir con su cometido, complacer al jefe, llegar lo bastante pronto para evitar el tráfico, remolonear lo bastante por la tarde para no pillarlo. Todo el mundo en esa estancia trabajaba de sol a sol para intentar quitarse trabajo antes de Navidad y, al hacerlo, sus problemas personales no paraban de aumentar. Pero ya se ocuparían de todo durante las vacaciones navideñas. Por fin podrían dedicarle tiempo a esos asuntos familiares festivos que habían sido dejados de lado el resto del año. Era la época de la locura familiar.

El primero en aplaudir fue un radiante señor Patterson, y todos se sumaron a él salvo Alfred, que tardó lo suyo en levantarse. Mientras los otros estaban en pie, él apartaba la silla despacio. Cuando el resto aplaudía, él se enderezaba la corbata y se abrochaba los dorados botones. Llegó a dar una palmada antes de que los aplausos cesaran, una única palmada que más pareció el estallido de un globo.

Lou dio la vuelta a la mesa estrechando manos, dando palmaditas en la espalda, besando mejillas. Cuando llegó a Alfred, éste ya se había sentado, pero le ofreció a Lou una mano laxa y sudorosa.

—Ah, el hombre del momento —dijo con alegría el señor Patterson mientras le estrechaba afectuosamente la mano derecha y con la izquierda apretaba con firmeza el brazo de Lou. Tras apartarse, miró a Lou con orgullo, como haría un abuelo con su nieto el día de la comunión, radiante de orgullo y admiración—. Tú y yo vamos a mantener una conversación después de esto —le dijo en voz queda mientras los otros seguían hablando—. Sabes que después de Navidad va a haber cambios, no es ningún secreto —añadió solemnemente, por respeto a Cliff.

—Sí —se limitó a responder Lou, en su fuero interno encantado de que le confiase personalmente el secreto, a pesar de que todo el mundo estuviera al corriente.

—Bueno, hablamos, ¿de acuerdo? —afirmó el señor Patterson, y cuando las demás conversaciones decayeron, él tomó asiento y la charla terminó.

Sintiendo como si flotara, Lou se sentó y descubrió que le costaba seguir el hilo del resto de las deliberaciones de la mañana. Por el rabillo del ojo Lou vio que Alfred había escuchado el final del comentario del señor Patterson.

—Pareces cansado, Lou, ¿lo estuviste celebrando la otra noche? —quiso saber un colega.

—Me pasé la noche en vela con mi hija. Un virus. Mi mujer también lo pilló, así que fue una noche movida. —Sonrió al pensar en Lucy metida en la cama, el poblado flequillo tapándole la mitad de la cara.

Alfred rompió a reír y el pitido se oyó con fuerza en la estancia.

—A mi hijo le entró la semana pasada —contó el señor Patterson, pasando por alto el estallido de Alfred—. Anda rondando por ahí.

—Anda rondando, sí —repitió Alfred, mirando a Lou.

La agresividad salía a oleadas de Alfred, casi como el calor visible que desprende una carretera en el desierto. Le emanaba del alma, distorsionando el aire a su alrededor, y Lou se preguntó si todo el mundo podía verlo. Lou lo sintió por él, comprendía lo perdido y temeroso que estaba.

—No deberían felicitarme sólo a mí —anunció Lou a los presentes—. Alfred también participó en el trato de Nueva York. Y la verdad es que hizo un trabajo estupendo.

—Ya lo creo. —El rostro de Alfred se iluminó, y su compañero volvió a la habitación y se puso a toquetear la corbata, algo que puso a Lou nervioso—. Me alegro de que Lou lograra reunirse conmigo al final, a tiempo de ver cómo cerraba el trato.

Todo el mundo en la mesa rió, pero Lou se sintió herido en otra parte, en un lugar en que resultó bastante doloroso.

En ese instante volvió a ser Aloysius, con ocho años, en el equipo de fútbol local, al que sacaron del campo minutos antes de que el silbato señalase el final de la final porque un compañero suyo, celoso de que Lou anotase más tantos que él, le dio una patada en la entrepierna que lo hizo caer de rodillas jadeante, el rostro enrojecido, a punto de marearse y vomitar. Al igual que el comentario de Alfred, lo que le dolió no fue tanto la patada como la persona que asestó el golpe y el motivo por el que lo hizo. Yacía en el campo, las manos en las ingles, el rostro acalorado y sudoroso, la frustración rezumando por sus poros, mientras el resto del equipo se arremolinaba a su alrededor, observándolo, preguntándose si no estaría fingiendo.

—Sí, ya hemos elogiado a Alfred —comentó el señor Patterson, sin mirarlo—, pero ¿dos tratos a la vez? Lou, ¿cómo demonios lo hiciste? Todos sabemos que la multitarea es uno de tus atributos, pero ¡qué forma tan extraordinaria de administrar el tiempo! Y, naturalmente, tus dotes negociadoras.

—Extraordinaria, sí —coreó Alfred, el tono festivo, pero en el fondo malicioso—. Casi increíble, puede que antinatural. A toda pastilla, ¿eh, Lou?

Se oyeron algunas risitas nerviosas, una tos y después silencio. El señor Patterson rompió la tirantez marcando el comienzo de la reunión, pero el daño ya estaba hecho. Alfred había dejado algo flotando en el aire. Una pregunta sustituía lo que antes fuera admiración, en la cabeza de los presentes se había plantado una semilla y, tanto si se le daba crédito como si no, cada vez que Lou consiguiera algo o su nombre se mencionara en el futuro, el comentario de Alfred entraría en juego, quizá de manera inconsciente, y esa semilla crecería, asomaría bajo el sucio suelo y alzaría la fea cabeza.

Después de todo lo que había trabajado, faltando a acontecimientos familiares, saliendo a la carrera de su casa para llegar
a la oficina, besando a Ruth rápidamente en la mejilla por mor
de largos apretones de manos con desconocidos en el despacho, por fin había llegado su momento. Dos minutos de apretones de manos y aplausos. Seguidos del germen de la duda.

—Pareces satisfecho —observó Gabe al tiempo que dejaba
un paquete en una mesa cercana.

—Gabe, amigo mío, te debo una, y gorda. —Lou estaba radiante al salir de la reunión, a punto estuvo de darle un abrazo. Bajó la voz—. ¿Me das... me devuelves la cajita, por favor?
Esta mañana me encontraba exhausto y exaltado y no sé qué
mosca me picó, pues claro que creo en esas cosas de herbo-
ristería.

Gabe no respondió. Siguió depositando sobres y paquetes
en las mesas de alrededor mientras Lou lo seguía con la mirada esperanzado, como el perro que espera su paseo.

—Es sólo que creo que voy a necesitar muchas más —Lou
le guiñó un ojo—, ¿sabes?

Gabe parecía confuso.

—Cliff no va a volver —afirmó Lou en voz queda, procurando ocultar su entusiasmo—. Está desquiciado.

—Ah, el pobre hombre que sufrió la crisis nerviosa —contestó Gabe mientras seguía dejando cosas en las mesas.

—Sí. —Lou estuvo a punto de chillar—. No le digas a nadie
que te lo he dicho.

—¿Que Cliff no va a volver?

—Sí, eso y... ya sabes —echó un vistazo a su alrededor—,
otras cosas. Puede que tenga un nuevo empleo, lo más pro-

bable un ascenso. Una buena subida de sueldo. —Sonrió—. Quiere hablar conmigo en breve. —Lou se aclaró la garganta—. Así que, sea lo que fuere lo que me tiene reservado, voy a necesitar esas maravillas herbáceas, porque no puedo mantener el ritmo de trabajo anterior sin acabar divorciado o a dos metros bajo tierra.

—Ah, sí, eso. Bueno, pues es imposible.

Gabe continuó empujando el carrito por el pasillo con Lou pisándole los talones y ladrándole como un Jack Russell tras un cartero.

—Bah, venga, te pagaré por ellas lo que me pidas, ¿cuánto quieres?

—No quiero nada.

—Ah, vale, que las quieres para ti, ya lo pillo. Pero por lo menos dime dónde puedo conseguirlas.

—No puedes conseguirlas. Las tiré. Tenías razón, no son buenas. Psicológicamente. Y ¿quién sabe cuáles pueden ser los efectos secundarios físicos? Lo más probable es que a la larga acaben perjudicando a la gente. Es decir, no creo que se fabricaran para darles un uso continuado, Lou. Tal vez fuesen un experimento científico que logró salir de un laboratorio.

—¿Que hiciste qué? —A Lou le entró el pánico, desoyendo todo cuanto Gabe le decía—. ¿Dónde las tiraste?

—En los contenedores.

—Pues vuelve por ellas. Métete dentro y recupéralas —espetó Lou enfadado—. Si te deshiciste de ellas esta mañana aún estarán allí. Vamos, date prisa, Gabe. —Le propinó un empujón en la espalda.

—No están, Lou. Abrí la caja y la vacié en el contenedor, y teniendo en cuenta lo que tú echaste allí la otra noche, yo ni me acercaría.

Lou lo agarró del brazo y lo llevó al ascensor del personal.

—Enséñamelo.

Una vez fuera Gabe le señaló a Lou el contenedor, grande, sucio y amarillo, y éste fue directo. Al mirar dentro, vio la cajita arriba del todo, tan cerca que podía tocarla, y allí, al lado, el montoncito de pastillas entre una especie de baba de un pardo verdusco. El olor era atroz, de manera que se tapó la nariz e intentó reprimir las arcadas. Las pastillas estaban empapadas en lo que quiera que fuese aquella sustancia, y el alma se le cayó a los pies. Tras quitarse la chaqueta y tirársela a Gabe, se remangó y se dispuso a introducir las manos en la pestilente secreción. Antes de lanzarse hizo una pausa.

—Si no puedo recuperarlas, ¿dónde puedo conseguir más?

—En ningún sitio —respondió Gabe, que permanecía junto a la puerta trasera y lo observaba cruzado de brazos y con cara de aburrido—. Ya no las fabrican.

—¿Qué? —Lou giró sobre sus talones—. ¿Quién las fabricaba? Les pagaré para que hagan más.

El pánico se prolongó un rato, Lou preguntando a Gabe cómo podía hacerse con más pastillas hasta que cayó en la cuenta de que la única forma de conseguirlo sería metiendo las manos en lo que tenía delante. Distraído una vez más, decidió que de lo que tenía que ocuparse era del contenedor, no de su vida.

—Mierda. Quizá pueda lavarlas. —Se aproximó más y se inclinó. El olor le produjo arcadas—. ¿Qué demonios es eso? —Volvió a sentir náuseas y hubo de apartarse de allí—. Maldita sea. —Le dio una patada al contenedor, y el dolor hizo que lo lamentara.

—Huy, mira —dijo Gabe, el aburrimiento reflejado en su voz—. Se ve que se me cayó una en el suelo.

—¿Qué? ¿Dónde? —Lou olvidó en el acto el dolor que sentía en el dedo del pie y fue corriendo al contenedor como un niño que no quisiera quedarse fuera en el juego de las sillas. Examinó el suelo alrededor de los cubos, y entre las grietas de los adoquines vio algo blanco. Al agacharse reparó en que era una pastilla.

—¡Bingo! ¡He encontrado una!

—Ya, tuve que tirarlas desde lejos, el olor era espantoso —explicó Gabe—. Algunas cayeron al suelo.

—¿Algunas? ¿Cuántas?

Lou se puso a gatas y comenzó a buscar.

—Lou, deberías ir dentro. Has tenido un buen día, ¿por qué no lo dejas estar? ¿Por qué no aprendes la lección y sigues adelante?

—He aprendido la lección —aseguró, la nariz pegada a los adoquines—. He aprendido que con esas cosas aquí soy el héroe—. ¡Ajá! ¡Otra! —Satisfecho al ver que se habían salvado dos del contenedor, las puso en el pañuelo, que se metió en el bolsillo, se levantó y se sacudió las rodillas—. Por ahora basta con dos —afirmó mientras se enjugaba la frente con el pañuelo—. Hay dos más debajo del contenedor, pero por el momento las voy a dejar.

Cuando Lou se puso de pie, las rodillas negras y sucias y el cabello despeinado, dio media vuelta y descubrió que no se encontraban solos: junto a Gabe estaba Alfred, los brazos cruzados, en el rostro una sonrisa de suficiencia.

—¿Se te ha caído algo, Lou? Anda, mira, pero si es el hombre del momento.

22
La hora de la verdad

—Vas a ir, ¿no, Lou? —preguntó Ruth, haciendo todo lo posible por desterrar el pánico de su voz. Iba por el dormitorio descalza, el sonido de la piel contra el piso de madera como el chapoteo de unos piececillos. Llevaba el largo cabello castaño recogido en rulos y el cuerpo envuelto en una toalla, las gotas de agua en los hombros espejeando cuando atrapaban la luz.

Lou observaba a la que era su esposa desde hacía diez años desde la cama, moviendo la cabeza a un lado y a otro como si viera un partido de tenis. Iban a ir al centro en coches distintos y a distinta hora. Él tenía que ir a la fiesta de la oficina antes de reunirse con su familia para celebrar el cumpleaños de su padre. Había llegado a casa del trabajo no hacía mucho, se había duchado y vestido en veinte minutos, pero en lugar de bajar y ponerse a ir de un lado a otro mientras esperaba a su mujer con impaciencia había decidido tumbarse en la cama y observarla. Esa tarde acababa de aprender que observar era muchísimo más entretenido que dar vueltas cada vez más irritado. Lucy se había unido a él en la cama escasos momentos antes, abrazada a su manta. Recién salida del baño, llevaba puesto el pelele y olía de tal modo a fresa que a él casi le entraron ganas de comérsela.

—Pues claro que voy a ir. —Sonrió a Ruth.

—Es sólo que deberías haber salido de aquí hace media hora, así que ya vas con retraso. —Pasó por delante de él como una exhalación y se perdió en el vestidor. Con ella desapareció el resto de la frase, los apagados sonidos colándose en el dormitorio, dejando las palabras en el vestidor, colgando de las perchas y pulcramente dobladas en las baldas. Él se tendió en la cama, los brazos detrás de la cabeza, y se rió.

—Habla de prisa —susurró su hija.

—Y tanto. —Lou sonrió, extendió el brazo y le metió a la niña un mechón de cabello suelto tras la oreja.

Ruth reapareció en ropa interior.

—Estás preciosa —alabó él, risueño.

—¡Papi! —exclamó Lucy, riendo escandalosamente—. ¡Si va en bragas!

—Sí, es que está preciosa en bragas. —Siguió con la mirada a su mujer mientras Lucy daba vueltas en la cama muerta de risa.

Ruth se volvió y lo estudió de prisa. Lou vio que ella tragaba saliva, con cara de curiosidad: no estaba acostumbrada a tan repentina atención, tal vez le preocupase que él actuara así movido por la culpa, otra parte de ella temerosa de ilusionarse, temerosa de que aquello fuese una vez más el estímulo que precedía a la decepción. Se metió en el cuarto de baño unos instantes y cuando volvió a la habitación comenzó a dar saltos, aún en ropa interior.

Lucy y Lou rompieron a reír al verla.

—¿Qué haces? —rió su marido.

—Secando la hidratante. —Se puso a correr en el sitio, risueña, y Lucy se levantó y se unió a ella un momento, riendo y bailando hasta que decidió que su madre ya estaba seca y volvió con su padre a la cama.

—¿Por qué sigues aquí? —inquirió Ruth con suavidad—. No querrás llegar tarde a lo del señor Patterson.

—Esto es mucho más divertido.

—Lou —dijo ella entre risas—, aunque agradezco que te estés quieto por primera vez en diez años, tienes que irte. Sé que dices que vas a ir esta noche, pero...

—Voy a ir esta noche —replicó él, ofendido.

—Vale, pero, por favor, no llegues muy tarde —continuó ella mientras correteaba por la habitación—. La mayoría de los que van a asistir a la fiesta de tu padre pasa de los setenta y es posible que se queden dormidos o se hayan ido a casa para cuando tú consideres que la noche acaba de empezar. —Volvió al vestidor a la carrera.

—Voy a ir —insistió, más para sí.

Oyó que su mujer rebuscaba en los cajones, cerraba armarios. Chocó contra algo, soltó un taco, dejó caer algo y, cuando volvió a la estancia, lucía un vestido de fiesta negro.

Por regla general él le decía automáticamente que estaba preciosa, sin apenas mirarla al decirlo. Lo consideraba su obligación, que era lo que ella quería oír, que de ese modo saldrían de casa antes y ella se estaría quieta durante el trayecto en coche, pero esa noche descubrió que no tenía palabras: su mujer estaba preciosa. Era como si toda su vida le hubieran dicho que el cielo era azul y por vez primera levantase la vista y lo viera por sí mismo. ¿Por qué no lo miraba a diario? Se tumbó boca abajo, la cabeza apoyada en la mano, y Lucy lo imitó, los dos contemplando a aquella mujer maravillosa. Diez años de aquella exhibición durante los cuales él se había estado paseando arriba y abajo sin dejar de dar voces.

—Y acuérdate de que le habéis regalado a tu padre un crucero. —Se subió la cremallera de la espalda mientras volvía a
pasar por delante de ellos.

—Pensaba que lo habíamos hecho socio de un club de
golf.

—Lou, tu padre odia el golf.

—¿Ah, sí?

—El abuelo odia el golf —repitió Lucy.

—Siempre ha querido ir a Santa Lucía. ¿Recuerdas la historia de Douglas y Ann? ¿Que ganaron el viaje con una caja
de cereales bla, bla, bla?

—No —contestó él, ceñudo.

—El concurso de los cereales. —Ruth se detuvo mientras
volvía disparada al vestidor para mirarlo sorprendida.

—Sí, ¿y?

—Pero si no para de contarla, Lou. Que Douglas participó
en el concurso que se anunciaba al dorso de la caja de cereales y ganaron un viaje a Santa Lucía... ¿te suena? —Lo miró
para ver si caía.

Él sacudió la cabeza.

—Pero ¿cómo es posible que no lo sepas? —Ruth reanudó
su misión de ir al vestidor—. Es su anécdota preferida. Se va
a emocionar.

—Papá no se va a emocionar —sonrió—. Él nunca se emo-
ciona.

Ruth desapareció y regresó con un zapato puesto y el otro
bajo el brazo. Cruzó la habitación arriba y abajo, abajo y arriba hacia el tocador.

Lucy soltó una risita.

Ruth se puso las joyas —los pendientes, la pulsera— y sólo
entonces el zapato que llevaba debajo del brazo.

Lou sonrió de nuevo y la vio dirigirse al baño con paso vacilante.

—Ah —alzó la voz desde dentro—, y cuando veas a Mary Walsh, no menciones a Patrick. —Asomó la cabeza por la puerta del cuarto de baño, la mitad del cabello llena de rulos y la otra suelta y rizada. Tenía el semblante triste—. La ha dejado.

—Vale —asintió él, procurando mostrarse lo más serio posible.

Cuando ella volvió a meter la cabeza, Lou le dijo a Lucy:

—Patrick ha dejado a Mary Walsh —repitió—. ¿Tú lo sabías?

Lucy sacudió la cabeza con vehemencia.

—¿Le dijiste tú que lo hiciera?

Ella volvió a negar, entre risas.

—¿Quién iba a saber que ocurriría eso?

Lucy se encogió de hombros.

—Puede que Mary.

Lou rompió a reír.

—Puede.

—Ah y, por favor, no le preguntes a Laura si está más delgada. Siempre lo haces y ella lo odia.

—¿Acaso no es una pregunta agradable? —Frunció el ceño.

Ruth se echó a reír.

—Cariño, lleva diez años engordando sin parar. Cuando le dices eso es como si le tomaras el pelo.

—Laura es una foca —le susurró a Lucy, y ella cayó en la cama muerta de risa.

Lou respiró hondo al ver la hora que era y, por extraño que pudiera parecer, el miedo le atenazó el estómago.

—Bueno, ahora sí tengo que irme. Te veo mañana —le dijo a Lucy al tiempo que le daba un beso en la cabeza.

—Ahora me gustas mucho más, papi —comentó la pequeña alegremente.

Lou se quedó helado, medio en la cama, medio fuera.

—¿Qué has dicho?

—He dicho que ahora me gustas mucho más —sonrió ella, dejando al descubierto un hueco en la hilera de dientes inferiores—. Mamá, Pud y yo vamos a ir a patinar sobre hielo mañana, ¿vas a venir?

Aún desconcertado por el comentario de su hija y por cómo le había afectado, se limitó a decir:

—Sí, claro.

Ruth volvió a la habitación trayendo con ella una vaharada de perfume, el cabello cayéndole suelto y ondulado por debajo de los hombros, el maquillaje impecable. Lou no podía apartar los ojos de ella.

—¡Mami, mami! —Lucy se puso de pie en la cama y empezó a pegar botes—. Papá va a venir a patinar mañana.

—Lucy, baja de ahí, sabes que no se puede saltar en la cama. Baja, cariño, gracias. Recuerda que te he dicho que papá es un hombre muy ocupado, no tiene tiempo de...

—Voy a ir —la interrumpió él con firmeza.

Ruth se quedó boquiabierta.

—Ah.

—¿Está bien?

—Sí, claro, es sólo que... sí, por supuesto. Estupendo. —Asintió y acto seguido se dirigió al lado opuesto, a todas luces desconcertada. La puerta del cuarto de baño se cerró con suavidad tras ella.

Lou le concedió cinco minutos a solas, pero ya no podía esperar más.

—Ruth —llamó a la puerta del baño—, ¿te encuentras bien?

—Sí, perfectamente. —Carraspeó y sonó más animada de lo que pretendía—. Sólo me estoy... sonando la nariz. —Se escuchó el ruido correspondiente.

—Vale, pues te veo luego —dijo él, y sintió ganas de entrar y abrazarla para despedirse, pero sabía que la puerta se abriría si ella quería que él lo hiciese.

—Vale —contestó ella, un tanto menos animada—. Nos vemos en la fiesta.

La puerta siguió cerrada, de manera que Lou se marchó.

Las oficinas de Patterson Developments estaban llenas de colegas de Lou Suffern en distintos niveles de desaliño. Sólo eran las siete y media y algunos ya estaban listos para la noche. A diferencia de Lou, que había vuelto a casa después del trabajo, la mayoría había ido directa al pub y regresado para seguir la fiesta. Había mujeres a las que apenas reconocía ataviadas con vestidos que dejaban a la vista un cuerpo cuya existencia él ignoraba bajo el traje y había otras cuyo cuerpo sólo estaba hecho para llevar traje. La uniformidad del día se había venido abajo: reinaba un aire de adolescencia, de deseo de lucirse y demostrar quiénes eran en realidad. Era un día para infringir las normas, para decir lo que sentían; un entorno peligroso en el que hallarse. El muérdago colgaba de casi todas las puertas, a decir verdad a Lou ya le habían plantado dos besos nada más salir del ascensor sendas oportunistas que revoloteaban por allí.

La gente iba en mangas de camisa y llevaba novedosas corbatas musicales, gorros de Santa Claus y cuernas de reno. De las orejas de las mujeres —y de algunos hombres— colgaban adornos navideños. Todos trabajaban duro y todos iban a jugar duro.

—¿Dónde está el señor Patterson? —le preguntó Lou a Alison cuando la encontró sentada en el regazo del quinto Santa Claus que él había visto. La chica tenía los ojos vidriosos, ya ni veía. Llevaba puesto un ceñido vestido rojo que revelaba todas las formas y curvas de su cuerpo. Lou se vio obligado a desviar la mirada.

—Y tú, ¿qué quieres por Navidad, chiquitín? —rugió la voz bajo el disfraz.

—Ah, hola, James —saludó Lou educadamente.

—Quiere un ascenso —chilló alguien entre la multitud, y al grito se sumaron algunas risitas tontas.

—Pero no un ascenso cualquiera, quiere el puesto de Cliff —gritó alguien con cuernos de reno, y el gentío volvió a reír.

Sonriendo para disimular su frustración y su leve bochorno, Lou rió con ellos y después, cuando la conversación se centró en otra cosa, se escabulló discretamente. Se retiró a su despacho, donde reinaban la calma y el silencio y no había espumillón ni muérdago a la vista. Se sentó con la cabeza entre las manos, esperando la llamada de su jefe mientras escuchaba a la multitud de fuera cantar a voz en cuello *La abuela fue arrollada por un reno*. De pronto la música cobró intensidad cuando la puerta del despacho se abrió; acto seguido se tranquilizó al cerrarse. Lou adivinó quién era sin necesidad de levantar la cabeza.

Alison avanzó hacia él, en una mano una copa de vino tinto, en la otra un whisky, cimbreando las caderas con el ajustado vestido rojo, parecida al apéndice que colgaba a la entrada de la garganta. Sus tobillos se bamboleaban en los zapatos de plataforma, y el vino tinto se agitó un par de veces y le salpicó el pulgar.

—Ten cuidado. —Los ojos de Lou seguían cada uno de sus

movimientos, la cabeza inmóvil, a un tiempo seguro e inseguro.

—Tranquilo. —Alison dejó su copa en la mesa y se chupó el pulgar con sensualidad, lamiendo de su piel el vino derramado mientras seducía a Lou con la mirada—. Te he traído un whisky. —Se lo ofreció y se acercó a su mesa—. Salud. —Brindó con él y después, sin apartar los ojos de nuevo de los de Lou, bebió.

De pronto él carraspeó, sintiéndose acorralado, y retiró la silla. Alison malinterpretó el gesto y dio la vuelta a la mesa para plantarse justo delante. Los ojos de Lou quedaban a la altura del pecho de ella, y los apartó para vigilar la puerta. Su posición era peligrosa, pintaba pero que muy mal. Él se sentía tremendamente bien.

—Aquella vez no terminamos lo que estábamos haciendo —observó la chica, risueña—. Todo el mundo habla de despejar su mesa antes de Navidad. —Hablaba en voz baja y aterciopelada—. Se me ocurrió venir a echarte una mano.

Apartó del escritorio unas carpetas, que cayeron al suelo y se desparramaron.

—Huy —sonrió al tiempo que se sentaba en la mesa, el corto vestido rojo subiéndosele más aún por los muslos y dejando a la vista unas piernas largas, tonificadas y morenas.

El sudor perló la frente de Lou mientras su cerebro sopesaba todas las posibilidades: salir en busca del señor Patterson o quedarse con Alison. Aún tenía las dos pastillas que había encontrado junto al contenedor, a salvo en un pañuelo en el bolsillo. Podía tomarse una y hacer ambas cosas. Recordar cuáles eran sus prioridades: estar con Alison e ir a la fiesta de su padre. No, estar con el señor Patterson e ir a la fiesta de su padre. Ambas cosas a la vez.

Tras descruzar las piernas, Alison acercó más la silla de él a la mesa con el pie, el encaje rojo entre sus muslos dándole la bienvenida mientras las ruedas del asiento lo aproximaban poco a poco a ella. Alison se escurrió hasta el borde de la mesa, haciendo que el vestido subiera más todavía, tanto que ahora él no tenía dónde mirar. Podía tomarse una pastilla: estar con Alison y estar con Ruth.

Ruth.

Alison extendió los brazos y lo atrajo hacia sí, las manos en su rostro. Él notó las uñas acrílicas, los golpecitos contra el teclado que lo volvían loco a diario. Allí estaban, en su cara, en su pecho, bajando por su cuerpo. Los largos dedos recorriendo la tela de su traje, el traje que se suponía reflejaba su dignidad interior.

—Estoy casado —balbució cuando la mano de ella llegó a su entrepierna.

A su voz había aflorado el pánico, sonaba infantil. Débil y sumamente fácil de convencer.

Alison echó la cabeza atrás y rompió a reír.

—Lo sé —susurró, y las manos continuaron moviéndose.

—No era un chiste —dijo él con firmeza, y ella se detuvo de pronto para mirarlo.

Lou le devolvió una mirada seria, y ambos sostuvieron la mirada. Después las comisuras de los labios de ella dibujaron una sonrisa pese a intentar evitarlo. Luego, cuando no pudo mantenerla más, explotó. El largo cabello rubio rozó la mesa cuando la chica echó la cabeza atrás en pleno ataque de risa.

—Ay, Lou —suspiró, enjugándose al cabo los ojos.

—No es un chiste —repitió él con más firmeza, con dignidad, con seguridad, más hombre ahora que cinco minutos antes.

Al darse cuenta de que él no bromeaba, la sonrisa de Alison se esfumó en el acto.

—¿No es un chiste? —Enarcó una ceja y lo miró a los ojos—. Porque puede que a ella la hayas engañado, pero a nosotras no.

—¿Nosotras?

La secretaria le restó importancia moviendo una mano tras ella.

—A nosotras, a todo el mundo, qué más da.

Él alejó la silla de la mesa.

—Ah, vale, ¿quieres que especifique? Pues especifico: Gemma, de contabilidad; Rebecca, de la cantina; Louise, en prácticas; Tracey, tu secretaria, mi predecesora; y no sé cómo se llamaba la niñera. ¿Quieres que siga? —Sonrió y bebió un sorbo de vino mientras lo observaba. Sus ojos se humedecieron un tanto, enrojecidos como si el vino fuese directamente a ellos—. ¿Te acuerdas de todas?

—Eso fue... —Lou tragó saliva, notó que le faltaba el aliento—. Eso fue hace mucho. Ahora he cambiado.

—Lo de la niñera fue hace seis meses —rió ella—. Por el amor de Dios, Lou, ¿cuánto crees que puede cambiar un hombre como tú en seis meses, si es que puede cambiar?

Él se sentía mareado, asqueado de repente. Se pasó las sudorosas manos por el cabello, el pánico apoderándose de él. ¿Qué había hecho?

—Párate a pensarlo —dijo ella, animada—. Cuando seas el número dos, podrás tener a quien quieras, pero no olvides que yo te vi primero —observó entre risas mientras dejaba la copa y estiraba la pierna para acercar la silla de nuevo con el pie—. Pero si me llevas contigo, puedo satisfacer todas tus necesidades.

Alison le quitó el vaso de whisky y lo dejó en la mesa. Luego le cogió la mano, lo levantó y él se dejó hacer, insensible y exánime como un maniquí. Ella le pasó la mano por el pecho, le agarró las solapas de la chaqueta y lo atrajo más. Justo cuando sus labios estaban a punto de unirse, él paró, cambió de rumbo y movió los labios a la oreja de ella, donde le susurró:

—Mi matrimonio no es ningún chiste, Alison. Tú, sí. Y mi esposa es la clase de mujer en la que ojalá te conviertas algún día.

Dicho eso, retiró la silla y se alejó de la mesa.

Alison se quedó petrificada en ella. Lo único que movió fue la boca, que se le había abierto, y la mano, que trató de bajarse la falda.

—Sí —dijo él mientras la veía recomponerse—, deberías taparte. Puedes tomarte un minuto para ordenar las ideas, pero, te lo ruego, pon las carpetas en la mesa antes de marcharte —pidió con tranquilidad.

Tras meterse las manos en los bolsillos para ocultar lo mucho que le temblaba el cuerpo, salió del despacho y fue directo al karaoke, donde Alex, de contabilidad, revelaba su homosexualidad cantando con voz de borracho *All I Want for Christmas*, de Mariah Carey. Alrededor de Lou se desenrollaban serpentinas y hombres con barba y mujeres, todos borrachos, le colmaron de besos cuando salía de la oficina.

—Tengo que irme —anunció a nadie en particular mientras trataba de llegar al ascensor. Se abrió paso entre el gentío, algunos agarrándolo e intentando bailar con él, otros impidiéndole avanzar y derramando bebida—. Tengo que irme —repitió, ahora con mayor agresividad. La cabeza le dolía, sentía náuseas: era como si acabara de despertar en el cuerpo de un hombre que se hubiese apoderado de su vida y se la pusiera patas arriba—. Mi padre cumple setenta años, tengo que irme —insistió al tiempo que intentaba alcanzar el ascensor.

Cuando por fin llegó hasta ellos, llamó uno y, sin volverse, mantuvo la cabeza gacha, a la espera.

—¡Lou! —Oyó su nombre, pero siguió con la cabeza baja, desoyendo la voz—. ¡Lou! Quiero hablar contigo un minuto. —La desoyó de nuevo mientras veía cómo ascendían los pisos en el panel indicador y movía una pierna con nerviosismo, esperando poder entrar antes de que fuese demasiado tarde. Entonces notó una mano en el hombro—. ¡Lou! Te estaba llamando —dijo una voz cordial.

Él dio media vuelta.

—Ah, señor Patterson, hola. Lo siento. —Fue consciente de que sonaba crispado, pero necesitaba salir de allí. Se lo había prometido a Ruth, de manera que se apresuró a pulsar el botón del ascensor—. Tengo algo de prisa, es el cumple...

—No te entretendré mucho, te lo prometo. Será sólo un momento.

Sintió la mano de su jefe en el brazo.

—De acuerdo. —Lou se volvió, mordiéndose el labio.

—Bueno, esperaba que pudiésemos hablar en mi despacho, si no te importa. —El señor Patterson sonrió—. ¿Te encuentras bien? Pareces un poco alterado.

—Estoy bien, es sólo que, bueno, tengo prisa. —Permitió que su jefe lo cogiera del brazo.

—Claro. —El señor Patterson se rió—. Siempre la tienes. —Condujo a Lou hasta su despacho y se sentaron frente a frente en sendos sofás viejos de piel marrón, en la zona más informal de la estancia. Lou tenía la frente cubierta de sudor y era consciente de que olía mal. Esperó que su jefe no se percatara. Cogió el vaso de agua que tenía delante, y la temblorosa mano se lo llevó a los labios mientras el señor Patterson lo veía tragar–. ¿Quieres algo más fuerte, Lou?

–No, gracias, señor Patterson.

–Laurence, por favor. –El aludido sacudió la cabeza de nuevo–. De verdad, Lou, me haces sentir como un maestro de escuela cuando me llamas así.

–Lo siento, señor Patter...

–Bueno, yo sí me voy a tomar algo. –El señor Patterson se puso de pie y se dirigió al mueble bar, donde se sirvió un coñac de una licorera de cristal–. ¿Seguro que no te apetece uno? –ofreció de nuevo–. Rémy XO. –Hizo girar el líquido en la copa en el aire para pincharlo.

–De acuerdo, sí, gracias. –Lou sonrió y se relajó un tanto, el pánico por cruzar la calle para llegar a la otra fiesta cediendo ligeramente.

–Bien –sonrió el señor Patterson–. Bueno, Lou, hablemos de tu futuro. ¿De cuánto tiempo dispones?

Lou dio el primer sorbo del caro coñac y volvió a la habitación, al presente. Acto seguido cubrió el reloj con el puño de la camisa, eliminando la distracción. Se dispuso a oír el gran ascenso, a que sus relucientes zapatos siguieran los pasos de Cliff, aunque no literalmente, al hospital en que se encontraba, sino al despacho mejor, que gozaba de vistas panorámicas de la ciudad de Dublín. Respiró hondo unas cuantas veces y pasó por alto el tictac del reloj de la pared, tratando de apartar de su cabeza la fiesta de su padre. Valdría la pena, ellos lo entenderían. Estarían demasiado ocupados con la celebración para reparar en su ausencia.

–De todo el que usted necesite. –Lou sonrió con nerviosismo, desoyendo la voz de su interior que pugnaba por hacerse oír.

23
¡Sorpresa!

Cuando Lou llegó adonde se celebraba la fiesta de su padre, tarde, sudaba profusamente, como si tuviera una fiebre alta, a pesar del frío de diciembre, que tenía la capacidad de metérsele a uno en los huesos, agazaparse en las articulaciones y recorrer silbando el cuerpo. Estaba sin aliento y al mismo tiempo sentía náuseas. Aliviado y entusiasmado. Exhausto, por su culpa.

Había decidido dar la fiesta de su padre en el famoso edificio que Gabe admirara el día que se conocieron. Con forma de vela e iluminación azul, un edificio premiado que sin duda impresionaría a su padre y a sus parientes, venidos de todo el país. Justo enfrente, el alto mástil del barco vikingo estaba decorado con luces navideñas.

Cuando llegó a la puerta, Marcia se encontraba fuera, gritando a un portero corpulento vestido de negro. Allí delante, enfundadas en abrigos, gorros y bufandas, alrededor de una veintena de personas estampaban los pies contra el suelo para no quedarse frías.

—Hola, Marcia —saludó alegremente Lou con la idea de poner fin a la pelea. Estaba deseando contarle lo de su ascenso, pero hubo de morderse la lengua: primero tenía que dar con Ruth y decírselo.

Su hermana se volvió para mirarlo, los ojos rojos y emborronados, el rímel corrido.

—¡Lou! —escupió su ira, que en lugar de desaparecer, se agudizó al volcarse en él.

A Lou se le hizo un nudo en el estómago, cosa extraña. No solía importarle lo que su hermana pensara de él, pero esa noche le importaba más de lo habitual.

—¿Qué sucede?

Ella dejó al gentío detrás y cargó contra él.

—Llevo una hora intentando hablar contigo.

—Estaba en la fiesta del trabajo, ya te lo dije. ¿Qué sucede?

—Tú, eso es lo que sucede —espetó ella con voz temblorosa, entre airada y profundamente triste. Respiró hondo y después expulsó el aire despacio—. Es el cumpleaños de papá y por su bien no voy a estropearlo más de lo que ya está enzarzándome en una discusión, así que lo único que tengo que decir es que por favor le pidas a este bruto que deje entrar a nuestra familia. A nuestra familia —alzó la voz en un alarido tembloroso—, que ha venido de todo el país para compartir con... —añadió, de nuevo llorosa— con papá un día especial. Pero en lugar de estar con su familia, papá está ahí arriba en una habitación prácticamente desierta mientras todo el mundo sigue aquí fuera sin poder entrar. Cinco personas se han ido a casa.

—¿Qué? ¿Qué? —A Lou el corazón se le subió a la garganta. Corrió hacia los porteros—. Hola, muchachos. Lou Suffern. —Extendió la mano y los dos porteros la estrecharon con la fuerza de un arenque muerto—. Soy quien organiza esta fiesta. —Tras él Marcia resoplaba y farfullaba—. ¿Cuál es el problema? —Miró a la multitud y reconoció en el acto los rostros. Todos eran amigos íntimos de la familia, cuyas casas había frecuentado desde que era pequeño, todos ellos pasaban de los sesenta, algunos tenían la edad de su padre, otros eran mayores. Aguardaban en la helada calle en pleno diciembre, parejas de ancianos asiéndose con fuerza, tiritando de frío, algunos con muletas, un hombre en una silla de ruedas. En las manos sostenían bolsas y tarjetas brillantes, botellas de vino y champán, regalos envueltos con esmero para la gran noche. Y allí estaban, en la acera, sin poder entrar a la fiesta de su amigo de toda la vida.

—Sin invitación no hay nada que hacer —explicaba un portero.

Una pareja llamó un taxi y se dirigió despacio adonde había parado mientras Marcia iba tras ellos, intentando convencerlos de que se quedaran.

Lou soltó una risotada, enfadado.

—Caballeros, ¿de verdad creen que esta gente intenta colarse? —Bajó la voz—. Vamos, mírenlos. Mi padre celebra su septuagésimo cumpleaños y éstos son sus amigos. Es evidente que ha habido un error con las invitaciones. Le dije a mi secretaria, Alison, que enviase una lista de invitados.

—Esta gente no figura en la lista, y este edificio tiene normas estrictas con respecto a quién entra y quién...

—Que le den a las normas —dijo él con agresividad, entre dientes, para que quienes tenía detrás no pudiesen oírlo—. Es el cumpleaños de mi padre y éstos son sus invitados —aseveró con firmeza, ahora cabreado—. Y dado que soy quien paga esta fiesta y quien levantó este edificio, les ordeno que dejen pasar a esta gente.

Poco después los invitados entraron en el edificio y se dispusieron a esperar en el espléndido vestíbulo a que los ascensores los llevaran a la última planta mientras trataban de hacer entrar en calor sus ancianos cuerpos.

—Ya puedes relajarte, Marcia, todo está arreglado. —Lou intentó congraciarse con su hermana mientras subían solos en un ascensor. Ella se había negado a mirarlo o hablar con él durante los últimos diez minutos, mientras se ocupaban de que todos subieran en el ascensor hasta el ático—. Marcia, vamos —rió con ligereza—. No seas así.

—Lou —la mirada que le dirigió su hermana bastó para borrarle la sonrisa y hacerlo tragar saliva—, sé que piensas que soy teatrera y mandona y pesada y todo lo demás que pienses de mí y no tengo el menor interés en saber, pero ahora no estoy siendo teatrera. Estoy dolida, y no por mí, sino por mamá y papá. —Sus ojos volvieron a anegarse de lágrimas y su voz, siempre tan suave y comprensiva, cambió de tono—. De todas las cosas egoístas que has hecho, ésta se lleva la palma. Me he mordido la lengua sin hacer nada cuando no valorabas a mamá y papá, cuando le ibas poniendo los cuernos por ahí a tu mujer, cuando te burlabas de tu hermano y le tomabas el pelo, flirteabas con su mujer, no les hacías el menor caso a tus hijos, cuando te reías de mí siempre que podías. He tenido (todos hemos tenido) más paciencia que Job contigo, Lou, pero se acabó. No te mereces a ninguno de nosotros. Esta noche has terminado para mí. Has hecho daño a mamá y papá, ya no eres mi hermano.

—Vamos, vamos, Marcia. —Lou estaba pasmado: nunca le habían hablado así antes, y le había afectado, se sentía profundamente herido. Tragó saliva—. Sé que toda esa gente no debería haberse quedado fuera, pero lo he arreglado. ¿A qué viene todo esto?

Marcia rió con amargura.

—Lo que has visto fuera no es ni la mitad. —Se sorbió la nariz—. ¡Sorpresa! —exclamó desanimada cuando el ascensor se abrió y lo recibió la estancia.

Al verla, a Lou se le cayó el alma a los pies y sintió acidez en el estómago. Por todo el lugar había mesas de *blackjack*, ruletas, camareras ligeras de ropa que se pavoneaban con bandejas llenas de cócteles. Era una fiesta impresionante, una en la que Lou recordaba haber estado cuando se inauguró el edificio, pero ahora cayó en la cuenta de que no era para su septuagenario padre. No era para su padre, que odiaba las celebraciones en su honor, que odiaba obligar a amigos y familiares a reunirse únicamente por él, cuya idea de pasar un buen día se reducía a salir de pesca en solitario. Siendo como era un hombre modesto, la sola idea de una fiesta lo violentaba, pero la familia lo había convencido de que celebrase su cumpleaños por vez primera, un gran acontecimiento al que acudirían su familia y sus amigos de todo el país para festejarlo con él. A él no le hacía gracia, pero en algún momento había empezado a entusiasmarse con ello, y allí estaba ahora, en medio de un casino con su mejor traje cuando el personal llevaba minifaldas y pajaritas rojas, el *dj* ponía música de baile y una persona necesitaba un mínimo de veinticinco euros para jugar en una mesa. En medio de una de ellas un hombre prácticamente desnudo estaba cubierto de pasteles y fruta.

Apiñada e incómoda en un lado de la habitación se hallaba la familia de Lou. Su madre, recién salida de la peluquería, lucía un nuevo traje de chaqueta y pantalón color lila y un pañuelo cuidadosamente atado al cuello; el bolso le colgaba del hombro y lo agarraba con ambas manos mientras miraba a su alrededor con aire vacilante. Su padre se encontraba con su hermano y su hermana —sacerdote y monja—, más perdido en aquel ambiente de lo que Lou lo había visto nunca. Todos los miembros de la familia lo miraron y desviaron la mirada en el acto, excluyéndolo. El único que le dedicó una débil sonrisa fue su padre, que lo saludó con un movimiento de cabeza.

Lou buscó a Ruth: estaba en el otro extremo, charlando educadamente con el resto de los invitados, que asimismo parecían violentos. Ella lo vio y lo miró con frialdad. En la sala se respiraba una tensión embarazosa, y todo era culpa de Lou, que se sintió abochornado, profundamente arrepentido. Quería resarcirlos, quería resarcir a todo el mundo.

—Disculpe —Lou se acercó al hombre trajeado que se hallaba junto a él observando a la multitud—, ¿es usted el responsable?

—Sí, Jacob Morrison, gerente. —Le tendió la mano—. Usted es Lou Suffern, nos conocimos la noche de la inauguración, hace unos meses. Si mal no recuerdo terminó tarde —le guiñó un ojo.

—Sí, lo recuerdo —contestó Lou, que no se acordaba de él—. Me preguntaba si podría ayudarme a hacer algunos cambios aquí.

—Ah. —Jacob pareció sorprendido—. Estoy seguro de que intentaremos complacerlo en la medida de lo posible. ¿Qué tenía en mente?

—Sillas. —Lou procuró no sonar grosero—. Mi padre cumple setenta años, ¿podríamos buscarles unas sillas a él y a sus invitados?

—Ah. —Jacob hizo una mueca—. Me temo que en este evento no hay asientos. No cobramos por...

—Le pagaré lo que sea necesario, como es natural. —Lou

dejó a la vista sus blancos dientes—. Siempre y cuando podamos acomodar los traseros que aún no están en silla de ruedas en algún sitio.

—Sí, claro. —El hombre se iba a marchar cuando Lou lo llamó.

—En cuanto a la música —observó Lou—, ¿hay algo más tradicional?

—¿Tradicional? —Jacob esbozó una sonrisa inquisitiva.

—Sí, música irlandesa tradicional. Para mi septuagenario padre —aclaró Lou entre dientes—. En lugar de este *acid jazz funky house*, que no es muy del gusto de mi septuagenario padre.

—Veré qué se puede hacer.

El ambiente entre ellos se ensombrecía.

—Y ¿qué hay de la comida? ¿Encargó Alison comida? Aparte de ese hombre semidesnudo cubierto de nata junto al que está ahora mi madre.

—Sí, claro. Tenemos pasteles de carne, lasaña, esa clase de cosas.

Lou lo celebró en silencio.

—Como ya sabrá, expresamos a Alison nuestras preocupaciones —explicó Jacob.

—¿Ah, sí?

—Sí, señor. No solemos celebrar esta clase de fiestas. —A sus labios asomó una sonrisa que no tardó en desaparecer—. Es sólo que esto es un escenario estándar, destinado sobre todo al período navideño, tal cual. —Abarcó con un gesto orgulloso la sala—. El casino tiene mucho éxito en eventos de empresas, esa clase de cosas —puntualizó.

—Comprendo. En fin, habría estado bien saberlo —repuso Lou educadamente.

—Pero usted le dio el visto bueno —le aseguró el gerente—. Tenemos los papeles que explican los pormenores de la noche. Nos aseguramos de que Alison le pasara los impresos para que usted los firmara.

—Cierto. —Lou tragó saliva y echó un vistazo a su alrededor. Era culpa suya, desde luego—. Desde luego, sólo que es evidente que se me pasó. Gracias.

Cuando Lou se acercó a su familia, ésta se apartó y se separó de él como si oliera mal. Su padre, por supuesto, no se unió a ellos, sino que recibió a su hijo mediano con una sonrisa.

—Papá, feliz cumpleaños —lo felicitó él en voz queda mientras le tendía la mano.

—Gracias —repuso, risueño, su padre al tiempo que le estrechaba la mano. A pesar de todo, a pesar de lo que había hecho Lou, su padre sonreía.

—Deja que te pida una Guinness —se ofreció él mientras se volvía para buscar la barra.

—Es que no tienen.

—¿Qué?

—Cerveza rubia, champán y un cóctel verde raro —contestó su padre, y bebió un sorbo de su vaso—. Estoy a base de agua. Pero tu madre está encantada, le gusta el champán, y eso que no creció con él —rió con la intención de quitarle hierro al asunto.

Al oír que la mencionaban, la madre de Lou se volvió y lo fulminó con la mirada.

—Qué más da —dijo su padre con suavidad—. De todas formas esta noche no puedo beber. Mañana salgo a navegar con Quentin por Howth —contó orgulloso—. Participa en la Brass

Monkeys y le falta un hombre, así que este menda va a sustituirlo —Se hundió un pulgar en el pecho.

—No vas a ir, Fred. —La madre de Lou revolvió los ojos—.
Apenas te tienes en pie un día de viento, menos aún en un
barco. Estamos en diciembre y esas aguas están picadas.

—Tengo setenta años, puedo hacer lo que me plazca.

—Tienes setenta años y tienes que dejar de hacer lo que
te plazca o no cumplirás los setenta y uno —espetó ella, y
la familia rompió a reír, incluido Lou—. Tendrás que bus-
carte a otro, querido —miró a Quentin, que se quedó ali-
caído.

—Iré yo, por ti —le dijo Alexandra a su marido mientras lo
abrazaba, y Lou hubo de apartar la mirada, celoso.

—Pero si nunca has participado en una regata —sonrió
Quentin—. Ni hablar.

—¿A qué hora es la carrera? —se interesó Lou.

No respondió nadie.

—Seguro que puedo hacerlo —aseguró una risueña Alexandra—. ¿No es como las otras veces? Llevaré el biquini y
dejaré que el resto de la tripulación traiga las fresas y el
champán.

La familia volvió a reír.

—¿A qué hora es la carrera? —volvió a preguntar Lou.

—Bueno, si lleva el biquini, la dejo ir —bromeó Quentin.
Nuevas risas.

Como si escuchara de pronto la pregunta de su hermano,
pero sin mirarlo a la cara, Quentin contestó:

—Empieza a las once de la mañana. Puede que le dé un te-
lefonazo a Stephen. —Se sacó el móvil del bolsillo.

—Yo lo haré —se ofreció Lou, y todos lo miraron sorpren-
didos—. Yo lo haré —replicó sonriente.

—Podrías llamar primero a Stephen, cariño —propuso Alexandra con suavidad.

—Sí —replicó su marido, volviendo a centrar su atención en el teléfono—. Buena idea. Iré a algún lugar tranquilo. —Pasó por delante de su hermano y abandonó la sala.

Lou se sintió herido cuando la familia volvió a darle de lado y se puso a hablar de lugares en los que él no había estado, de gente a la que no conocía. Permaneció cruzado de brazos mientras ellos se reían de chistes que no entendía, bromas privadas que le hacían gracia a todo el mundo salvo a él. Fue como si hablasen en un idioma secreto, uno que Lou era absolutamente incapaz de entender. Al final dejó de molestarse en formular unas preguntas que no recibían respuesta y, cuando también dejó de escuchar, cayó en la cuenta de que eso tampoco le importaba a nadie. Se hallaba demasiado al margen de la familia para, en una noche, ponerse a intentar entrar en un sitio que estaba lleno.

24
El alma acude al encuentro

El padre de Lou estaba a su lado, mirando la sala como si fuese un niño que se hubiera extraviado, sin duda sintiéndose nervioso y avergonzado de que todo el mundo hubiese ido por él y en el fondo esperando que otro anunciara que también era su cumpleaños para dejar de ser el centro de atención y pasar a compartirla con alguien.

—¿Dónde está Ruth? —preguntó el padre.

—Eh... —Lou echó un vistazo por centésima vez, incapaz de dar con ella.

—Estará charlando con los invitados.

—Claro. Bonitas vistas —señaló el ventanal con la cabeza—. La ciudad ha crecido mucho en todos estos años.

—Sí, creí que te gustaría —repuso Lou, alegrándose de haber hecho algo bien.

—Y ¿cuál es tu oficina? —El anciano miró al otro lado del río Liffey, a los edificios de oficinas, que permanecían iluminados a esas horas.

—Ésa de ahí, justo enfrente —indicó Lou—. Subiendo trece plantas, en la decimocuarta.

Su padre lo miró de reojo, a todas luces considerándolo peculiar, y por primera vez Lou sintió lo mismo, ahora entendía que podía resultar extraño y desconcertante. Se puso nervioso. Siempre había estado tan seguro.

—Donde están todas las luces encendidas —explicó Lou con mayor simplicidad—. Es la fiesta de la oficina.

—Ah, así que es ahí. —Su padre asintió—. Ahí es donde se cuece todo.

—Sí —replicó Lou con orgullo—. Esta noche me acaban de ascender, papá. —Sonrió—. Todavía no se lo he dicho a nadie, es tu noche, naturalmente —reculó.

—¿Te han ascendido? —Su padre enarcó las pobladas cejas.

—Sí.

—¿Más trabajo?

—Un despacho mayor, más luz —bromeó él, pero al ver que su padre no se reía, recobró la seriedad—. Sí, más trabajo, más horas.

—Comprendo. —Su padre guardó silencio.

A Lou lo asaltó la ira. No habría estado de más que lo felicitara.

—¿Eres feliz ahí? —preguntó su padre como si tal cosa, aún mirando por el ventanal, la fiesta a sus espaldas visible en el reflejo—. No tiene sentido dejarse la piel en algo si no lo eres, porque al final es de eso de lo que se trata, ¿no?

Lou se paró a pensar en ello, a un tiempo decepcionado por la falta de elogios e intrigado por la manera de pensar de su padre.

—Pero tú siempre me inculcabas que trabajase duro —espetó de repente, sintiendo una ira cuya existencia ignoraba—. Nos decías que no nos durmiéramos en los laureles un solo segundo, si mal no recuerdo. —Sonrió, pero fue una risa tirante, y él se notaba tenso.

—No quería que fueseis unos vagos, eso sin duda —contestó su padre, y de pronto se volvió para mirar a su hijo a la cara—. En todos los aspectos de la vida, no sólo en el trabajo. Cualquier funámbulo puede caminar en línea recta y sostener un balancín al mismo tiempo. Lo que ha de practicar es cómo mantener el equilibrio en el alambre a esas alturas vertiginosas —se limitó a decir.

Un miembro del personal que llevaba una silla en la mano rompió la muda tensión.

—Perdonen, ¿para quién es esto? —La mujer miró a la familia—. Mi jefe me ha dicho que alguien ha pedido una silla.

—Esto, sí, he sido yo. —Lou soltó una risa enojada—. Pero he pedido sillas, en plural, para todos los invitados.

—Ah, bien, pero aquí no tenemos tantas sillas —se disculpó ella—. Así que ¿quién quiere ésta?

—Tu madre —se apresuró a decir en voz baja el padre de Lou, que no quería líos—. Que se siente tu madre.

—No, yo estoy bien, Fred —objetó ésta—. Es tu cumpleaños, cógela tú.

Lou cerró los ojos y respiró hondo. Había pagado doce mil euros para que su familia se peleara por una silla.

—Y el *dj* ha dicho que la única música tradicional que tiene es el himno nacional irlandés. ¿Le gustaría que lo pusiera?

—¿Qué? —espetó él.

—Es que lo pone al final de la noche, pero lleva encima otras canciones irlandesas —se disculpó la mujer—. ¿Quiere que le diga que lo ponga ahora?

—¡No! —exclamó Lou—. Es ridículo. Dígale que no lo haga.

—¿Le importaría darle esto? —dijo educadamente Marcia al tiempo que metía la mano en una caja de cartón que había bajo la mesa. En ella se veían gorros, serpentinas y banderitas. Lou incluso vislumbró una tarta. Su hermana le entregó a la camarera una colección de CD, las canciones preferidas de su padre. Miró un instante a Lou mientras se los daba—. Por si la cagabas —aclaró, y acto seguido desvió la mirada.

Fue un comentario breve, conciso y hecho con suavidad, pero a él le afectó más que todo cuanto le había dicho esa noche. Lou pensaba que era el organizado, el que sabía dar una fiesta, el que sabía recurrir a todos los que le debían favores y celebrar la mejor juerga. Pero mientras él estaba ocupado creyendo que era todo eso, su familia estaba ocupada preparando el plan B, en previsión de sus fallos. Todo en una caja de cartón.

De pronto la sala prorrumpió en vítores cuando Quentin salió del ascensor con Gabe —Lou no sabía que estaba invitado—, ambos cargados con sendos montones de sillas apiladas.

—Ahora vienen más —anunció Quentin al gentío, y de repente el ambiente se volvió más animado cuando los familiares rostros, que habían envejecido desde la juventud de Lou, se miraron con alivio, cierto dolor e inocente entusiasmo.

—¡Lou! —El rostro de Gabe se iluminó al verlo—. Cuánto me alegro de que hayas venido. —Dispuso las sillas para un puñado de ancianos que andaba cerca y se acercó a él con la mano extendida, dejando a Lou confuso con respecto a de quién era la fiesta. Gabe le dijo al oído—. ¿Te has desdoblado?

—¿Qué? No. —Frustrado, Lou se zafó de él.

—Ah —respondió Gabe sorprendido—. La última vez que te vi tú y Alison celebrabais una reunión en tu despacho. No sabía que te habías ido de la fiesta.

—Pues claro que me fui. ¿Por qué te pones en lo peor? ¿Que tuve que tomarme una de esas pastillas para asistir a la fiesta de mi propio padre? —Se hizo el ofendido.

Gabe se limitó a sonreír.

—Bueno, la vida es curiosa, ¿no? —Le dio un suave codazo a Lou.

—¿A qué te refieres?

—A que puedes estar aquí arriba y de pronto ahí abajo. —Al reparar en la agresiva mirada de Lou continuó—. Sólo me refería a que cuando nos conocimos, la semana pasada, yo estaba ahí abajo, mirando hacia arriba y soñando con encontrarme aquí. Y ahora mírame. Es curioso cómo cambia todo. Estoy en el ático, el señor Patterson me ha dado otro empleo...

—Que ha hecho ¿qué?

—Sí, me ha dado un empleo —Gabe sonrió y le guiñó un ojo—. Un ascenso.

Antes de que Lou pudiera responder, una mujer del personal se les acercó con una bandeja.

—¿Le apetece a alguien algo? —inquirió risueña.

—No, gracias, me voy a reservar para el pastel de carne —replicó la madre de Lou con una sonrisa.

—El pastel de carne es éste. —La chica señaló un minúsculo pegote de patata en medio de una diminuta tartaleta.

Se hizo el silencio un instante, y a Lou casi se le salió el corazón por la boca, tan desbocado era su palpitar.

—¿Van a servir más comida después? —quiso saber Marcia.

—¿Aparte de la tarta? No —la camarera sacudió la cabeza—, esto es todo. Bandejas de aperitivos. —Sonrió de nuevo, como si no captara la hostilidad reinante.

—Ah —dijo el padre de Lou, procurando sonar optimista—. En ese caso puede dejar la bandeja aquí.

—¿La bandeja entera? —La chica miró a su alrededor con aire vacilante y después al gerente, que se encontraba tras ella, en busca de apoyo.

—Sí, tenemos a una familia hambrienta —afirmó Fred al tiempo que se la arrebataba de las manos y la depositaba en la mesa alta, de modo que todo el mundo hubo de levantarse de su silla para llegar a ella.

—Ah, de acuerdo. —Vio cómo la depositaba y se retiró despacio, sin bandeja.

—Ha mencionado una tarta, ¿no? —preguntó Marcia, la voz aguda y estridente, poseída y angustiada por la falta de control, porque todo estaba saliendo mal.

—Sí.

—Déjeme verla, por favor —pidió mientras lanzaba una mirada aterrorizada a Lou—. ¿De qué color es? ¿Qué lleva? ¿Tiene pasas? Papá odia las pasas —le oyeron decir mientras se dirigía a la cocina con la camarera, en la mano la caja de cartón con los artículos para minimizar daños.

—Y a ti, ¿quién te ha invitado, Gabe? —Lou estaba picajoso, no quería hablar del ascenso por miedo a lanzar a Gabe al otro extremo de la sala.

—Ruth —replicó él mientras cogía un minipastel de carne.

—Ah, conque Ruth. No lo creo —rompió a reír Lou.

—¿Por qué no ibas a creerlo? —Gabe se encogió de hombros—. Me invitó la noche que cené en tu casa y me quedé a dormir.

—¿Por qué lo dices así? No lo digas así —espetó Lou de manera infantil, haciéndole frente—. Nadie te invitó a cenar en mi casa. Me llevaste y comiste las sobras.

Gabe lo miró con curiosidad.

—Vale.

—Por cierto, ¿dónde está Ruth? No la he visto en toda la noche.

—Ah, hemos estado hablando todo el tiempo en la terraza. Me cae muy bien —contestó Gabe, el puré de patata resbalándole por el mentón y yendo a parar a su corbata prestada, la corbata de Lou.

Al verlo, Lou apretó la mandíbula.

—Conque te cae muy bien. ¿Te cae muy bien mi mujer? Pues qué curioso, Gabe, porque a mí también me cae muy bien. Tú y yo tenemos muchas putas cosas en común, ¿no?

—Lou —Gabe esbozó una sonrisa nerviosa—, tal vez fuese mejor que bajaras un tanto la voz.

El aludido echó una ojeada y, tras sonreír al reparar en la atención que habían captado, le pasó el brazo a Gabe por los hombros alegremente para demostrar que todo iba bien. Cuando las miradas se apartaron, volvió a encararse con Gabe y borró la sonrisa.

—Lo cierto es que quieres hacerte con mi vida, ¿no, Gabe?

Éste pareció desconcertado, pero no tuvo oportunidad de responder, ya que las puertas del ascensor se abrieron y aparecieron Alfred, Alison y un grupo de la oficina, los cuales —pese a que las canciones preferidas del padre de Lou sonaban a todo volumen por los altavoces— lograron hacerse oír en la sala con suma claridad, ataviados con sus trajes de Santa Claus y sus gorros de fiesta, haciendo soplar sus matasuegras a todo el que los mirase.

Lou se apartó de su familia y subió los escalones que lo separaban del ascensor, impidiéndole el paso a Alfred.

–¿Qué estáis haciendo aquí?

–Hemos venido a divertirnos, amigo mío –anunció Alfred mientras se balanceaba y le soltaba un trompetazo en toda la cara.

–Alfred, no estás invitado –dijo Lou en voz alta.

–Me invitó Alison –rió él–. Y creo que tú sabes mejor que nadie lo difícil que es rechazar una invitación de Alison –contestó risueño–. Pero no me importa ser el segundo plato. –Rompió a reír y se tambaleó. De pronto sus ojos se detuvieron detrás de Lou y cambió de cara–. ¡Ruth! ¿Cómo estás?

A Lou casi le dio un vuelco el corazón al ver a su mujer.

–Alfred. –Ruth cruzó los brazos y miró fijamente a su marido.

Se hizo un tenso silencio.

–Huy, qué violento –observó, vacilante, Alfred–. Creo que voy a unirme a la fiesta. Os dejaré para que os despellejéis en privado.

Cuando Alfred se hubo ido, dejando a solas a Lou con Ruth, el dolor que vio escrito en el rostro de su mujer fue como un cuchillo que le atravesara a él el corazón. Habría preferido mil veces la ira.

–Ruth –comenzó–, llevo toda la noche buscándote.

–Ya veo que la organizadora de la fiesta, Alison, también ha venido –observó ella, la voz temblorosa mientras intentaba ser fuerte.

Lou volvió la cabeza y vio a Alison, poco vestido y mucha pierna, bailando con Santa Claus de manera seductora en mitad de la sala.

Ruth dirigió una mirada inquisitiva a su marido.

–No he hecho nada –aseguró sin ganas de pelea, pues no

quería volver a ser ese hombre–. De verdad que no. Lo intentó esta noche, pero no hice nada.

Ruth rió con amargura.

–Ah, ya me imagino que lo intentó.

–Te juro que no hice nada.

–¿Nada? ¿Nunca? –Ella escrutó su rostro, a todas luces odiándose. Violenta, enfadada por tener que preguntar.

Él tragó saliva. No quería perderla, pero tampoco mentir.

–Un beso. Una vez. Nada más –ahora hablaba más de prisa, presa del pánico–. Pero he cambiado, Ruth, ahora...

Ella no escuchó el resto, se fue de allí intentando que no le viera el rostro ni las lágrimas. Abrió la puerta de la terraza y un aire frío abofeteó a Lou. La terraza estaba desierta, los fumadores dentro, comiendo todos los pastelitos de carne necesarios para saciarse.

–Ruth... –Trató de agarrarla del brazo y meterla dentro.

–Déjame, por lo que más quieras, no estoy de humor para hablar contigo ahora –espetó enfadada.

Él salió a la terraza tras ella, y ambos se apartaron del ventanal para que los de dentro no pudieran verlos. Ruth se apoyó en la repisa y contempló la ciudad. Lou se situó tras ella y la abrazó con fuerza, negándose a soltarla, a pesar de que su cuerpo se puso rígido en cuanto él la tocó.

–Ayúdame a arreglar esto –musitó, al borde de las lágrimas–, por favor, Ruth, ayúdame a arreglarlo.

Ella exhaló un suspiro, pero seguía enfadada.

–Lou, ¿en qué demonios estabas pensando? ¿Cuántas veces te dijimos todos lo importante que era esta noche?

–Lo sé, lo sé –balbució, mientras pensaba de prisa–. Intentaba demostraros a todos que era capaz de...

–No te atrevas a volver a mentirme –lo cortó–. No te

atrevas a mentir cuando acabas de pedirme ayuda. No intentabas demostrar nada. Estabas harto de que Marcia te llamara, harto de que intentara hacer las cosas bien por tu padre, estabas demasiado ocupado...

—Por favor, esto es lo último que necesito escuchar justo ahora —pidió, e hizo una mueca de dolor, como si cada palabra le produjera una migraña.

—Esto es exactamente lo que necesitas escuchar. Estabas demasiado ocupado en el trabajo para pensar en tu padre o en los planes de Marcia. Le pediste a una extraña que no sabía nada de los setenta años que tu padre lleva en este mundo que se encargara de organizarlo todo por ti. ¿Ésa? —Señaló a Alison, que bailaba el limbo bajo el soporte de la fondue de chocolate, enseñando la ropa interior de encaje rojo a todos los que miraban—. Una zorrita a la que probablemente te tiraste mientras le dictabas la lista de invitados —escupió su mujer.

Lou decidió no informar a Ruth de que, a decir verdad, Alison era licenciada en Empresariales y, aparte de organizadora de la fiesta, una empleada capaz. No le pareció apropiado defender su honor. El comportamiento de su secretaria en la oficina y después en la fiesta de su padre no ayudaba mucho a defender su honor.

—No fue así, te lo juro. Sé que lo he estropeado todo. Lo siento. —Ahora estaba acostumbrado a pronunciar las dos palabras.

—Y todo ello ¿para qué? ¿Para conseguir un ascenso? ¿Un aumento que ni siquiera necesitas? ¿Más horas de trabajo al día de lo que es humanamente posible? ¿Cuándo vas a parar? ¿Cuándo te va a parecer bastante? ¿Hasta dónde quieres llegar, Lou? ¿Sabes qué? La otra semana dijiste que sólo te pueden despedir de un empleo, pero no de la familia, pero creo que estás a punto de darte cuenta de que al fin y al cabo eso último es posible.

—Ruth —cerró los ojos, dispuesto a tirarse por la terraza allí mismo si ella lo abandonaba—, por favor, no me dejes.

—No yo, Lou —contestó su mujer—, me refería a ellos.

Él volvió la cabeza y vio que su familia bailaba una especie de conga, la sala entera formando una cadena y levantando una pierna a cada poco.

—Mañana saldré a navegar con Quentin. En el barco. —La miró para recibir sus elogios.

—Creía que el que iba era Gabe —repuso ella, confusa—. Gabe se ofreció a acompañarlo delante de mí, y Quentin aceptó.

Airado, Lou torció el gesto.

—No, seré yo quien lo haga. —Ya se encargaría él.

—¿Ah, sí? ¿Y eso va a ser antes o después de que vengas a patinar conmigo y los niños? —inquirió ella antes de alejarse y dejarlo solo en la terraza.

Lou se maldijo por haber olvidado la promesa que le hiciera a Lucy.

Cuando Ruth abrió la puerta de la terraza, la música salió y entró una ráfaga de aire frío. Luego se cerró, pero él notó que detrás tenía a alguien. Ruth no había entrado. No lo había abandonado.

—Siento todo lo que he hecho. Quiero arreglarlo todo —aseguró, exhausto—. Ahora estoy cansado, pero quiero arreglarlo. Quiero que todo el mundo sepa que lo siento. Haré lo que sea necesario para que lo sepan y me crean. Por favor, ayúdame a arreglarlo —insistió.

Si se hubiese dado la vuelta, Lou habría visto que su mujer se había ido, que se había retirado a un lugar tranquilo para volver a derramar unas lágrimas de frustración por un hombre que escasas horas antes, en su dormitorio, la había convencido de que había cambiado. No, fue Gabe quien salió cuando Ruth se marchó, y fue Gabe quien oyó las confesiones de Lou en la terraza.

Gabe sabía que Lou Suffern estaba agotado. Se había pasado tantos años devorando los minutos, las horas y los días, los momentos, que había pasado por alto la vida. Las miradas, los gestos y las emociones de los demás habían dejado hacía tiempo de ser importantes o visibles para él. En un principio, movido por la pasión; después, mientras se dirigía hacia donde quería llegar, dejando ésta de lado. Había avanzado tan de prisa que no se había parado a tomar aire, su ritmo demasiado acelerado, su corazón apenas capaz de seguirlo.

Cuando Lou respiró el frío aire de diciembre y miró al cielo para sentir —y apreciar— las heladas gotas de lluvia que caían en su piel, supo que su alma acudía en su busca.

Lo presentía.

25
El mejor día

A las nueve de la mañana del sábado, el día siguiente al septuagésimo cumpleaños de su padre, Lou Suffern salió al jardín trasero, alzó la cabeza y cerró los ojos al sol matutino. Se
había encaramado a la verja que separaba su cuidado jardín
de casi una hectárea —donde senderos y guijarros, arriates y
enormes macetas indicaban el camino— del terreno escabro-
so y agreste que escapaba a la intromisión humana. Había
manchas de aulaga amarilla por todas partes, como si alguien
de Dalkey hubiese cogido una marcadora de *paintball* y disparado a discreción hacia el cabo del norte. La casa de Lou y
Ruth se erguía en la misma cumbre, el jardín trasero orienta-
do al norte y con amplias vistas de la localidad de Howth, del
puerto, más abajo, y más allá, de Ireland's Eye. A menudo
desde el cabo podía verse la montaña Snowdon, en el parque
nacional galés de Snowdonia, a 138 kilómetros, aunque en
ese día claro Lou Suffern tenía la vista puesta en la eternidad.

Lou se sentó en una roca a respirar el límpido aire. La in-
sensibilizada nariz le goteaba, tenía las mejillas como un tém-
pano y los oídos le dolían de frío. Los dedos habían adquirido una tonalidad violácea, como si los estuvieran oprimiendo
por los nudillos; un tiempo hostil para partes vitales del cuer-

po, pero que resultaba ideal para navegar. A diferencia de los mimados jardines de su casa y las casas de sus vecinos, la resistente y silvestre aulaga había sido dejada para que creciera a su antojo casi con más cariño, como un segundo hijo al que se le dieran más espacio y menos normas. Había conquistado la ladera de la montaña e impuesto su autoridad con firmeza alrededor del cabo. El terreno era accidentado y desigual, subía y bajaba sin previo aviso, no se disculpaba por nada y no ofrecía ayuda a los senderistas. Era el alumno de la última fila en clase, tranquilo, pero participativo, sentado atrás para ver las trampas que había tendido. A pesar del tramo agreste en las montañas y del bullicio reinante en un pueblo pesquero, la localidad en sí de Howth siempre transmitía una sensación de calma. Poseía un aire paciente, como de abuelo: faros que llevaban hasta la costa sanos y salvos a quienes habitaban las aguas, acantilados que se alzaban cual hilera de espartanos impenetrables con el pecho henchido y unos músculos que se dibujaban en el abdomen, feroces contra los elementos. Estaba el muelle, que actuaba de mediador entre la tierra y el mar y, obediente, constituía el punto de partida desde el que enviar a la gente todo lo lejos que resultaba humanamente posible; la torre Martello, que se elevaba como un soldado avejentado y solitario que se negase a abandonar su puesto mucho después de que hubiesen acabado los problemas. A pesar de las constantes rachas que acometían el cabo, la localidad era firme y testaruda.

Lou no estaba solo mientras reflexionaba sobre su vida. A su lado se encontraba él mismo. Vestían de forma distinta: uno listo para salir a navegar con su hermano; el otro, para ir a patinar con su familia. Contemplaban el mar, ambos observando el rielar del sol en el horizonte. Era como si alguien hubiese lanzado al agua una moneda de plata gigantesca para tener buena suerte y ésta cabrilleara bajo las olas. Llevaban sentados allí un rato, sin decir nada, simplemente cómodos con su compañía.

El Lou de la hierba musgosa miró al Lou de la roca y sonrió.

—¿Sabes lo feliz que soy ahora mismo? Estoy junto a mí mismo. —Soltó una risita.

El Lou de la roca no sonrió.

—Cuanto más escucho mis gracias, más cuenta me doy de que no soy divertido.

—Ya, yo también. —Lou arrancó del suelo una larga hierba y la hizo rodar entre los violáceos dedos—. Pero también soy consciente de que soy un cabrón atractivo.

Ambos rompieron a reír.

—Aunque le comes mucho el coco a la gente —apuntó el Lou de la roca, que recordaba haber visto a su otro yo monopolizar conversaciones innecesariamente.

—Me he dado cuenta. Lo cierto es que debería...

—Y además no escuchas —añadió, absorto en sus pensamientos—. Y tus anécdotas siempre son demasiado largas. A la gente no le interesan tanto como tú crees —admitió—. No le preguntas a la gente lo que hace. Deberías empezar a hacerlo.

—Habla por ti —espetó el Lou de la hierba, poco convencido.

—Eso hago.

Guardaron silencio de nuevo, ya que Lou Suffern había aprendido hacía poco que del silencio y la quietud se sacaba mucho en claro. Una gaviota descendió en picado, graznó, los observó con recelo y se alejó.

—Se ha ido para hablarles de nosotros a sus compañeras —aventuró el Lou de la roca.

—No nos tomemos a pecho lo que digan: a mí ellas me parecen todas iguales —respondió el otro.

Ambos se echaron a reír otra vez.

—No me puedo creer que me esté riendo de mis propios chistes. —El Lou de la hierba se frotó los ojos—. Penoso.

—¿Qué crees que está pasando aquí? —preguntó Lou con seriedad, encaramado a su piedra.

—Si tú no lo sabes, yo tampoco.

—Sí, pero tengo teorías, así que tú también las tendrás.

Se miraron, sabiendo exactamente lo que pensaba el otro.

Lou escogió las palabras con prudencia, dejándolas rodar por la boca antes de decir:

—No soy supersticioso, pero creo que no deberíamos airear esas teorías, ¿no? Es lo que es, punto.

—No quiero que nadie salga herido —aseguró el Lou de la hierba.

—¿Es que no has oído lo que acabo de decir? —soltó enojado el otro—. He dicho que no hablemos de ello.

—¡Lou!

Ruth los llamaba desde el jardín, rompiendo el hechizo entre ellos.

—¡Ya voy! —gritó él, y asomó la cabeza por la verja. Vio a Pud, que había aprendido a andar no hacía mucho y escapaba hacia la libertad por la puerta de la cocina, corriendo inestable por la hierba como un huevo que se hubiera abierto antes de tiempo y del que sólo se hubiesen liberado las patas. Iba tras la pelota e intentaba cogerla, pero le daba sin querer con los pies cada vez que se acercaba. Al final aprendió: dejaba de correr antes de llegar a la pelota y se aproximaba furtivamente como si ésta fuese a alejarse de nuevo por su cuenta. Levantó un pie, pero como no estaba acostumbrado a mantenerse en equilibrio sobre una pierna, cayó hacia atrás en la hierba, aterrizando en el mullido trasero sin hacerse daño. Lucy salió corriendo con el gorro y la bufanda puestos y lo ayudó a levantarse.

—Es igual que Ruth —oyó decir a una voz cerca del oído, y comprendió que Lou se había unido a él.

—Lo sé. Mira qué cara pone. —Vieron que la niña regañaba a su hermano por no tener cuidado, y ambos se echaron a reír exactamente cuando ella puso esa cara.

Pud pegó un chillido cuando Lucy trató de cogerlo de la mano para meterlo en casa. El pequeño tiró y levantó la mano en un amago de rabieta, y acto seguido decidió volver él solo, caminando como un pato.

—¿A quién te recuerda? —inquirió Lou.

—Vale, será mejor que nos pongamos en marcha. Tú bajas al puerto y yo llevo a Ruth y a los niños a la ciudad. Asegúrate de no llegar tarde, ¿quieres? Casi tuve que sobornar a Quentin para que dijera que podía echarle una mano hoy.

—Pues claro. Y tú no te rompas una pierna.

—No te ahogues.

—Vamos a pasarlo bien. —Lou extendió el brazo y le dio la mano a él mismo. El apretón se tornó abrazo, y Lou permaneció en la ladera dándose el mayor y más afectuoso abrazo que había recibido en mucho tiempo.

Lou llegó al puerto dos horas antes de la regata. Hacía muchos años que no competía, quería acostumbrarse a la jerga, familiarizarse con el barco de nuevo. También necesitaba relacionarse con el resto del equipo: la comunicación era esencial, y no quería defraudar a nadie. No era cierto: no quería defraudar a Quentin. Encontró el *Alexandra*, una belleza de doce metros, el velero que Quentin comprara hacía cinco años y en el que había invertido cada céntimo y cada minuto libre del día. Ya a bordo, Quentin y otros cinco formaban un grupo compacto que repasaba el rumbo y la táctica.

Lou contó: se suponía que en el barco sólo podía haber seis personas, y con él eran siete.

—Hola —saludó al acercarse.

—¡Lou! —Quentin alzó la cabeza sorprendido, y entonces Lou comprendió por qué ya había seis personas: su hermano no confiaba en que apareciese.

—No llego tarde, ¿no? Porque dijiste a las nueve y media. —Trató de disimular su decepción.

—Sí, sí. —Quentin trató de disimular su sorpresa—. Claro, yo sólo, esto... —Se volvió hacia los otros hombres, que esperaban y observaban—. Te presentaré al resto del equipo. Muchachos, éste es mi hermano, Lou.

El asombro se reflejó en un puñado de rostros.

—No sabíamos que tenías un hermano —sonrió uno mientras se adelantaba para tenderle la mano—. Soy Geoff, bienvenido. Espero que sepas lo que haces.

—Estoy algo oxidado —Lou miró a Quentin con inseguridad—, pero a Quentin y a mí nos mandaron a bastantes cursos de vela durante un montón de años, así que dudo que pudiéramos olvidarlo. Es como montar en bicicleta, ¿no?

Todos rieron y le dieron la bienvenida a bordo.

—Bueno, ¿dónde me quieres? —le preguntó a su hermano.

—¿De verdad estás bien para hacerlo? —inquirió éste en voz queda, sin que lo oyera el resto.

—Pues claro. —Lou procuró no ofenderse—. ¿Los puestos de siempre?

—¿Proa? —dijo Quentin.

—¡Sí, mi capitán! —Lou sonrió y lo saludó a la manera militar.

Su hermano rió y se volvió hacia los demás miembros de la tripulación.

—Muy bien, chicos, quiero que trabajemos en armonía. Recordad, tenemos que comunicarnos, quiero que la información fluya en todo momento por el barco. Si no habéis hecho lo que deberíais haber hecho, dad una voz, es necesario que todos sepamos exactamente lo que está pasando. Si ganamos, invito a la primera ronda.

Todos lo vitorearon.

—Bueno, Lou —miró a su hermano y le guiñó un ojo—, sé que llevas mucho tiempo deseando hacer esto.

Aunque no era cierto, a Lou no le pareció buena idea poner peros.

—Por fin tienes la oportunidad de ver cómo es la niña de mis ojos.

Lou le dio a su hermano en el costado de broma.

Ruth empujaba el cochecito de Pud por el Fusiliers Arch, el arco por el que se entraba a St Stephen's Green, un parque público situado en el centro de Dublín. Dentro habían instalado una pista de patinaje que atraía a compradores y gente de todo el país deseosos de vivir una experiencia única. Tras pasar por el estanque, lleno de patos, y cruzar el O'Connell Bridge, se vieron inmersos en el país de las maravillas. En lugar de los cuidados jardines de siempre habían montado un mercado navideño decorado suntuosamente que parecía salido de una película de Navidad. Puestos que vendían chocolate caliente con nubes de golosina, tartaletas de frutos secos y pastelitos de fruta festoneaban los caminos, y el olor a canela, clavo y mazapán inundaba el aire. Los propietarios de los puestos iban vestidos de elfo, por los altavoces sonaban a todo volumen villancicos, del tejado de las casetas colgaban carámbanos y unas máquinas lanzaban copos de nieve artificial.

El iglú de Santa Claus era el centro de atención, y ante él se había formado una larga cola, mientras elfos vestidos con harapos verdes y zapatos puntiagudos hacían lo que podían para entretener a los que esperaban. Enormes bastones de caramelo rojo y blanco formaban el arco de entrada al iglú y de la chimenea salían pompas de jabón que flotaban hacia el cielo. En una zona herbosa un grupo de niños —arbitrados por un elfo— jugaba al tira y afloja con una descomunal *cracker* navideña. Habían puesto un árbol de Navidad de seis metros de alto con adornos inmensos y espumillón. De las ramas pendían gigantescos globos de agua y los niños —pero más padres— en fila arrojaban bolas cubiertas de acebo para intentar romperlos y liberar los regalos que contenían. Un elfo rubicundo, mojado por los globos que explotaban, recorría el lugar cogiendo regalos del suelo mientras un compañero hinchaba más globos y se los iba pasando a otro para que los colgara de las ramas. No silbaban mientras trabajaban.

El rechoncho índice de Pud señalaba en todas las direcciones cuando algo nuevo captaba su atención. Lucy, que por regla general no callaba, de pronto había enmudecido. El cabello castaño chocolate le llegaba por el mentón, el flequillo a ras de unas cejas que enmarcaban sus grandes ojos marrones. Llevaba puesto un abrigo de un rojo vivo que le llegaba por la rodilla, cruzado y con enormes botones negros y el cuello de piel negra, leotardos color crema y unos relucientes zapatos negros. Agarrada al cochecito de Pud con una mano, iba flotando a su lado, a la deriva en un firmamento particular. De vez en cuando veía algo y miraba a Lou y a Ruth con una gran sonrisa en el rostro. Nadie decía nada. No era preciso: todos lo sabían.

Más allá del mercado dieron con la pista de patinaje, repleta de centenares de personas de todas las edades, la cola serpenteando a lo largo del recinto para que quienes chocaban y caían pudieran ser vistos por los que miraban, que reían con cada tortazo cómico.

—¿Por qué no vais vosotros a ver los títeres? —propuso Lou, refiriéndose al teatrillo que se estaba representando en el quiosco. Había docenas de niños en sillas de tijera, embelesados con el mágico mundo que se desplegaba ante ellos—. Yo me pongo a la cola.

Fue un gesto generoso y egoísta a un tiempo, ya que Lou Suffern no podía cambiar de la noche a la mañana. Había intentado pasar el día con su familia, pero la BlackBerry ya le estaba haciendo un agujero en el bolsillo, y necesitaba tiempo para echarle un vistazo antes de que sencillamente explotara.

—Vale, gracias —repuso Ruth al tiempo que dejaba a Pud con Lou junto a la cola—. No creo que tardemos mucho.

—¿Qué haces? —inquirió él, presa del pánico.

—Ir a ver el espectáculo.

—¿No te lo llevas?

—No. Se ha dormido. Estará bien contigo.

Se alejó llevando de la mano a una saltarina Lucy mientras Lou miraba a Pud con cierto terror y rezando para que no se despertara. Tenía un ojo en el teléfono, el otro en Pud y un tercero cuya existencia desconocía en el grupo de adolescentes de delante, que de repente se había puesto a pegar gritos y saltos cuando sus hormonas pudieron más que ellos, cada alarido que salía de su boca y cada sacudida de sus desgarbados movimientos de manos eran una amenaza para el pequeño durmiente. De pronto fue consciente del volumen de *Jingle Bells*, que atronaba desde los altavoces; de la información —que sonaba como un choque en cadena de cinco coches— con la que interrumpía una voz para anunciar que un miembro de la familia que se había perdido aguardaba en el Centro de los Elfos. Era consciente de cada sonido, cada chillido de un niño en la pista, cada grito cuando sus padres caían de culo, cada crujido de huesos. En estado de máxima alerta, como si esperase que alguien fuera a atacar en cualquier momento, la BlackBerry y su parpadeante luz roja volvieron al bolsillo. La cola avanzaba y él empujaba el cochecito con suma lentitud.

Delante, un adolescente de pelo grasiento que contaba una anécdota a sus amigos utilizando ruidosos sonidos de explosiones y algún que otro movimiento epiléptico llamó la atención de Lou. Al llegar al punto culminante de la historia el muchacho saltó hacia atrás y chocó contra el carrito.

—Lo siento —se disculpó. Y dio media vuelta y se frotó el brazo con el que se diera el golpe—. Lo siento, señor, ¿está bien el niño?

Lou asintió. Tragó saliva. Le entraron ganas de extender el brazo y estrangular al chico, de buscar a sus padres para pedirles que le enseñaran a su hijo el arte de contar anécdotas sin gestos exagerados y explosiones con salivazos. Echó un vistazo a Pud: el monstruo se había despertado. Los ojos de su hijo, vidriosos, somnolientos y cansados, no preparados aún para salir del estado de hibernación, se abrieron despacio. Miraron a la izquierda, miraron a la derecha y alrededor mientras Lou contenía el aliento. Luego él y Pud se miraron un rato en un tenso silencio y después, tras decidir que no le gustaba la horrorizada expresión del rostro de su padre, el niño escupió el chupete y comenzó a chillar. Chillar.

—Eh, chisss —pidió Lou, abochornado, clavando la vista en su hijo.

Éste chilló con más fuerza, gruesos lagrimones formándose en sus fatigados ojos.

—Pud, no. —Lou le sonrió, ofreciéndole su mejor sonrisa de porcelana, la que solía funcionar siempre que hacía negocios.

El llanto del pequeño arreció.

Lou miró en derredor avergonzado, disculpándose con todo aquel con cuyos ojos se cruzaba, en particular con el engreído padre que llevaba a un pequeño en una mochila delantera y a un niño de cada mano. Farfulló algo al engreído y le dio la espalda, procurando poner fin a los aterradores aullidos moviendo el cochecito adelante y atrás a buen ritmo, golpeando adrede los talones del grasiento adolescente que lo había metido en aquel aprieto. Intentó meterle el chupete en la boca al niño una decena de veces. Intentó taparle los ojos con la mano, esperando que con la oscuridad le entraran ganas de dormir. No funcionó. Pud se retorcía, se echaba hacia atrás para tratar de librarse de las correas como el increíble Hulk de su ropa. Siguió llorando, parecía un gato al que estuvieran colgando del rabo y metiendo de cabeza en el agua y después estrangulándolo. Rebuscó en la bolsa del niño y le ofreció juguetes, que salieron volando violentamente del carrito y fueron a parar al suelo.

El Padre de Familia Engreído de la mochila frontal se agachó para ayudar a Lou a recoger los juguetes. Lou los cogió sin mirarlo a los ojos y le dio las gracias con un gruñido. Una vez la mayoría de las cosas de la bolsa estuvo desperdigada por el suelo, Lou decidió soltar al monstruo de masa. Luchó contra el peliagudo cierre durante un tiempo mientras los gritos de Pud se intensificaban y ambos recibían más miradas, y justo cuando alguien estaba a punto de llamar a los servicios sociales logró liberar a su hijo. Pud no dejó de llorar y continuó chillando, los mocos haciendo globos en la nariz, el rostro tan lívido como un zumo de mora.

Tras diez minutos señalando árboles, perros, niños, aviones, pájaros, árboles de Navidad, regalos, elfos, cosas que se movían, cosas que no se movían, todo aquello donde se posaban sus ojos, Pud seguía llorando.

Ruth llegó corriendo con Lucy.

—¿Qué ocurre?

—Se despertó nada más irte tú y no para de llorar. —Lou sudaba.

Pud miró a Ruth y le tendió los brazos, casi saltando de los de su padre. Sus gritos cesaron en el acto, el niño se puso a palmotear, su rostro recobró el color natural y comenzó a balbucir. Miró a su madre, jugueteó con su collar e hizo como si no le hubiera pasado nada. Lou estaba seguro de que cuando nadie más observaba, Pud le sonreía con descaro.

Sintiéndose en su elemento, Lou notó un mariposeo entusiasta en el estómago al ver alejarse el litoral mientras se dirigían al punto de partida, al norte de Ireland's Eye. Miembros de la familia y amigos bien abrigados agitaban los brazos en señal de apoyo desde el faro, al final del paseo marítimo, provistos de prismáticos.

Había algo mágico en el mar: la gente se sentía atraída por él, quería vivir junto a él, nadar y jugar en él, contemplarlo. Era algo vivo tan impredecible como un gran actor de teatro: podía estar en calma y ser acogedor, abrir sus brazos para estrechar a su público un instante y al siguiente explotar con furia tempestuosa, zarandeando a la gente, deseando expulsarla, atacando costas, aniquilando islas. También tenía su lado juguetón cuando disfrutaba de la multitud, daba revolcones a los niños, volteaba colchonetas inflables, derribaba a windsurfistas, de vez en cuando echaba una mano a los marineros; todo ello riendo a escondidas. Para Lou no había nada como notar el viento en el cabello mientras se deslizaba por el agua con la lluvia azotando su rostro o el sol dándole de lleno. Llevaba mucho tiempo sin salir a navegar. Él y Ruth, claro estaba, habían pasado muchas vacaciones en yates de amigos a lo largo de los años, pero hacía mucho que Lou no participaba en ningún aspecto de su vida. Deseaba hacer frente al desafío, deseaba no sólo competir con otros treinta barcos, sino intentar vencer al mar, al viento y a los elementos.

Ya en la zona de salida se aproximaron al *Free Enterprise*, el barco del comité de regatas, a efectos de identificación. La línea de salida se hallaba entre un mástil blanco y rojo del barco del comité y una baliza cilíndrica color naranja que flotaba a babor. Lou se situó en la proa de la embarcación mientras rodeaban la zona de salida, intentando colocarse en la posición adecuada para poder cruzar la línea de salida en el instante preciso. Soplaba un viento nordeste de fuerza cuatro y había pleamar, lo cual incrementaba el malhumor de las aguas, algo que habría que tener en cuenta para conseguir que el velero avanzara de prisa por el agitado y encrespado mar. Como en los viejos tiempos, Lou y Quentin habían hablado detenidamente al respecto, de forma que ambos sabían lo que había que hacer. Cruzar antes de tiempo la línea de salida equivaldría a la eliminación, y de Lou dependía iniciar la cuenta atrás, situarlos debidamente y comunicarse con el timonel, que era su hermano. Antes, de adolescentes, eran unos auténticos expertos, por aquel entonces habían ganado un sinfín de regatas y podrían haber competido con los ojos cerrados, tan sólo notando la dirección del viento, pero de eso hacía mucho, y la comunicación entre ellos se había interrumpido radicalmente en los últimos años.

Lou se santiguó cuando, a las 11.25, apareció la señal de atención. Hicieron virar el barco, tratando de situarse en posición para ser uno de los primeros en cruzar la línea de salida. A las 11.26 se izó la bandera que marcaba la señal de preparación, y a las 11.29 se arrió la señal de un minuto. Lou agitó los brazos como un loco, con la intención de indicar a Quentin dónde colocar el barco.

—¡Estribor, estribor, derecho a estribor, Quentin! —chilló mientras movía el brazo derecho—. ¡Treinta segundos! —exclamó.

Se acercaron peligrosamente a otra embarcación por culpa de Lou.

—¡Eh, a tu babor! ¡A TU BABOR! —gritó—. ¡Veinte segundos!

Cada barco pugnaba por hacerse con una buena posición, pero con treinta veleros en la carrera sólo un reducido número conseguiría atravesar la línea de salida en la mejor posición, cerca del barco del comité. El resto habría de hacer lo que pudiera con el viento sucio detrás de la flota de cabeza.

A las once y media se dio la señal de salida, y al menos diez veleros cruzaron la línea antes que ellos. No era el mejor comienzo, pero Lou no estaba dispuesto a permitir que le afectase. Le faltaba rodaje y necesitaba algo de práctica, pero no tenía tiempo, andaban metidos en faena. Avanzaban, con Ireland's Eye a su derecha y el cabo a su izquierda, pero ahora no había tiempo para contemplar las vistas. Lou no se movía, se devanaba los sesos mientras veía pasar otros barcos, el viento alborotándole el cabello, la sangre corriendo por sus venas, sintiéndose más vivo que nunca. Empezaba a refrescársele la memoria, a recordar lo que era estar en un barco. Tal vez ya no fuera tan rápido, pero aún conservaba el instinto. Avanzaban, la embarcación rompiendo contra las olas a medida que se dirigían hacia la boya meteorológica, a una milla de la línea de salida con el viento de cara.

—¡Viramos! —chilló Quentin, que observaba y gobernaba el barco mientras todos se preparaban. El trimmer de mayor, Alan, comprobó que el cabo del carro de escota estuviera preparado. El trimmer de génova, Luke, se aseguró de que la nueva escota estuviera lista para cazar y dio unas cuantas vueltas con ella al cabrestante. Lou no se movió lo más mínimo, pensaba en lo que tenía que hacer y vigilaba a los otros barcos para cerciorarse de que no había ninguno demasiado cerca. Sabía instintivamente que estaban virando a babor y no tendrían derecho de paso sobre las embarcaciones de estribor. Le vinieron a la memoria sus viejas tácticas de competición y le satisfizo comprobar que había colocado el barco justo sobre el layline de la boya meteorológica. Notaba que la confianza de su hermano en él aumentaba ahora que se encontraban en una posición favorable una vez finalizada la virada, aproximándose a la baliza a toda velocidad con una clara zona de paso. Lo que Lou pugnaba por ganar, tanto como el primer puesto, era la fe de Quentin en él.

Éste confirmó que tenía espacio para virar e inició la maniobra. Geoff, situado en la bañera, se desplazó de prisa hasta el cabrestante del viejo génova, y una vez acuartelado, soltó la escota para completar la virada. El velero se aproó al viento, la escota de la mayor fue largada un tanto y la botavara cambió de amura. Luke cazó escota todo lo aprisa que pudo, y cuando no pudo seguir tirando, dio unas cuantas vueltas más en el cabrestante y comenzó a ajustar el carro de escota. Quentin gobernó el nuevo rumbo.

—¡TODO EL MUNDO A LA BANDA! —vociferó Lou, y todos corrieron a colgar las piernas por barlovento.

Quentin pegó un alarido y Lou rió al viento.

Tras dar la vuelta a la primera baliza y dirigirse hacia la segunda con el viento a su favor, Lou intervino a tiempo de izar el spinnaker y acto seguido le indicó a su hermano que todo iba bien. El resto del equipo se puso manos a la obra en el acto, cada cual a lo suyo. Lou actuaba con cierta torpeza, pero supo que la cosa empezaba a cuajar.

Al verla subir, Lou gritó alegremente:

—¡IZADA!

Alan estabilizó el spinnaker mientras Robert manejaba el carro de escota. Navegaban de prisa, y Lou agitaba los brazos y reía a carcajadas. Tras el timón Quentin rió cuando el spi se hinchó con el viento como una manga y, con el viento con ellos, enfilaron hacia la siguiente baliza. Quentin se permitió echar un vistazo a popa y lo que vio fue todo un espectáculo: debía de haber veinticinco embarcaciones con los spinnaker henchidos, persiguiéndolos. No estaba mal. Él y Lou se miraron y sonrieron. No dijeron nada. No era preciso: ambos lo sabían.

Tras treinta minutos de cola en la pista de patinaje, a Lou y su familia finalmente les llegó su turno.

—Pasadlo bien —dijo él, mientras daba palmadas y pateaba el suelo para entrar en calor—. Yo os veré desde ese café de ahí.

Ruth rompió a reír.

—Pensaba que habías venido a patinar.

—No. —Hizo una mueca de disgusto—. Me he pasado esta media hora viendo a hombres mayores que yo en la pista y parecen auténticos idiotas. ¿Y si alguien me ve? Prefiero quedarme aquí, gracias. Además, éstos son nuevos y sólo se limpian en seco —añadió, refiriéndose a sus pantalones.

—Está bien —contestó su mujer con firmeza—. En ese caso no te importará ocuparte de Pud mientras Lucy y yo patinamos.

—Venga, Lucy —Lou agarró la mano de su hija en el acto—, vamos por unos patines. —Le guiñó un ojo a una risueña Ruth y fue en busca de los patines. Llegó al mostrador antes que el Padre de Familia Engreído, el cual, como el flautista de Hamelín, ahora llevaba a más niños aún. ¡Ajá! Experimentó una sensación de silente victoria al llegar primero. El hielo estaba cerca, y el niño que había en Lou había aflorado, dispuesto a jugar.

—¿Qué número? —le preguntó el hombre de detrás del mostrador.

—Cuarenta y cinco, por favor —repuso él, y despés miró a Lucy para que hablara. Sus grandes ojos marrones le devolvieron la mirada—. Dile a este señor cuál es tu número, cariño —pidió, y sintió en la nuca el aliento del Padre de Familia Engreído.

—No lo sé, papá —contestó la pequeña, casi en un susurro.

—A ver, tienes cuatro años, ¿no?

—Cinco —replicó ella, ceñuda.

—Tiene cinco años —informó Lou al hombre—. Así que el número que gasten los niños de cinco años.

—La verdad es que depende del niño.

Lou profirió un suspiro y sacó la BlackBerry, negándose a tener que hacer cola otra vez. Tras él el Padre de Familia Engreído con el niño en la mochila pidió por encima de su cabeza:

—Dos del treinta y seis, unos del treinta y cinco y unos del cuarenta y seis, por favor.

Lou revolvió los ojos y lo imitó mientras esperaba a que su mujer cogiera el teléfono. Lucy se rió y copió su gesto.

—¿Sí?

—¿Qué número de pie usa Lucy?

Ruth rompió a reír.

—El veintiséis.

—Vale, gracias. —Colgó.

Una vez en el hielo se aferró con cuidado a la barandilla de la pista. Luego cogió de la mano a Lucy y la fue guiando. Ruth los observaba de cerca con Pud, que movía las piernas entusiasmado mientras pegaba botes arriba y abajo y señalaba a nada en particular.

—A ver, cariño —la voz y los tobillos de Lou flaquearon al pisar el hielo—, esto es muy peligroso, ¿vale? Así que has de tener mucho cuidado. Agárrate a los lados, ¿vale?

Lucy se agarró a la barandilla con una mano y poco a poco se acostumbró a deslizarse por el hielo mientras los tobillos de Lou temblaban sobre las finas hojas.

La pequeña comenzó a ir más de prisa.

—Cielo —dijo Lou, la voz vacilante mientras miraba el frío y duro hielo, temiendo el daño que se haría si se caía. No recordaba cuándo se había caído por última vez, probablemente de pequeño, y las caídas eran cosa de la infancia.

La distancia entre Lucy y Lou aumentó.

—No te quedes atrás, Lou —pidió desde el otro lado de la barrera Ruth, que avanzaba a su lado, y él notó la chufla en su voz.

—Apuesto a que estás disfrutando con esto. —Apenas alzó la cabeza para mirarla, tal era su concentración.

—Muchísimo.

Se impulsó con el pie izquierdo, que resbaló más de lo que él quería, y estuvo a punto de espatarrarse. Sintiéndose como Bambi cuando se pone de pie por primera vez, se tambaleó y giró, moviendo los brazos en círculos como una mosca atrapada en un tarro de mermelada, mientras, no muy lejos, oía la inconfundible risa de su mujer. Sin embargo, progresaba. Levantó la vista y a continuación localizó a Lucy, a la que distinguió fácilmente con su abrigo rojo coche de bomberos, hacia la mitad de la pista.

El Padre de Familia Engreído pasó como una flecha a su lado, moviendo los brazos como si fuese a participar en una carrera de bobsleigh, su velocidad casi haciendo caer a Lou. Tras él iban sus hijos, cogidos de la mano, y ¿acaso no cantaban? Ya estaba bien. Soltándose de la barandilla lentamente, las temblorosas piernas intentaron mantener el equilibrio. Luego, poco a poco, deslizó un pie adelante, a punto de caer hacia atrás, la espalda arqueándose como si fuese a hacer el pino puente, si bien se libró.

—Hola, papá —dijo Lucy al pasar a su lado a toda velocidad cuando completó la primera vuelta de la pista.

Lou se apartó del lateral, separándose de los principiantes, que avanzaban centímetro a centímetro, resuelto a superar al Padre de Familia Engreído, que dejaba atrás los vientos como el correcaminos.

A medio camino entre el centro y el lateral, ahora Lou estaba solo. Sintiéndose algo más seguro, continuó impulsándose, tratando de mover los brazos para no perder el equilibrio, como hacían los demás. Cobró velocidad. Esquivando a niños y ancianos, comenzó a patinar con escasa elegancia, encorvado y balanceando los brazos más como un jugador de hockey sobre hielo que como un patinador garboso. Chocó contra algunos niños, derribando a unos y haciendo caer a otros. Oyó llorar a uno. Se abrió paso entre parejas que iban de la mano. Se concentraba de tal modo en no caer que apenas sacó tiempo para disculparse. Adelantó a su hija, pero, incapaz de parar, no podía dejar de moverse, su velocidad en aumento con cada vuelta que completaba. Las luces que decoraban los árboles del parque se volvían borrosas con los giros. A su alrededor los sonidos y colores de los patinadores daban vueltas. Sintiéndose como en un tiovivo, sonrió y se relajó un poco más mientras giraba y giraba y giraba. Adelantó al Padre de Familia Engreído, adelantó a Lucy por tercera vez, pasó por delante de Ruth, a la que oyó gritar su nombre y sacar una fotografía. No podía parar y no iba a parar, no sabía cómo hacerlo. Estaba disfrutando con el viento agitándole el cabello, las luces de la ciudad a su alrededor, el aire vivificante, el cielo cuajado de estrellas cuando la noche empezó a caer, temprano. Se sentía libre y vivo, más feliz de lo que recordaba en mucho tiempo. Dando vueltas y más vueltas.

El *Alexandra* y su tripulación se habían hecho con el rumbo por tercera y última vez. Su velocidad y coordinación habían mejorado a lo largo de la última hora, y Lou había corregido los tropiezos que había tenido antes. Estaban a punto de doblar la baliza de sotavento y tenían que arriar de nuevo el spinnaker.

Lou se aseguró de que los cabos pudieran deslizarse. Geoff izó el génova, Lou lo engarruchó en el perfil y Luke se cercioró de que la escota del génova estuviese libre en la cornamusa. Robert se colocó para cazar la braza suelta bajo la mayor de forma que pudiera utilizarse para cobrar el spinnaker. En cuanto se hubo situado los demás se prepararon para que todo sucediera de inmediato. Geoff soltó la driza y ayudó a introducir debajo el spinnaker. Joey soltó la escota y comprobó que se desenrollaba de prisa para que el spinnaker pudiera ondear como una bandera por fuera del barco. Cuando el spinnaker estuvo en la embarcación, Luke estabilizó el génova para seguir el nuevo rumbo, Joey hizo lo propio con la mayor, Geoff bajó el tangón y Lou lo estibó en cubierta.

Con el spinnaker arriado por última vez y próximos a la línea de meta, se comunicaron por radio con el comité de llegadas por el canal 37 para identificarse. No fueron los primeros, pero todos estaban satisfechos. Lou miró a Quentin al cruzar la línea y ambos sonrieron. Ninguno de los dos dijo nada. No era preciso: ambos lo sabían.

Tendido boca arriba en mitad de la pista, con gente pasando junto a él a toda velocidad, Lou se sujetaba el dolorido tórax e intentaba parar de reír, pero no era capaz. Había hecho lo que había temido durante toda su vida y se había ganado la caída más espectacular y cómica del día. Yacía en el centro de la pista, con Lucy riendo también mientras trataba de cogerlo del brazo para levantarlo. Habían estado patinando despacio cogidos de la mano cuando, envalentonado, Lou tropezó con sus propios pies, salió volando y cayó de espaldas. Gracias a Dios nada salió malparado, a excepción de su orgullo, pero, sorprendentemente, ni siquiera eso le importó. Dejó que su hija pensara que lo estaba ayudando a levantarse del hielo al tirar de su brazo y después miró a Ruth y vio un flash cuando ella sacaba otra foto. Sus ojos se cruzaron y sonrieron.

Esa noche no comentaron nada del día. No era preciso: todos lo sabían.

Había sido el mejor día de su vida.

26
Todo empezó con un ratón

El lunes que siguió al fin de semana de vela y patinaje, Lou Suffern se sorprendió enfilando el pasillo hacia la habitación con la mesa más grande y la luz mejor. Era Nochebuena y el edificio de oficinas casi estaba vacío, pero las escasas almas que rondaban los pasillos −vestidas de manera informal− le dieron la enhorabuena con palmaditas en la espalda y firmes apretones de manos. Lo había conseguido. Tras él Gabe lo ayudaba con una caja de archivos. Dado que era Nochebuena, ése sería el último día que tendría la oportunidad de prepararse antes de que comenzaran las vacaciones de Navidad. Ruth le había pedido que fuese con ella y los niños al centro para dar un paseo y empaparse del ambiente, pero él sabía que lo mejor que podía hacer era meterse de cabeza en su nuevo trabajo para así poder volver en Año Nuevo sin tener que perder tiempo en instalarse. Nochebuena o no estaba decidido a familiarizarse con el empleo desde ya.

De manera que Gabe y él se dirigieron al despacho mayor con mejor luz. Cuando abrieron la puerta y entraron casi fue como si los ángeles cantasen, ya que el sol de la mañana iluminaba un camino que iba de la puerta a la mesa y moría directamente en su nueva e inmensa silla de piel como si fuese una aparición. Lo había conseguido. Y aunque podía exhalar un suspiro de alivio, estaba a punto de respirar hondo otra vez para el nuevo cometido que se avecinaba. Lograra lo que lograse, la sensación de tener que llegar de nuevo era eterna. Para él la vida se asemejaba a una escalera interminable que desaparecía en algún lugar entre las nubes, se tambaleaba, amenazaba con caer y arrastrarlo con ella. Ahora no podía mirar abajo o se paralizaría. Tenía que seguir mirando hacia arriba. Hacia adelante y hacia arriba.

Gabe dejó la caja donde Lou le indicó y soltó un silbido mientras echaba un vistazo.

—Menudo despacho, Lou.

—Sí, sí que lo es —sonrió el aludido mientras lo miraba.

—Es cálido —añadió Gabe al tiempo que daba una vuelta, las manos en los bolsillos.

Lou frunció el ceño.

—«Cálido» es... un adjetivo que yo no utilizaría para describir este —extendió los brazos en el vasto espacio— pedazo de despacho. —Rompió a reír, sintiéndose como loco de alegría. Cansado y emocionado, orgulloso y un tanto asustado, intentaba asimilarlo todo.

—Y ¿qué es exactamente lo que haces ahora? —quiso saber Gabe.

—Soy el director de Desarrollo de Mercado, lo que significa que ahora tengo autoridad para decirle a determinados mierdecillas lo que tienen que hacer.

—¿Mierdecillas como tú?

Lou volvió la cabeza de golpe para mirar a Gabe, como un radar que hubiese localizado una señal.

—Me refiero a que hace tan sólo unos días tú habrías sido uno de esos mierdecillas a los que les decían lo que...

da igual —se interrumpió Gabe—. Y ¿cómo se lo ha tomado Cliff?

—Como se ha tomado ¿qué?

—Que se ha quedado sin empleo.

—Ah. —Lou alzó la vista y se encogió de hombros—. No lo sé. No se lo he dicho.

Gabe guardó silencio.

—No creo que esté lo bastante bien aún para hablar con nadie —añadió Lou, sintiendo la necesidad de explicarse.

—Ya recibe visitas —contestó Gabe.

—¿Cómo lo sabes?

—Lo sé. Deberías ir a verlo. Tal vez pueda darte algún buen consejo. Podrías aprender de él.

Lou se rió.

Gabe no pestañeó, continuó mirándolo en medio del silencio.

Incómodo, Lou se aclaró la garganta.

—Es Nochebuena, Lou. ¿Qué estás haciendo? —inquirió Gabe con suavidad.

—¿Cómo que qué estoy haciendo? —Lou levantó las manos de manera inquisitiva—. ¿A ti qué te parece? Pues trabajar.

—Aparte del personal de seguridad eres el único que queda en el edificio, ¿no te has dado cuenta? Todo el mundo está ahí fuera. —Gabe señaló la bulliciosa ciudad.

—Ya, bueno, no todos los de ahí fuera están tan ocupados como yo —fue la pueril respuesta de Lou—. Además, tú también estás aquí, ¿o no?

—Yo no cuento.

—Vaya una respuesta. Entonces yo tampoco.

—Te empeñas en seguir así y no vas a ser capaz. ¿Sabes

qué? Uno de los mayores empresarios de todos los tiempos, un tal Walt Disney, estoy seguro de que has oído hablar de él, tiene una empresa o dos por ahí –Gabe sonrió–, dijo que «un hombre no debería anteponer jamás los negocios a la familia».

Se hizo un prolongado y violento silencio en el que Lou tensó y relajó la mandíbula, tratando de decidir si pedirle a Gabe que se fuera o echarlo personalmente.

–Claro que –rió Gabe– también dijo: «Todo empezó con un ratón.» –Y sonrió.

–Muy bien, ahora será mejor que vuelva al trabajo, Gabe. Te deseo una feliz Navidad. –Lou procuró controlar el tono para que, aunque no sonara precisamente contento, al menos no diese la impresión de que quería estrangular a Gabe.

–Gracias, Lou. Que pases una feliz Navidad tú también. Y enhorabuena por este pedazo de despacho cálido.

Lou no pudo evitar reír al oír aquello, y cuando la puerta se cerró se vio a solas por vez primera en su nuevo despacho. Se dirigió a su mesa, pasó un dedo por el borde de madera de nogal hasta la superficie de piel de cerdo. Lo único que había en el escritorio era un gran ordenador blanco, un teclado y un ratón.

Se sentó en la silla de cuero y dio media vuelta para situarse frente al ventanal, contemplando cómo se preparaba la ciudad para las fiestas. Parte de él se veía impulsada a salir, pero Lou se sentía atrapado tras la ventana que le mostraba un mundo y sin embargo no le permitía tocarlo. A menudo le daba la sensación de hallarse encerrado en una inmensa bola de cristal con nieve, a su alrededor cayendo responsabilidades y fracasos. Estuvo sentado en la silla, a la mesa, más de una hora, pensando. Pensando en Cliff, pensando en los acontecimientos de las últimas semanas y en el mejor día de todos, tan sólo dos días antes. Estuvo pensando en todo. Cuando empezó a asaltarle un leve pánico, le dio la vuelta a la silla y se enfrentó al despacho, enfrentándose a todo.

Clavó la vista en el teclado. Lo miró con fijeza. Luego siguió el fino cable blanco que lo unía al ratón. Pensó en Cliff, en cuando lo encontró bajo esa misma mesa, abrazado a ese mismo teclado, blandiendo ese mismo ratón ante él, aterrorizado, la angustia reflejada en los ojos.

En honor a Cliff —algo que Lou fue consciente de que no había conseguido hacer durante todo el tiempo en que aquél había estado ausente—, se quitó los zapatos, desconectó el teclado de la pantalla y retiró la silla de piel. A continuación se puso a cuatro patas y se metió bajo la mesa, aferrado al teclado. Miró las ventanas, de suelo a techo, y vio pasar la ciudad. Permaneció así otra hora, cavilando.

El reloj de la pared rompía ruidosamente el silencio. En el edificio de oficinas faltaba el habitual ajetreo. No sonaban teléfonos ni fotocopiadoras, no zumbaban los ordenadores, no se oían voces ni pasos. Antes de mirar el reloj no había percibido los segundos, pero nada más reparar en él, el tictac parecía cada vez más ruidoso. Lou miró el teclado y luego el ratón. Pegó un respingo, sintió que el dispositivo le golpeaba en la cabeza por segunda vez ese año, pero por primera vez logró entender el mensaje de Cliff. Lou no quería en modo alguno ser perseguido por aquello que tanto temía Cliff que fuese a buscarlo.

Salió de debajo de la mesa, se calzó los relucientes zapatos de piel negra y abandonó el despacho.

27
Nochebuena

Grafton Street, la transitada calle peatonal del centro de Dublín, estaba llena de gente que hacía las compras de última hora. Las manos se disputaban los últimos artículos de las estanterías, los presupuestos y el sentido común habían sido olvidados al tomar decisiones temerarias en función de la disponibilidad y el tiempo, y sin pensar necesariamente en el destinatario. Los regalos primero, el para quién después.

Por una vez sin seguir el ritmo de aquella multitud presa del pánico, Lou y Ruth paseaban despacio por las calles de Dublín, cogidos de la mano, dejando que los demás pasaran corriendo y se empujaran. Lou tenía todo el tiempo del mundo. Ruth se había quedado más que sorprendida cuando su marido le propuso reunirse con ella tras su brusca negativa inicial, pero, como de costumbre, no hizo preguntas. Había agradecido el nuevo cambio con mudo placer, pero con idénticas cantidades de cinismo que se negaría a expresar en voz alta. Lou Suffern tenía que demostrarle muchas cosas.

Bajaban por Henry Street, que estaba repleta de puestos mientras los vendedores ambulantes liquidaban sus últimas existencias: juguetes y papel de regalo, restos de espumillón y adornos, coches teledirigidos que corrían calle arriba y calle abajo, todo lo expuesto para las últimas horas de febriles compras navideñas. En la siempre cambiante Moore Street, al lado de puestos tradicionales se exhibía una viva mezcla étnica de artículos asiáticos y africanos. Lou compró coles de Bruselas a los lenguaraces vendedores, cuyos locuaces monólogos interiores bastaban para entretener a cualquiera. Fueron a misa temprano y almorzaron juntos en el Westin Hotel, en College Green, el histórico edificio del siglo XIX que antes era un banco y había sido convertido en un hotel de cinco estrellas. Comieron en el Banking Hall, donde Pud se pasó todo el tiempo ladeado, la cabeza mirando al techo, contemplando embelesado la intrincada ornamentación tallada a mano y las cuatro arañas, que refulgían con las ocho mil piezas de cristal egipcio, gritando una y otra vez sólo para oír el eco de su voz en el alto techo.

Ese día Lou Suffern veía el mundo de forma distinta. En lugar de divisarlo desde una altura de trece plantas, tras cristales tintados y reforzados, sentado en una enorme silla de piel, había decidido unirse a él. Gabe estaba en lo cierto en lo del ratón, estaba en lo cierto en lo de que Cliff podía enseñarle algo: a decir verdad había sucedido hacía seis meses, en cuanto el ratón de plástico le golpeó el rostro, haciendo que los miedos de Lou y su conciencia resurgieran tras estar enterrados largo tiempo. A decir verdad cuando Lou se paraba a pensarlo, Gabe había estado en lo cierto en muchas cosas. La voz que tanto daño le hiciera a los oídos a decir verdad había estado pronunciando las palabras que él se había negado a escuchar. Le debía mucho a Gabe. Como caía la noche, y los niños debían regresar a casa antes de que Santa Claus surcara los cielos, Lou dio un beso de despedida a Ruth y los niños, los acompañó hasta el coche de su mujer y a continuación volvió al despacho. Tenía una última cosa que hacer.

En el vestíbulo, mientras esperaba los ascensores, las puertas se abrieron y, cuando Lou estaba a punto de entrar, salió el señor Patterson.

—Lou —dijo éste, sorprendido—, no me puedo creer que estés trabajando hoy, eres un trabajador nato. —Vio la caja que Lou llevaba en la mano.

—Ah, no, no estoy trabajando. No en vacaciones —Lou sonrió con la intención de convencerlo, tratando sutilmente de sentar unas reglas básicas de cara a su nuevo puesto—. Sólo iba a... esto —no quería poner a Gabe en un aprieto desvelando su paradero—, es que me he dejado algo en el despacho.

—Bien, bien. Bueno, Lou —su jefe se frotó los ojos con aire de cansancio—, me temo que he de decirte algo. He estado pensando si hacerlo o no, pero creo que es mejor que lo haga. Yo tampoco he venido esta tarde a trabajar —admitió—. Alfred me pidió que viniera, dijo que era urgente. Después de lo que le pasó a Cliff todos estamos sobre ascuas, me temo, así que vine de prisa.

—Soy todo oídos —respondió Lou, el pánico apoderándose de él.

Las puertas del ascensor se cerraron de nuevo. Ya no había escape.

—Quería hablarme de... bueno, de ti.

—Sí —contestó Lou despacio.

—Me trajo esto. —El señor Patterson se metió la mano en el bolsillo y sacó la cajita de pastillas que Gabe le diera a Lou. Dentro sólo había una. A todas luces Alfred, esa rata de alcantarilla, había ido al contenedor sin pérdida de tiempo para recuperar las pruebas con las que lo destruiría.

Conmocionado, Lou miró la cajita e intentó decidir si negarlo todo o no. El sudor le perló el labio superior mientras pensaba rápidamente en algo: eran de su padre. No, de su madre, para la cadera. No, a él le dolía la espalda. Se dio cuenta de que su jefe estaba hablando, así que prestó atención.

—Dijo algo así como que las había encontrado debajo del contenedor, no sé. —El señor Patterson frunció la frente—. Pero que sabía que eran tuyas... —Escrutó de nuevo a Lou para ver si admitía algo.

Éste oía el ruidoso latir de su propio corazón.

—Sé que Alfred y tú sois amigos —prosiguió su jefe, un tanto confuso, su rostro reflejando los sesenta y cinco años que tenía—, pero su preocupación por ti parecía un tanto equivocada. Me dio la impresión de que lo que pretendía era meterte en un aprieto.

—Esto... —Lou tragó saliva y miró la cajita marrón—, no es, esto... no son, esto... —balbució mientras intentaba construir una frase.

—No me gusta meterme en la vida privada de la gente, Lou. Lo que hagan mis colegas en su tiempo libre no es asunto mío, siempre y cuando ello no afecte en modo alguno a la empresa. Así que no me hizo mucha gracia que Alfred me diera esto —afirmó ceñudo, y al ver que Lou no respondía, sino que sudaba profusamente, agregó—: pero quizá fuese lo que tú querías que hiciera, ¿no? —inquirió, tratando de sacar algo en claro de todo aquello.

—¿Qué? —Lou se enjugó la frente—. ¿Por qué iba a querer yo que Alfred le diera esto?

El señor Patterson clavó la vista en él, los labios temblándole levemente.

—No lo sé, Lou, eres un hombre listo.

—¿Qué? —respondió éste, completamente confundido—. No comprendo.

—Corrígeme si me equivoco, pero supuse —los temblorosos labios acabaron dibujando una sonrisa— que intentabas engañar deliberadamente a Alfred con estas pastillas. Que de algún modo le hiciste pensar que eran más de lo que eran, ¿estoy en lo cierto?

Lou abrió la boca y miró sorprendido a su jefe.

—Lo sabía. —Éste soltó una risita y sacudió la cabeza—. Eres bueno, pero no tanto. Lo supe por la marca azul —aclaró.

—¿A qué se refiere? ¿Qué marca azul?

—No conseguiste borrarles del todo el símbolo —explicó al tiempo que abría la caja y se disponía a vaciarla en la palma de la mano—. ¿Ves la marca azul? Y si miras con atención también se ven restos donde antes estaba la D. Cómo no iba a saberlo, créeme, trabajando aquí, creo ciegamente en estos tipos.

Lou tragó saliva.

—¿Era la única que tenía la marca azul?

Vago hasta el final, Alfred ni siquiera había sido capaz de meter la mano en el contenedor para salvar el pellejo, se había limitado a raspar la inicial de una simple pastilla para el dolor de cabeza.

—No, había dos, ambas con marcas azules. Cogí una, espero que no te importe. Las encontrara o no debajo de un contenedor, me dolía tanto la cabeza que me tomé una. Las puñeteras navidades van a conseguir llevarme a la tumba antes de tiempo.

—¿Se tomó una? —preguntó Lou con voz entrecortada.

—La repondré. —Le restó importancia con un ademán—.

Se pueden comprar en cualquier farmacia, incluso en parafarmacias, se venden sin receta.

—Y ¿qué le pasó cuando se la tomó?

—Pues que me quitó el dolor de cabeza, ¿qué me iba a pasar? —inquirió su jefe ceñudo—. Aunque, para ser sincero, si no estoy en casa antes de una hora conseguirán que vuelva a dolerme antes de que me dé cuenta. —Consultó el reloj.

Lou, patidifuso, enmudeció.

—Bueno, sólo quería que supieras que no me ha gustado lo que intentaba hacer Alfred y que no creo que seas... en fin, lo que quiera que Alfred intentaba hacerme pensar. En esta empresa no tiene cabida gente como él. Me he visto obligado a despedirlo. Es Nochebuena, por el amor de Dios, este trabajo a veces nos convierte en monstruos —aseguró, ahora con cansancio, aparentando más de sesenta y cinco años.

Lou no decía nada, su cerebro formulándole preguntas a voz en grito. O Alfred había sustituido las pastillas o también Lou se había tomado pastillas para la cabeza en las dos ocasiones en que se había desdoblado. Se sacó del bolsillo el pañuelo, lo abrió y examinó el comprimido que le quedaba. Se quedó helado: aún se veía la borrosa inicial de la pastilla. ¿Cómo es que no se había fijado antes?

—Ah, ya veo que tienes otra ahí —rió el señor Patterson—. Te he pillado con las manos en la masa, Lou. Pues toma, puedes quedarte con la que queda. Para tu colección. —Le entregó la cajita.

Lou lo miró y abrió y cerró la boca como un pez, sin decir nada, mientras cogía la pastilla que le ofrecía su jefe.

—Y ahora será mejor que me vaya. —El señor Patterson empezó a retroceder despacio—. Tengo que montar un tren y ponerle pilas a una Pequeña Miss no-sé-qué que habla como un carretero y a la que sin duda me veré obligado a escuchar toda la semana. Que pases unas felices fiestas, Lou. —Le tendió la mano.

Él tragó saliva, aún rumiando lo de las pastillas para la cabeza. ¿Sería alérgico a ellas? ¿Habría sido el desdoblamiento algún efecto secundario? ¿Lo habría soñado? No, no, había sucedido, su familia lo había visto en ambas ocasiones. Así que si no eran las pastillas, era...

—Lou —repitió el señor Patterson, la mano en el aire.

—Adiós —dijo él con voz bronca, y a continuación carraspeó—. Esto, feliz Navidad. —Alargó el brazo y estrechó la mano de su jefe.

En cuanto éste se hubo dado la vuelta, Lou corrió hacia la salida de emergencia y enfiló las escaleras rumbo al sótano. Hacía más frío que de costumbre, y por fin habían arreglado la luz del fondo del pasillo, que ya no era intermitente como la iluminación estroboscópica de los ochenta. Por debajo de la puerta salía música navideña, y en el largo, frío y estéril pasillo resonaba *Driving Home for Christmas*, de Chris Rea.

Lou no llamó antes de entrar. Empujó la puerta con el pie, todavía con la caja a cuestas. La estancia estaba bastante más vacía que antes. Gabe se encontraba en el segundo pasillo, enrollando el saco de dormir y la manta.

—Hola, Lou —dijo sin volverse.

—¿Quién eres? —preguntó él, la voz temblorosa mientras dejaba la caja en un estante.

Gabe se levantó y salió del pasillo.

—Vale —respondió despacio, mirando a Lou arriba y abajo—, es una forma interesante de empezar una conversación. —Sus ojos se posaron en la caja del estante y sonrió—. ¿Un regalo para mí? —preguntó con suavidad—. No tenías por qué.

—Se adelantó para cogerlo, y Lou dio un paso atrás mientras lo miraba con temor.

—Mmm —dijo Gabe, mirándolo ceñudo, y después se centró en la caja, envuelta con papel de regalo, del estante—. ¿Puedo abrirlo ahora?

Lou no respondió. El sudor brillaba en su rostro, y sus ojos se movían de prisa para seguir cada movimiento de Gabe.

Tomándose su tiempo, éste abrió con cuidado el regalo, envuelto primorosamente. Empezando por los extremos, fue retirando poco a poco la cinta adhesiva, procurando no romper el papel.

—Me encanta hacer regalos —explicó, con la misma naturalidad—, pero no suelo recibirlos a menudo. Sin embargo, tú eres distinto, Lou. Siempre lo he pensado. —Le sonrió—. Desenvolvió la caja y finalmente vio el regalo que atesoraba: un calefactor para el almacén—. Vaya, es todo un detalle. Gracias. Estoy seguro de que calentará el próximo sitio al que vaya, pero por desgracia no éste, porque me voy.

A estas alturas Lou se encontraba contra la pared, lo más lejos posible de Gabe antes de decir con voz temblorosa:

—Las pastillas que me diste eran para el dolor de cabeza.

Gabe seguía examinando el aparato.

—Me imagino que te lo ha dicho el señor Patterson.

Lou se quedó desconcertado, pues esperaba que Gabe lo negase.

—Sí —contestó—. Alfred las cogió del contenedor y se las dio.

—Esa rata de alcantarilla. —Gabe sacudió la cabeza, risueño—. Qué previsible, Alfred, pensé que tal vez lo hiciera. Bueno, podemos darle puntos por su perseverancia, así que no quería que te dieran ese empleo, ¿eh?

Al ver que Lou no respondía, Gabe continuó:

—Apuesto a que irle al señor Patterson con el cuento no le hizo ningún bien.

—Lo ha despedido —contestó Lou en voz queda, aún intentando entender la situación.

Gabe sonrió, no parecía sorprendido en modo alguno. Tan sólo satisfecho, y muy satisfecho consigo mismo.

—Háblame de esas pastillas —pidió Lou, y descubrió que le vibraba la voz.

—Ah, eran un paquete de pastillas para la cabeza que compré en una parafarmacia. Tardé años en rasparles las letras. Como sabrás, últimamente ya no hay muchas pastillas sin marcas.

—¿QUIÉN ERES? —gritó Lou, atemorizado.

Gabe pegó un bote y después pareció un tanto molesto.

—¿Ahora me tienes miedo? ¿Porque has descubierto que lo que te clonó no fue un puñado de pastillas? ¿Qué pasa hoy en día con la ciencia? Todo el mundo está dispuesto a creer en ella, en todos esos nuevos descubrimientos científicos, nuevas pastillas para esto, nuevas pastillas para lo otro. Para adelgazar, para que crezca el pelo, etcétera, etcétera, etcétera, pero cuando es preciso tener algo de fe en algo todos os volvéis locos. —Sacudió la cabeza—. Si los milagros tuvieran ecuaciones químicas, todo el mundo creería en ellos. Qué decepción. Tenía que fingir que eran las pastillas, Lou, porque de lo contrario no me habrías creído. Y estaba en lo cierto, ¿no?

—¿Cómo que no te habría creído? ¿Quién diablos eres, de qué va todo esto?

—Bueno —repuso él, mirando con tristeza a Lou—, pensaba que a estas alturas estaba bastante claro.

–¿Claro? Por lo que a mí respecta, las cosas no podrían estar más confusas.

–Las pastillas. No eran más que un timo de la ciencia. A conciencia. –Sonrió.

Lou se restregó el rostro con cansancio, desconcertado, temeroso.

–La idea era darte tu oportunidad, Lou. Todo el mundo merece una oportunidad. Hasta tú, a pesar de lo que pienses.

–Una oportunidad ¿PARA QUÉ? –chilló.

Lo siguiente que dijo Gabe hizo que a Lou le entraran escalofríos y ganas de ir corriendo con su familia.

–Venga, Lou, ésta te la sabes.

Las palabras de Ruth. Eran de Ruth.

Ahora a Lou le temblaba el cuerpo, y Gabe continuó.

–Una oportunidad para pasar algo de tiempo con tu familia, para conocerlos de verdad antes de... bueno, para pasar tiempo con ellos.

–Para conocerlos antes de ¿qué? –inquirió Lou, ahora en voz baja.

Gabe no contestó; desvió la mirada, a sabiendas de que había hablado demasiado.

–ANTES DE ¿QUÉ? –Volvió a chillar Lou, cerca del rostro de Gabe.

Éste guardaba silencio, pero sus cristalinos ojos azules atravesaron los de Lou.

–¿Es que va a pasarles algo? –dijo con voz trémula mientras empezaba a asustarse–. Lo sabía, me lo temía. ¿Qué les va a pasar? –Los dientes le rechinaban–. Si les has hecho algo, te...

–A tu familia no le ha sucedido nada, Lou –replicó Gabe.

–No te creo –dijo él aterrorizado al tiempo que se metía

la mano en el bolsillo y sacaba la BlackBerry. Miró la pantalla: ninguna llamada perdida. Tras marcar el número de su casa a toda velocidad, salió del almacén del sótano, lanzando una última mirada, feroz, a Gabe, y echó a correr, correr, correr.

—¡No olvides ponerte el cinturón, Lou! —le aconsejó Gabe, su voz resonando en los oídos de Lou mientras bajaba al aparcamiento subterráneo a la carrera.

Con el teléfono marcando automáticamente el número de su casa y aún sonando, Lou salió del aparcamiento a gran velocidad. Una lluvia densa y fuerte le acribillaba el parabrisas. Tras darle al máximo a los limpiaparabrisas, salió del desierto aparcamiento y pisó el acelerador por los a esas horas ya desiertos muelles. El pitido que le indicaba que no se había puesto el cinturón cobraba intensidad, pero la preocupación le impedía oírlo. Las ruedas del Porsche patinaban un tanto en el mojado asfalto mientras enfilaba a toda velocidad las carreteras secundarias de los muelles y luego subía la carretera del litoral de Clontarf que llevaba a Howth. Al otro lado del mar las dos chimeneas de franjas rojas y blancas de la central eléctrica se alzaban a más de doscientos metros, como dos dedos en alto. Llovía a cántaros y la visibilidad era escasa, pero conocía bien esas carreteras, se había pasado la vida subiéndolas y bajándolas, y lo único que le importaba era recorrer el pequeño hilo de tierra que lo separaba de su familia y llegar con ellos lo antes posible. Eran las seis y media y reinaba una oscuridad absoluta ahora que el día había declinado. La mayoría de la gente estaba en misa o en el pub, preparándose para amontonar los regalos y dejarles a Santa Claus un vaso de leche con un pedazo de pastel de Navidad y a su chófer unas zanahorias. La familia de Lou se encontraba en casa, cenando —una cena a la que había prometido sumarse–, pero la familia de Lou no cogía el teléfono. Consultó la BlackBerry para asegurarse de que seguía marcando, apartando los ojos de la carretera. Viró bruscamente al invadir el otro carril. Un coche que venía en sentido contrario le pitó ruidosamente y él volvió de prisa al suyo. Pasó pitando el Marine Hotel, en Sutton Cross, que bullía de actividad debido a las fiestas navideñas. Al ver la carretera despejada delante, pisó a fondo el acelerador. Dejó atrás Sutton Church, dejó atrás el colegio por la costa, vecindarios agradables y seguros con velas en las ventanas delanteras, árboles de Navidad centelleantes y Santa Clauses colgando de los tejados. Al otro lado de la bahía las docenas de grúas que se recortaban contra el horizonte de Dublín estaban engalanadas con lucecitas navideñas. Se despidió de la bahía y entró en la pronunciada carretera que marcaba el inicio hasta su casa de la cima. Llovía a cántaros, cortinas de agua que le impedían ver bien. El vaho empezaba a formarse en el parabrisas, y se echó hacia adelante para limpiarlo con la manga del abrigo de cachemir. Pulsó los botones del salpicadero con la esperanza de despejar el cristal. El pitido del cinturón resonaba en sus oídos, y el vaho no tardó en apoderarse del parabrisas a medida que aumentaba la temperatura del coche. Así y todo no frenó, el teléfono sonando, su deseo de estar con su familia imponiéndose a cualquier otra sensación que debería haber experimentado en ese momento. Había tardado doce minutos en llegar hasta allí por las desiertas carreteras.

Al cabo el teléfono le indicó que le entraba una llamada. Miró y vio el rostro de Ruth, la imagen de quien llamaba. Su gran sonrisa, sus ojos marrones, dulces y amables. Satisfecho de que al menos ella estuviese lo bastante bien para llamar, bajó la vista aliviado y cogió la BlackBerry.

El Porsche 911 Carrera 4S posee un sistema único de tracción a las cuatro ruedas que se agarra al asfalto mucho mejor que cualquier otro deportivo con tracción a las ruedas traseras. Reparte de un cinco a un cuarenta por ciento de la potencia a las ruedas delanteras, dependiendo de la adherencia de las traseras. Así que si se acelera al salir de una curva lo bastante para que derrapen las ruedas traseras, la potencia se transmite a la parte delantera, haciendo que el coche avance en la dirección adecuada. La tracción a las cuatro ruedas básicamente significa que el Carrera 4S podía enfrentarse a la helada carretera con un control mucho mayor que la mayoría de los otros deportivos.

Por desgracia el Porsche de Lou no era ese modelo. Lo había pedido, y le llegaría en enero, dentro de sólo una semana.

Así que cuando Lou miró la BlackBerry, abrumado de alivio y emoción al ver el rostro de su mujer, apartó los ojos de la carretera y entró en la siguiente curva a excesiva velocidad. Levantó el pie del acelerador por acto reflejo, lo cual hizo que el peso del coche se fuese hacia adelante y aligerase las ruedas traseras. Acto seguido volvió a pisar el acelerador y giró bruscamente para tomar la curva. La parte trasera perdió la tracción y el coche salió despedido al otro lado de la carretera, hacia la pronunciada caída del acantilado.

Los instantes que siguieron para él fueron de auténtico horror y confusión. El susto acalló el dolor. El coche dio una vuelta de campana, dos, tres. En cada una de ellas Lou chillaba cuando su cabeza, su cuerpo, sus piernas y sus brazos se sacudían violentamente como una muñeca en una lavadora. El airbag le dio en plena cara, haciéndole sangrar por la nariz y dejándolo fuera de combate momentáneamente, de manera que los instantes que siguieron transcurrieron en un caos mudo pero sangriento.

Algún tiempo después Lou abrió los ojos e intentó analizar la situación: no fue capaz. Estaba rodeado de negrura e inmovilizado. Una sustancia densa y aceitosa le cubría uno de los ojos, impidiéndole ver, y con la mano que podía mover descubrió que cada parte de su cuerpo que tocaba estaba llena de esa misma sustancia. Al pasar la lengua por la boca le supo a hierro herrumbroso, y cayó en la cuenta de que era sangre. Trató de mover las piernas, pero fue imposible. Trató de mover los brazos, y sólo logró mover uno. Permaneció en silencio mientras procuraba calmarse, decidir qué hacer. Luego, cuando por primera vez en su vida no fue capaz de dar con una sola idea, cuando el susto se hubo pasado y cayó en la cuenta de lo sucedido, el dolor le golpeó con todas sus fuerzas. No se le iban de la cabeza las imágenes de Ruth. De Lucy, de Pud, de sus padres. No estaban mucho más arriba, en algún lugar de la cima. Había estado a punto de lograrlo. En la oscuridad, en un coche destrozado, en medio de la aulaga y la verónica, en algún punto de una montañosa ladera de Howth, Lou Suffern rompió a llorar.

Raphie y Jessica se hallaban haciendo sus habituales rondas y discutían por la cinta de música country de Raphie, con la que éste disfrutaba atormentando a Jessica, cuando pasaron por el lugar por el que el coche de Lou se había salido de la carretera.

—Un momento, Raphie —dijo ella, interrumpiendo los aullidos de su compañero sobre su *achy breaky heart*.

Él cantó con más saña incluso.

—¡RAPHIE! —chilló ella al tiempo que apagaba la música de sopetón.

Él la miró con cara de asombro.

—Vale, vale, pon tus Freezing Monkeys o como se llamen.

—Raphie, para el coche —pidió ella en un tono que lo conminó a detenerse en el acto. Jessica se bajó de un salto y corrió hasta el sitio que le había llamado la atención, donde los árboles estaban rotos y torcidos. Sacó la linterna y alumbró la ladera.

—Dios mío, Raphie, tenemos que llamar a los servicios de emergencia —le dijo a voz en grito a su compañero—. ¡Ambulancia y bomberos!

El aludido detuvo su breve carrera hacia ella y volvió al coche, donde avisó por radio.

—¡Voy a bajar! —exclamó ella, e inició de inmediato el pronunciado descenso entre los quebrados árboles.

—¡No, Jessica! —le oyó gritar a Raphie, pero no escuchó—. ¡Vuelve arriba, es demasiado peligroso!

Ella oyó la advertencia, pero no tardó en hallarse fuera del alcance de sus gritos y en escuchar únicamente su propia respiración, agitada y furiosa, el corazón martilleándole en los oídos.

Jessica, nueva en la brigada, no debería haber visto en su vida algo como aquel coche destrozado, boca abajo y completamente irreconocible. Pero lo vio. Para ella era una escena demasiado familiar, una visión que la perseguía en sueños y la mayor parte del tiempo que pasaba despierta. Al enfrentarse a su pesadilla, y al revivir el recuerdo, se mareó y hubo de agacharse y poner la cabeza entre las rodillas. Jessica tenía secretos, y uno de ellos había regresado para atormentarla. Esperó con toda su alma que en ese coche no hubiera nadie.

El vehículo estaba aplastado, irreconocible, no tenía matrícula, y en la oscuridad no podía decir si era azul o negro.

Rodeó el coche, la helada lluvia acribillándola, empapándola en un momento. Bajo ella la superficie estaba mojada y cenagosa, lo cual hizo que resbalara en numerosas ocasiones, pero como el corazón le latía febrilmente en el pecho y ella se hallaba inmersa en un recuerdo lejano, reviviéndolo, no sentía el dolor del tobillo al cargar el peso encima de ese pie, no sentía los rasguños de las ramas y ramitas en el rostro, las piedras ocultas entre la aulaga que le magullaban las piernas.

En el otro extremo del coche vio a alguien. O al menos un cuerpo, y el alma se le cayó a los pies. Dirigió el haz de luz cerca de él: estaba cubierto de sangre. La puerta había quedado encajada y no podía abrirla, pero el cristal de la ventanilla del conductor se había hecho añicos, así que por lo menos pudo acceder a la mitad superior del hombre. Procuró mantener la calma mientras lo apuntaba con la linterna.

—Tony —dijo al verlo—. Tony. —Las lágrimas se agolparon a sus ojos—. Tony. —Lo tocó, le pasó las manos por el rostro, le pidió que despertara—. Tony, soy yo —le dijo—. Estoy aquí.

El hombre gimió, pero no abrió los ojos.

—Voy a sacarte de aquí —le susurró al oído, y le dio un beso en la frente—. Te llevaré a casa.

Los ojos de él se abrieron despacio y ella se sobresaltó: azules, no marrones. Tony tenía los ojos marrones.

La miró. Y ella a él. Y de esa forma salió de la pesadilla.

—Señor —dijo Jessica, la voz más temblorosa de lo que le habría gustado. A continuación respiró hondo y comenzó de nuevo—: Señor, ¿puede oírme? Me llamo Jessica, ¿puede oírme? La ayuda viene en camino, ¿de acuerdo? Vamos a ayudarlo.

Él gimió y cerró los ojos.

—Vienen de camino —resolló más arriba Raphie, que se disponía a bajar.

—Raphie, esto es peligroso, resbala demasiado, quédate ahí arriba, donde pueda verte.

—¿Hay alguien vivo? —inquirió él, desoyendo su petición y bajando despacio, paso a paso.

—Sí —repuso ella—. Señor, deme la mano. —Alumbró con la linterna para verle la mano y lo que vio le revolvió el estómago. Tras tomarse un instante para normalizar la respiración, volvió a subir la linterna—. Señor, coja mi mano. Tome, ¿la nota? —Apretó con fuerza la mano de él, que gimió—. Aguante, vamos a sacarlo de aquí.

El hombre gimió nuevamente.

—¿Qué? No le... eh... no se preocupe, señor, una ambulancia viene en camino.

—¿Quién es? —se interesó Raphie—. ¿Lo sabes?

—No —se limitó a responder ella, que no quería apartar la atención del hombre, no quería perderlo.

—Mi mujer —lo oyó musitar, la voz tan queda que podría haberse confundido con una espiración. Ella acercó una oreja a sus labios, tanto que los sentía en el lóbulo, la viscosidad de la sangre.

—¿Tiene esposa? —inquirió ella con suavidad—. Pues la verá, le prometo que la verá. ¿Cómo se llama?

—Lou —contestó él, y acto seguido se echó a llorar quedamente, e incluso eso le suponía un esfuerzo tal que hubo de parar.

—Por favor, aguante, Lou. —Ella contuvo las lágrimas y volvió a pegar el oído a sus labios cuando él dijo algo más—. ¿Una pastilla? Lou, no tengo...

De pronto él le soltó la mano y comenzó a tirarse del abrigo, golpeándose el pecho con una mano inerte, como si ese movimiento equivaliera a levantar un coche. El gesto lo hizo gemir; lloró de dolor. Jessica le metió la mano en el bolsillo interior, que estaba empapado de sangre, y sacó la cajita. Dentro había una única pastilla blanca.

—¿Es su medicación, Lou? —preguntó ella con aire vacilante—. No sé si... —Miró a Raphie, que intentaba decidir cómo bajar por el difícil terreno—. No sé si se supone que puedo darle...

Lou le cogió la mano y la apretó con tal fuerza que ella abrió la caja en el acto, temblando, y sacó la pastilla. Con dedos inseguros le abrió la boca, se la colocó en la lengua y le cerró la boca. Luego echó un vistazo rápidamente para comprobar si Raphie la había visto: su compañero aún se encontraba a medio camino de la ladera.

Cuando volvió a mirar a Lou, él la miraba a ella con los ojos muy abiertos. Le dedicó tal mirada de amor, de absoluta gratitud por ese único gesto que su corazón se llenó de esperanza. Luego él respiró y su cuerpo se estremeció antes de cerrar los ojos y abandonar el mundo.

28
Por los viejos tiempos

Exactamente a la misma hora que Lou Suffern abandonaba un mundo y entraba en otro se hallaba en el jardín delantero de su casa de Howth, empapado hasta los huesos. Temblaba debido a la experiencia que acababa de vivir. No disponía de mucho tiempo, pero no había ninguna otra parte en el mundo donde le habría gustado estar justo en ese instante.

Cruzó la puerta principal, los zapatos haciendo un curioso ruido en las baldosas. En la chimenea del salón el fuego crepitaba, y debajo del árbol había multitud de regalos, envueltos con bonitos lazos. Hasta el momento Lucy y Pud eran los únicos niños de la familia, de manera que la tradición familiar dictaba que sus padres, Quentin y Alexandra y ese año la recién separada Marcia se quedaran a pasar la noche en su casa. La alegría de todos ellos al ver la reacción de Lucy la mañana de Navidad fue demasiado grande para negárselo. Esa noche no se la imaginaba sin ellos, no se le ocurría nada capaz de inundar su corazón de más dicha. Entró en el comedor con la esperanza de que ellos lo vieran, con la esperanza de que el último regalo milagroso de Gabe no le fallase.

—Lou. —Ruth levantó la vista de la mesa y fue la primera en verlo. Se levantó de la silla de un salto y corrió a su encuentro–. Lou, cariño, ¿estás bien? ¿Ha pasado algo?

Su madre fue a buscarle una toalla.

–Estoy bien –aseguró, procurando no llorar, y rodeó con sus manos el rostro de su mujer, sin apartar los ojos de ella–. Ahora estoy bien. Te he estado llamando –musitó– y no respondías.

–Pud volvió a esconder el teléfono –contestó ella mientras lo miraba preocupada–. ¿Estás borracho? –le preguntó en voz baja.

–No –rió él–. Estoy enamorado –repuso, y después alzó la voz para que todos pudieran oírlo–. Estoy enamorado de mi preciosa mujer –anunció. Y la besó en los labios, aspiró el aroma de su pelo, la besó en el cuello, la besó por todo el rostro, sin preocuparle que lo vieran–. Lo siento –musitó, apenas capaz de hablar, tan profusas eran las lágrimas.

–¿Qué sientes? ¿Qué ha pasado?

–Siento todo lo que te he hecho. Ser como he sido. Te quiero, no era mi intención hacerte daño.

Los ojos de ella se humedecieron.

–Ah, lo sé, cariño, ya me lo has dicho, lo sé.

–Es sólo que me he dado cuenta de que cuando no estoy contigo soy despiadado –sonrió, y su llorosa madre, que había vuelto con una toalla, rió y batió palmas antes de coger la mano de su esposo en la mesa.

–Quiero que sepáis –se separó de Ruth, pero sin soltarle la mano–, quiero que sepáis que lo siento.

–Lo sabemos, Lou –sonrió Quentin, emocionado–. Todo eso es agua pasada, ¿vale? Deja de preocuparte y siéntate a cenar, no pasa nada.

Lou miró a sus padres, que sonrieron y asintieron. Su padre tenía lágrimas en los ojos y asentía con vehemencia para decirle que no pasaba nada. Su hermana, Marcia, pestañeaba con fuerza para no llorar, moviendo la cubertería de plata por la mesa.

Lo secaron, le dieron amor, lo besaron, le dieron de comer, aunque no comió mucho. Él les fue diciendo uno por uno que los quería, una y otra vez, hasta que ellos se echaron a reír y le pidieron que parara. Lou subió arriba a cambiarse de ropa antes de que, según su madre, pillara una pulmonía. Una vez arriba oyó el llanto de Pud, salió en el acto de su dormitorio y corrió al cuarto de su hijo.

La habitación estaba a oscuras, sólo había una débil luz. Vio que Pud estaba completamente despierto y en pie contra los barrotes de la cuna, como un prisionero despierto al que retuviera un ejército durmiente. Lou encendió la luz y entró. Al principio Pud lo miró enfadado.

—Eh, hombrecito —dijo Lou con ternura—. ¿Qué haces despierto?

Pud emitió un leve quejido.

—Ven conmigo. —Lou se inclinó sobre la cuna y lo sacó, abrazándolo con fuerza y haciéndolo callar. Por primera vez en su vida Pud no echó abajo la casa a berridos cuando su padre se le acercó, sino que sonrió, le señaló un ojo, la nariz y luego la boca, donde intentó agarrarle los dientes.

Lou rompió a reír.

—Oye, que no te los puedes quedar. Pero pronto tendrás los tuyos. —Lo besó en la mejilla—. Cuando seas mayor, te pasarán toda clase de cosas. —Miró a su hijo y le entristeció saber que se perdería todo eso—. Cuida a mamá por mí, ¿quieres? —musitó, la voz temblorosa.

Pud se rió, de pronto entusiasmado, e hizo globos con los labios.

Las lágrimas de Lou se esfumaron de prisa al oír la risa de

su hijo. Lo puso en alto, apoyando su barriga en la cabeza, y comenzó a zarandearlo. Pud reía de tal modo que él no pudo por menos de imitarlo.

Por el rabillo del ojo Lou vio que Lucy los observaba desde la puerta.

—A ver, Pud —dijo en voz alta—, ¿y si tú y yo vamos al cuarto de Lucy y nos ponemos a dar saltos en su cama para despertarla? ¿Qué te parece?

—¡No, papá! —rió la niña, irrumpiendo en la habitación—. ¡Estoy despierta!

—Ah, así que tú también estás despierta. ¿Acaso sois los pequeños elfos que ayudan a Santa Claus?

—No —rió Lucy, y con ella Pud.

—Bueno, pues entonces será mejor que os vayáis corriendo a la cama, porque si Santa ve que estáis despiertos no vendrá a casa.

—¿Y si te ve a ti? —quiso saber ella.

—En ese caso dejará más regalos —repuso su padre, risueño.

La pequeña arrugó la nariz.

—Pud huele a caca. Voy a llamar a mamá.

—No, yo me encargo. —Miró a Pud, que le devolvió la mirada y sonrió.

Lucy lo miró como si se hubiese vuelto loco.

—No pongas esa cara —rió él—. ¿Tan difícil es? Vamos, amiguito, échame una mano. —Sonrió con nerviosismo a Pud, que le dio una juguetona bofetada a su padre. Lucy soltó una carcajada.

Lou dejó a su hijo en el suelo para que no se le escurriera del colchoncito del cambiador que utilizaba Ruth.

—Mamá lo pone ahí arriba.

—Bueno, pues papá no —contestó él mientras trataba de decidir cómo quitarle el pelele.

—Los botones están abajo —explicó Lucy, y se sentó.

—Ah, gracias. —Desabrochó los botones y le sacó la prenda por la cabeza, dejándolo desnudo. Luego le retiró el adhesivo al nuevo pañal y, después de abrirlo despacio, le dio unas vueltas en las manos para dilucidar cómo se ponía.

—Puaj, caca. —Lucy se apartó, tapándose la nariz—. El cerdito va delante —informó sin destaparse la nariz.

Lou actuó de prisa para intentar controlar la situación mientras Lucy se paseaba moviendo la mano como si se abanicase con aspavientos. Impaciente con los progresos de su padre, Pud empezó a agitar las piernas, obligando a Lou a apartarse. Con Pud de rodillas y el trasero en la cara de su padre, Lou fue tras él y le acercó una toallita a las nalgas como si lo atacase con un plumero. Sus golpecitos no servían de mucho, tenía que meterse en faena. Aguantando la respiración, se lanzó. Con Pud momentáneamente bajo control, jugando con una pelota que le había llamado la atención, Lucy le fue pasando a Lou todo lo necesario.

—Luego tienes que ponerle esta crema.

—Gracias. Tú siempre cuidarás de Pud, ¿no, Lucy?

La niña asintió con seriedad.

—Y de mamá.

—Ssssí —levantó un brazo.

—Y Pud y mamá cuidarán de ti —dijo él, agarrando finalmente las rechonchas piernas de su hijo para sacarlo de debajo de la cuna y arrastrarlo por la alfombra mientras el pequeño chillaba como un cerdo.

—¡Y nosotros cuidaremos de papá! —exclamó ella con aire triunfal mientras bailoteaba.

—No te preocupes por papá —afirmó él en voz baja al tiempo que resolvía cómo poner el pañal. Finalmente lo descifró y abrochó de prisa los botones del pelele del niño—. Esta noche lo dejaremos dormir sin pijama. —Procuró sonar seguro de sí mismo.

—Mamá apaga las luces para que se duerma —susurró Lucy.

—Ah, vale, pues vamos a hacerlo —musitó él, y apagó las luces para que la lamparita de Winnie the Pooh fuera la única que se moviera en el techo.

Pud hizo unos gorgoritos y unos quiebros inarticulados mientras observaba las luces.

Lou se agachó en la oscuridad, atrayendo hacia sí a Lucy, y se sentó en la alfombra abrazado a su pequeña mientras veía al osito de escaso cerebro perseguir un tarro de miel en el techo. Ahora era el momento de decírselo.

—Sabes que esté donde esté papá, te pase lo que te pase en la vida, si te sientes triste o feliz o sola o perdida, no tienes que olvidar que yo siempre estaré contigo. Aunque no me veas, quiero que sepas que estaré contigo ahí —le tocó la cabeza—, y ahí —le tocó el corazón—. Y siempre te estaré mirando y me sentiré orgulloso de ti y de todo lo que hagas, y cuando a veces te preguntes qué pienso de ti, recuerda este momento, recuérdame diciéndote que te quiero, cariño. Papá te quiere, ¿de acuerdo?

—De acuerdo, papi —repitió ella con tristeza—. ¿Y si soy mala? ¿Me querrás cuando sea mala?

—Cuando seas mala —Lou se paró a pensar—, recuerda que papá estará en alguna parte esperando siempre que seas todo lo buena que puedas.

—Pero ¿dónde vas a estar?

—Si no estoy aquí, estaré en otra parte.

—¿Dónde?

—Es un secreto —musitó, intentando contener las lágrimas.

—Un secreto en otra parte —musitó también ella, su cálido y dulce aliento en su rostro.

—Eso. —Su padre la abrazó e intentó que no se le escapara sonido alguno cuando rodaron las lágrimas, calientes y densas.

Abajo, en el comedor, no había un solo ojo seco en la casa mientras todos escuchaban la conversación del cuarto de Pud por el intercomunicador. Para los Suffern eran lágrimas de alegría, ya que con ellos por fin había vuelto un hijo, un hermano y un marido.

Esa noche Lou Suffern le hizo el amor a su esposa y después la estrechó con fuerza, pasándole las manos por el sedoso cabello hasta que se fue quedando dormido, e incluso entonces sus dedos continuaron dibujando las líneas de su rostro: la leve curvatura de la nariz, los altos pómulos, la mandíbula y todo el nacimiento del cabello, como si fuese un ciego que la viera por primera vez.

—Te querré siempre —le dijo, y ella sonrió, a medio camino del mundo de los sueños.

En mitad de la noche ese mundo de sueños se hizo pedazos cuando a Ruth la despertó el interfono de la verja. Medio dormida, se levantó en camisón y recibió en su casa a Raphie y Jessica. La acompañaban Quentin y el padre de Lou, dispuestos a defender el hogar de los peligros nocturnos. Sin embargo no pudieron protegerla a ella de aquello.

—Buenos días —saludó con pesimismo el oficial cuando todos se reunieron en el salón—. Siento molestarlos a estas horas.

Ruth miró de arriba abajo a la joven policía que iba con él, a sus oscuros ojos negros, que parecían fríos y tristes, a la hierba y el barro seco de sus botas, que se ceñían en la parte inferior de los pantalones azul marino. A los pequeños arañazos del rostro y al corte que intentaba esconder tras el cabello.

—¿Qué sucede? —musitó Ruth, la voz ahogándosele en la garganta—. Dígamelo, por favor.

—Señora Suffern, creo que debería sentarse —propuso Raphie con amabilidad.

—Deberíamos llamar a Lou —dijo ella, mirando a Quentin—. No estaba en la cama cuando desperté, habrá ido al estudio.

—Ruth —intervino la joven policía, con tanta delicadeza que ella se angustió más aún, y cuando su cuerpo se quedó sin fuerzas, dejó que Quentin la agarrase y la sentara en el sofá junto a él y su padre. Se cogieron de la mano, apretándose con tal firmeza que estaban unidos como si de una cadena se tratara, y escucharon mientras Raphie y Jessica les contaban el incomprensible cambio que se había operado en su vida, mientras escuchaban que un hijo, un hermano y un marido los había dejado tan repentinamente como llegara.

Mientras Santa Claus recorría el país entero dejando regalos en las casas, mientras las luces de las ventanas comenzaban a apagarse para recibir la noche, mientras las guirnaldas sobre las puertas se tornaban dedos posados en labios y las persianas bajaban cuando se cerraban los párpados de un hogar dormido, horas antes de que un pavo atravesara una ventana en otra casa de otro barrio, Ruth Suffern aún no sabía que, a pesar de perder a su marido, había ganado un hijo suyo, y junta la familia cayó en la cuenta —en la noche más mágica del año— del verdadero regalo que Lou les había hecho en la madrugada del día de Navidad.

29
El chico del pavo 5

Raphie observó la reacción del chico del pavo al oír la última parte de la historia. Guardó silencio un instante.

—¿Cómo sabes tú todo esto?

—Hemos estado atando cabos hoy, hablando con la familia y sus compañeros.

—¿Has hablado con Gabe?

—Brevemente, antes. Estamos esperando que venga a comisaría.

—Y ¿llamasteis a casa de Lou esta mañana?

—Llamamos, sí.

—Y él no estaba.

—Por ninguna parte. En su cama las sábanas aún estaban calientes.

—¿Te lo estás inventando?

—Ni una sola palabra.

—¿Y esperas que me lo crea?

—No.

—Entonces ¿qué sentido tiene?

—La gente cuenta historias, y son quienes las escuchan los que tienen que decidir si creérselas o no. Ése no es el cometido del que las cuenta.

—¿No debería creérsela el que la cuenta?

—El que la cuenta debería contarla —le guiñó un ojo.

—¿Tú te la crees?

Raphie echó un vistazo en la estancia para asegurarse de que nadie se había colado sin que él se diera cuenta. Luego se encogió de hombros, incómodo, mientras movía la cabeza.

—Lo que a uno le sirve de lección, para otro es un cuento, pero a menudo un cuento puede servir de lección.

—¿Qué se supone que significa eso?

Raphie evitó la pregunta bebiendo un trago de café.

—Has dicho que había una lección, ¿cuál?

—Si te lo tengo que decir, muchacho... —El oficial revolvió los ojos.

—Bah, venga.

—Apreciar a tus seres queridos —repuso Raphie, con cierto embarazo al principio—. Darle las gracias a toda la gente especial que hay en tu vida. Concentrarte en lo que importa. —Se aclaró la garganta y desvió la mirada, no le gustaba dar sermones.

El chico del pavo revolvió los ojos y fingió bostezar.

Raphie se sacudió la incomodidad y se dio una última oportunidad para hacerse entender por el adolescente antes de rendirse de una vez por todas. Debería estar comiendo en su casa, sirviéndose por segunda vez, en lugar de allí, con aquel chaval frustrante.

Se inclinó hacia adelante.

—Gabe le hizo un regalo a Lou, hijo, un regalo muy especial. No me molestaré en preguntarte qué fue, te lo voy a decir, y será mejor que escuches bien, porque justo después te dejaré a solas para que pienses en lo que has hecho y si no prestas atención saldrás al mundo siendo un joven enfadado que se sentirá enfadado el resto de su vida.

—Vale —espetó el chico del pavo a la defensiva, y se irguió en el asiento como si le estuviese echando una regañina el director del colegio.

—Gabe le regaló a Lou tiempo, hijo.

El muchacho arrugó la nariz.

—Claro, a tus catorce años crees que tienes todo el tiempo del mundo, pero no es así. Ninguno lo tenemos. Lo malgastamos con toda la fuerza y la indiferencia de quienes van de rebajas en enero. Dentro de una semana la gente abarrotará las calles, las tiendas, con la cartera abierta, despilfarrando el dinero. —Raphie pareció replegarse un instante en su caparazón, los ojos hundidos bajo las pobladas cejas grises.

El chico del pavo se echó hacia adelante y lo fulminó con la mirada, divertido con el repentino despliegue de emoción del policía.

—Pero puedes ganar más dinero, así que ¿a quién le importa?

Raphie salió del trance y alzó la cabeza como si viera al muchacho en el cuarto por primera vez.

—Eso hace que el tiempo sea más precioso, ¿no es así? Más precioso que el dinero, más precioso que cualquier otra cosa. No se puede ganar más tiempo. Una vez transcurrida una hora, una semana, un mes, un año no hay forma de recuperarlos. Lou Suffern se estaba quedando sin tiempo, y Gabe le dio más para ayudarlo a arreglar las cosas, para rematarlas de forma adecuada. Ése es el regalo. —Raphie sentía el corazón desbocado en el pecho. Miró el café y lo apartó, notando de nuevo la opresión—. De manera que deberíamos poner orden antes de...

Se quedó sin aliento y esperó a que la opresión cesara.

—¿Crees que es demasiado tarde para...? Ya sabes... —El chico del pavo enrolló el cordón de la capucha en un dedo, hablando con timidez—, para arreglar las cosas con mi... ya sabes...

—¿Con tu padre?

El muchacho se encogió de hombros y miró a otra parte, no quería admitirlo.

—Nunca es demasiado tarde... —Raphie calló de pronto, asintió para sí como si cayera en algo, asintió de nuevo con aire de conformidad y determinación y, tras retirar la silla, las patas chirriando contra el suelo, se levantó.

—Espera, ¿adónde vas?

—A arreglar las cosas, muchacho. A arreglar algunas cosas. Y te sugiero que hagas lo mismo cuando venga tu madre.

Los azules ojos del adolescente lo miraron, la inocencia aún presente en ellos, aunque perdida entre la bruma de su confusión y su ira.

Raphie enfiló el pasillo mientras se aflojaba la corbata. Oyó que lo llamaban, pero continuó andando. Salió de la zona de personal a la pública, a la entrada, que estaba desierta el día de Navidad.

—Raphie —lo llamó Jessica, y echó a correr tras él.

—Sí —contestó él, y al cabo se volvió, un tanto jadeante.

—¿Te encuentras bien? Tienes cara de haber visto un fantasma. ¿Es el corazón? ¿Te encuentras bien?

—Estoy bien —asintió—. No pasa nada. ¿Qué ocurre?

Jessica amusgó los ojos y lo escrutó, a sabiendas de que mentía.

—¿Te está causando problemas el chico?

—No, en absoluto, ahora ronronea como un gatito. No pasa nada.

—Entonces ¿adónde vas?

—¿Cómo? —Miró hacia la puerta intentando idear otra mentira, otra falsedad que contar a alguien por décimo año consecutivo. Pero suspiró, profirió un largo suspiro que llevaba reteniendo muchos años, y se dio por vencido, la verdad finalmente sonando extraña, pero cómoda cuando salió de sus labios—. Quiero irme a casa —afirmó, y de pronto pareció muy viejo—. Quiero que termine este día para poder irme a casa con mi mujer. Y con mi hija.

—¿Tienes una hija? —preguntó ella, sorprendida.

—Sí —contestó, unas palabras sencillas llenas de emoción—. Tengo una hija. Vive ahí arriba, en la cima de Howth. Por eso estoy allí con el coche cada tarde. No quiero perderla de vista, aunque ella no lo sepa.

Se miraron el uno al otro durante un tiempo, sabiendo que algo raro les había ocurrido esa mañana, algo raro que los había cambiado para siempre.

—Yo tenía un marido —confesó ella al cabo—. Accidente de coche. Yo estaba allí. Sujetando su mano, como esta mañana. —Tragó saliva y bajó la voz—. Siempre dije que habría hecho cualquier cosa por concederle al menos unas horas más. —Ya estaba, ya lo había dicho—. Le di a Lou una pastilla, Raphie —aseveró con firmeza, mirándolo a la cara—. Sé que no debería haberlo hecho, pero le di una pastilla. No sé si toda esa historia de las pastillas es cierta o no, no somos capaces de dar con Gabe, pero si ayudé a que Lou dispusiera de unas horas más con su familia, me alegro, y que conste que volvería a hacerlo.

Raphie asintió sin más, asimilando las dos confesiones.

Lo pondría en el atestado, pero no era preciso decírselo a su compañera: ella lo sabía.

Simplemente se miraron, se miraron sin verse. Tenían la cabeza en otra parte, en el pasado, en un tiempo perdido que jamás podría volver.

—¿Dónde está mi hijo? —Una voz apremiante de mujer rompió el silencio. Cuando abrió la puerta, la oscura comisaría se inundó de luz. El frío del día se coló, y la mujer llevaba copos de nieve en el cabello y la ropa, los de las botas cayeron al sacudirse los pies—. No es más que un niño —tragó saliva—. Un niño de catorce años. —Le temblaba la voz—. Lo mandé a comprar concentrado de carne y ahora falta el pavo. —Hablaba como si desvariase.

—Yo me ocupo —se ofreció Jessica—. Tú vete a casa.

Y eso hizo.

Una cosa de gran importancia puede afectar a un pequeño número de personas. De igual modo una cosa de escasa importancia puede afectar a una multitud. Sea como fuere, un suceso —ya sea grande o pequeño— puede afectar a toda una cadena de personas. Los sucesos nos pueden unir. Como veis, todos estamos hechos de lo mismo. Cuando ocurre algo, se desencadena una reacción en nuestro interior que nos hermana con una situación, con otras personas, iluminándonos y uniéndonos como lucecitas en un árbol de Navidad, enroscadas y retorcidas, pero así y todo conectadas en un cable. Unas se apagan, otras titilan, otras arden con fuerza y brillo, y sin embargo todos estamos en la misma ristra.

Dije al comienzo que éste era un relato de una persona que averigua quiénes son esos seres. De alguien que es de-

senvuelto y cuyo corazón queda a la vista de quienes importan. Y quienes importan quedan a la vista de él. Creías que
hablaba de Lou Suffern, ¿verdad? Pues no. Hablaba de todos
nosotros.

Una lección halla el denominador común y nos une a todos, como una cadena. Del extremo de esa cadena pende un
reloj, y la esfera de ese reloj refleja el paso del tiempo. Lo oímos, oímos el leve tictac que rompe el silencio, y lo vemos,
pero a menudo no lo sentimos. Cada segundo deja su marca
en la vida de cada persona; viene y va, desapareciendo calla-
damente, sin fanfarria, desvaneciéndose en el aire como el
vapor que desprende un pudin de Navidad bien caliente. Si el
tiempo es suficiente, sentimos calor; cuando nuestro tiempo
se agota, también nos deja fríos. El tiempo es más precioso
que el oro, más precioso que los diamantes, más precioso que
el petróleo o cualquier tesoro valioso. Nunca tenemos bastante tiempo, el tiempo desata la guerra en nuestro corazón,
así que tenemos que saber gastarlo. El tiempo no se puede
envolver ni adornar con un lazo, no se puede dejar bajo el árbol la mañana de Navidad.

El tiempo no se puede regalar. Pero se puede compartir.

Con todo mi amor a mi familia por su amistad, su aliento y su amor; Mim, papá, Georgina, Nicky, Rocco y Jay. David, gracias.

Muchas gracias a todos mis amigos por hacer que mi vida sea feliz; a Yo Yo y Leoni por las Rantaramas.

Gracias, Ahoy McCoy, por compartir tus conocimientos náuticos.

Gracias al equipo de HarperCollins por su apoyo y su fe, que me proporcionan un aliento y una motivación infinitos; gracias a Amanda Ridout y a mis editoras, Lynne Drew y Claire Bord.

Gracias, Fiona McIntosh y Moira Reilly.

Gracias, Marianne Gunn O'Connor, por ser tú.

Gracias, Pat Lynch y Vicki Satlow.

Gracias a todos los que leéis mis libros, os estoy eternamente agradecida por vuestro apoyo.